KB077845

독도 전쟁
2

독도 전쟁 2

2016년 1월 10일 초판 1쇄 발행
지은이 · 김하기

펴낸이 · 이성만
책임편집 · 정법안
디자인 · 김애숙

마케팅 · 권금숙, 김석원, 김명래, 최의범, 조히라, 강신우
경영지원 · 김상현, 이윤하, 김현우
펴낸곳 · (주) 쌤앤파커스 | 출판신고 · 2006년 9월 25일 제406-2012-000063호
주소 · 경기도 파주시 회동길 174 파주출판도시
전화 · 031-960-4800 | 팩스 · 031-960-4806 | 이메일 · info@smpk.kr

ⓒ김하기(저작권자와 맺은 특약에 따라 검인을 생략합니다)
ISBN 978-89-6570-308-2 (04810)

쌤앤파커스(Sam&Parkers)는 독자 여러분의 책에 관한 아이디어와 원고 투고를 설레는 마음으로 기다리고 있습니다. 책으로 엮기를 원하는 아이디어가 있으신 분은 이메일 book@smpk.kr로 간단한 개요와 취지, 연락처 등을 보내주세요. 머뭇거리지 말고 문을 두드리세요. 길이 열립니다.

독도 전쟁

2

김하기 역사 장편소설

 샘앤파커스

조선 태종 2년(1402년)에 김사형, 이무 등이 제작한 세계지도로서 명나라에서 마테오리치에 의하여 제작된 '양의현람도(兩儀玄覽圖)(1603년)'가 들어오기 전까지 우리나라 사람이 갖고 있던 가장 뛰어난 지도이다. 현재 원본은 존재하지 않고 그 사본이 일본의 한 대학 도서관에 보존되어 있다.

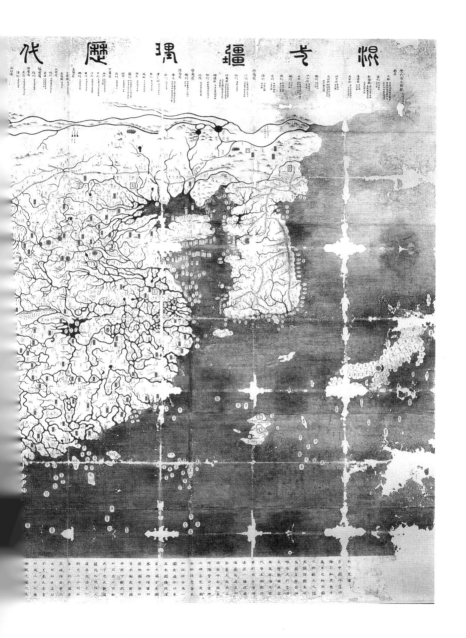

차례

숙종과의 해후

박어둔은 강녕전으로 갔다. 강녕전은 내전으로 왕이 사적인 일상을 보내던 궁전이었다. 숙종이 강녕전으로 부른 것은 박어둔을 은밀하고 편하게 만나기 위해서였다. 왕은 술상을 봐놓았다. 중국 모대주와 쇠고기로 만든 너비아니 안주였다.

"박어둔, 오늘 몸이 힘들었소?"

"아니옵니다. 마마."

"자, 한 잔 들게. 국문 받는 동안 날 얼마나 원망했나?"

"원망하지 않았습니다."

"그대의 충성심을 시험해보고 싶었네."

"소인을 하마 잊으셨는가 걱정은 되었습니다. 도일하기 전 배에서 쓴 서신을 유일봉을 통해 보내기도 했습니다만 받으셨는지요."

박어둔은 그곳에서 왕명을 받들어 일본에 들어간다고 분명하게 기록했다.

"오, 한 유생으로부터 서신을 받은 기억이 나는군. 자네 같이 충성스러운 신하를 어찌 잊을 수가 있겠는가."

"성은이 망극하나이다."

숙종은 능소능대했고 밤낮이 달랐다. 왕은 남인 서인 노론 소론의 사색당쟁과 환국을 이용해 수시로 정권을 바꿔 왕권을 강화했다. 경신환국에는 허적을 비롯한 남인을 피비린내로 출척하고, 기사환국에는 장희빈의 아들, 윤의 세자책봉을 반대한다는 이유로 해동의 주자로 중망 받던 송시열에게 사약을 내려 죽였다.

왕이 박어둔에게 도해 명령을 내렸으나 그것이 한일 간의 현안 문제로 불거지자 모르쇠하며 국청을 열었다. 박어둔은 그동안 대경호를 타고 두 차례 걸쳐 왜선을 물리치고 도쿠가와와 담판을 벌인 사실을 왕에게 복명(復命, 명령을 받고 처리한 일의 결과 보고)했다.

숙종은 낮에 추상같이 국문을 한 것을 잊은 것일까, 어버이 같은 자애로운 얼굴로 말했다.

"박 어사, 그동안 수고 많았소. 안주도 들게나."

"고맙습니다."

"자네들이 울릉도와 우산도, 에도에서 한 일은 나라에 큰 도움이 되었네. 나에게 복명서와 상소문, 보고서는 끊임없이 올라오지. 그러나 그 글을 읽으면 현실과 굉장히 달라. 현실이 살아 움직이는 소라면 관리들의 보고는 소의 각을 떠 요리한 음식에 불과해."

숙종은 젓가락으로 너비아니 한 조각을 집어 들었다.

"이 너비아니를 보아라. 음식 조각들을 다 모아 맞춰도 살아 있는 소가 되지 않는다. 현장은 살아 있는 소와 같지. 그래서 과인도 책 먼지만 가득한 구중궁궐에서 벗어나 현장의 민심을 살피기 위해 암행을 하네. 가장 힘든 바다에서 국토를 수호한 자네와 안용복은 조선의 보물이야."

"황송하나이다."

"난 자네의 울릉도 탐사보고를 잊지 못하네. 궁궐에서 듣는 경연이라는 게 죄다 고리타분하고 죽은 이야기뿐이야. 하지만 자네의 이야기는 싱싱하게 살아있는 이야기였네. 오늘밤 자네의 두 번째 경연을 듣고 싶네. 특히 먼 바다에 관해서 말이야."

숙종은 호기심이 강했다. 그는 울릉도와 우산도, 일본과 아시아, 나아가 유럽과 만방에 대해서 다 알고 싶어 했다. 고리타분한 성리학의 관념적 세계에 갇혀 있지 않고 현장에서 벌어지는 도전과 모험을 좋아했다. 그것은 왕과 박어둔이 서로 얼음과 숯처럼 대립하면서도 숯불이 얼음을 녹이듯이 통하는 정신세계였다.

"부족한 견문이지만 말씀드리겠습니다. 지금 아시아의 바다는 요동치고 있습니다. 우리 조선이 바다를 외면한 채 고립된 왕국으로 있는 한 희망이 없습니다. 명의 정화(鄭和)함대는 인도양을 건너 아프리카까지 갔고, 일본의 하세쿠라(支倉)는 태평양을 건너 유럽으로 들어가 교황을 알현하고 돌아왔습니다."

"정화함대는 들은 적이 있다만 하세쿠라는 처음 듣는군."

박어둔은 먼저 정화함대의 서방원정에 대해 이야기했다.

"정화는 아시아인 최초로 대함대를 이끌고 유럽으로 간 중국의 장군입니다. 본명은 마화(馬和)로서 운남성에서 태어났습니다. 마씨 성은 아라비아 메카에 성지순례를 다녀온 이슬람교도에게 부여된 아랍식 성이지요."

1381년 열 살 소년인 정화는 운남성에 쳐들어온 명군에 잡혀 거세당한 후 연왕의 휘하에 들어갔다. 정화는 하급군관이었지만 전투와 외교에서 두각을 나타냈다. 1400년 연왕은 반란을 일으켜 조카 건문제를 폐위시키고 영락제로 등극했다. 영락제는 거세된 정화를 내시로 삼아 총애하다 그에게 함대 총사령관의 직위를 주고 서양원정에 나서게 했다.

"정화함대는 서양의 배들도 따라올 수 없는 대규모 함대였죠."

"어느 정도의 규모였나?"

"대보선 60척에 선원 3만여 명입니다."

"대국다운 규모군. 그렇게 대규모로 함대를 파견한 이유가 뭔가?"

"새롭게 등극한 영락제의 존재를 만방에 알리고 아시아의 해양 국가들을 굴복시켜 명과 조공관계를 맺기 위한 것입니다. 또 하나 영락제의 비밀 지령이 있었다고 합니다."

"비밀지령이라, 그게 뭔가?"

"폐위된 건문제를 잡아오라는 것이었습니다. 연왕이 궁궐로 쳐들어갔을 때 건문제는 궁을 빠져나가 보이지도 않았습니다. 조카 건문제가 종통이 있는 명나라 황제였고, 삼촌인 영락제는 보위를 찬탈한 자로서 건문제를 반드시 잡아 죽여야 했습니다. 조선역사에서 세조대왕이 단종을 제거한 것과 같습니다."

경연이라지만 왕실의 골육상쟁이 나오자 왕은 좀 불편한 기색이었다. 숙종은 차자인 효종의 손자로 종통 문제로 예송논쟁을 거치면서 보위가 위태로운 적이 있었다.

"그래서?"

"당시 건문제의 남방도주설이 있었기 때문에 정화는 건문제를 수색했지요."

"건문제를 찾았는가?"

"참파, 시암, 말라카, 자바를 원정하고, 인도양을 건너 캘리컷, 코친, 실론을 거쳐 페르시아만, 아라비아반도, 아프리카 동부해안, 유럽까지 뒤졌지만 건문제는 없었습니다. 그래서 꿩 대신 닭이라고 건문제 대신 아프리카의 기린을 잡아 왔습니다."

"기린을? 기린은 천자가 등극할 때 나타나는 상서로운 동물이 아니더냐?"

"그러하옵니다. 영락제는 기린을 대소신료와 백성들에게 보여주며 자신이 명 황실의 적통임을 대대적으로 선전했습니다."

"흠, 정화는 여러모로 대단한 원정을 한 셈이구나."

왕은 기린에 대한 호기심으로 눈을 반짝였다.

왕은 박어둔에게 모대주를 따라주고 안주접시를 내밀었다.

"자, 들면서 이야기하게나."

"황송하나이다."

"일본인 하세쿠라는 어떤 자냐?"

"유럽에서는 중국의 정화보다 일본인 하세쿠라를 더 많이 알고 있습니다. 하세쿠라는 태평양과 대서양을 거쳐서 유럽으로 들어간 첫 번째 동양인입니다. 일본의 경장시대니까 칠십 년 전 일입니다."

"칠십 년 전에 태평양과 대서양을 거쳐서 유럽에 들어갔단 말인가."

"그러하옵니다."

하세쿠라 쓰네나리(支倉常成)는 일본의 북쪽 센다이 지방에서 태어났다. 센다이 다이묘의 가신이 되어 임진왜란에 종군하여 보병으로 싸웠고, 오사카와 가사이 지방의 반란을 진압해 무장으로 명성을 떨쳤다. 1609년 필리핀총독 돈 로드리고의 배가 일본 이와다의 해안에서 좌초해 난파되었다. 도쿠가와 이에야스는 총독을 환영하고 일본에 와 있던 윌리엄 애덤스로 하여금 갤리온 선을 건조하게 하여 총독을 태워 멕시코로 송환시켜 주었다.

"총독은 환대에 대한 보답으로 일본사절단을 스페인에 초청했고 하세쿠라는 180명으로 통상 사절단을 구성해 유럽으로 떠났습니다."

"그런데 하세쿠라는 동쪽의 대양을 건너 신대륙에 도착했다는 것이냐?"

"그렇사옵니다. 아메리카대륙이라고 불리는 곳입니다."

"놀랍군. 헌데 배로 대륙을 어떻게 통과했느냐?"

"그들은 신대륙에서는 육로로 걸어서 이동했습니다. 그들은 두 대양과 한 대륙을 건너 유럽에 도착해 스페인 국왕과 로마 교황을 알현하고 1620년 일본으로 귀국하였습니다. 그런데 하세쿠라가 일본을 출발할 때 도쿠가와 막부는 야소교에 우호적이었으나 이후 야소교 금교령을 내려 세례 받고 돌아온 하세쿠라는 감시와 실의 속에서 죽었습니다."

"일본이 야소교 금교령을 내렸다는 것은 잘 알고 있다."

조선과 일본은 야소교인이 조선에 망명하거나 표류하면 일본으로 인도하는 협정을 맺었다.

"하지만 하세쿠라가 유럽과 통상했던 정신은 아직도 일본에 남아 있습니다. 소인이 가본 나가사키 항에는 지금도 네덜란드를 비롯한 서양 배들이 드나들고 있으며 일본은 서양과 통상교역으로 막대한 이득을 취하고 있습니다."

"우리 조선도 일본처럼 통상교역을 했으면 좋겠다 그 말이렷다."

"송구하옵니다."

"네 말을 듣고 보니 우리 조선이 우물 안 개구리라는 느낌이 드는구나. 울릉도 방금과 일본도해 가지고 야단법석을 떨 일이 아니다. 장차 이 조선에서도 정화와 하세쿠라와 같은 인물이 나와야 한다."

숙종은 모대주를 도자기 병째 마셨다. 왕은 한숨을 쉬기도 하고 결의에 찬 모습을 보이기도 했다. 술과 안주가 떨어지자 새로 술상을 봐오게 했다. 석탄주와 말린 전복이 들어왔다.

"자, 들게. 이 술은 삼키기가 아깝다는 귀한 석탄주일세. 오늘밤은 그냥 죽 마시자고. 우리 조선이 한심한 것 아냐?"

"주상전하, 이미 오백 년 전에 우리나라에도 정화와 하세쿠라 같이 해외에 나간 자가 있었습니다."

"우리 해동에도 그런 인재가 있었단 말인가?"

"예. 신라시대 승 혜초입니다."

"혜초라?"

"혜초는 해상 비단길을 통해 대진(大秦, 동로마)까지 들어갔습니다. 울산에서 출발하여 흑산도, 중국의 명주와 광주를 거쳐 참파, 말라카, 동인도, 북인도를 여행한 뒤 멀리 파사를 거쳐 동로마까지 들어갔습니다."

"호오."

"혜초는 카슈미르, 아프가니스탄, 중앙아시아 일대를 탐사하고 아시아 전역에 해당하는 40여 개국을 방문한 뒤 파미르 고원을 넘어 당나라 장안으로 돌아와 여행경험담을 적은 『왕오천축국전』을 썼습니다."

"대단한 여행자로군."

"혜초는 여행자일 뿐만 아니라 훌륭한 승려이기도 했습니다. 인도 경전 『대승유가금강경』을 번역하고, 불공삼장의 법통을 이어 수제자가 되었으며, 말년에는 오대산에서 밀교경전을 사경하다 입적했습니다. 혜초는 탁발을 하며 여행한 40개국의 역사, 정치, 문화, 풍습, 물산, 종교를 사실적으로 기록해 동서양 문명교류의 귀중한 사료를 남겼고, 여행기에 수록된 시 다섯 수에 보이는 시재(詩才)만으로도 당대에 출중한 문장가임을 알 수 있습니다."

숙종은 혜초의 서방여행을 듣고 감탄하며 말했다.

"해동에 그런 위대한 인물이 있었다니……."

"혜초가 인도를 갈 수 있었던 것은 옛 신라시대 때부터 바다 비단길이 있었기 때문입니다. 이 바닷길은 가야의 허황후, 신라의 장보고와 처용이 드나들었던 길이고, 신라와 고려도 이 해상 비단길을 통해 인도와 아라비아와 무역을 했습니다."

해초를 비롯해 동서양을 왕래한 여행가들인 마르코 폴로, 오도릭, 이븐 바투타, 왕대연, 페르낭 핀투는 모두 아시아 바다 비단길을 이용했다. 고대로부터 아시아의 바닷길이 잘 닦여져 있었고, 동서양에 잘 알려져 있었기 때문이었다. 아라비아의 소하르 항구에서 신라의 울산항까지 배로 6개월이면 가능했다.

"놀라운 일이로다. 지금까지 조선은 이 해상 비단길을 묵혀만 두고 이용하지 못한 것이 안타깝구나."

"이제부터라도 늦지 않습니다."

"늦은 밤까지 좋은 경연이었다. 참으로 많은 공부가 되었구나."

"황공하옵니다."

박어둔이 경연을 끝내고 강녕전에 물러나오려는데 왕이 말했다.

"헌데 박어둔, 자네가 왜 국문을 받고 있는지는 알고 있나?"

"무슨 말씀이온지?"

"내가 너를 울릉도와 일본에 보냈는데 왜 죄를 묻겠느냐. 지금 전옥(典獄)에 갇혀 국문을 받는 이유는 네가 천시금을 납치했기 때문이야."

"전하, 소인을 죽여주시옵소서. 하지만 천시금이 먼저 데려가 달라고 요청해서 데려왔기 때문에 납치는 아니라고 생각하옵니다."

"그럼, 내가 천시금을 궁으로 납치하려 한 것인가?"

방금 전 술과 안주를 권하며 이야기를 듣던 자애로운 얼굴이 아니었다. 박어둔이 천시금이라는 왕의 역린을 건드리자 범처럼 사납게 표변했다.

"난 너희 둘의 혼인소식을 듣고도 천시금을 추쇄하지 않았다. 왕이 여자노비 하나를 추쇄하는 게 우습지 않느냐. 허나 천시금은 나의 자존심이 걸려 있는 문제야."

"전하, 천시금은 과거 제 누이였고, 지금은 제 아내입니다. 통촉하여 주십시오."

"박어둔, 천시금을 데려간 대가는 반드시 치러야 한다."

절대권자의 말 한마디에 사람의 생사가 달려 있고 왕 앞에 서는 것은 칼날을 밟고 서 있는 것과 같다. 천시금에 대한 미련도 크지만 천시금을 볼모로 박어둔을 통제하겠다는 노회한 의중도 있었다.

"박어둔, 밤이 깊었다. 오늘 자네의 경연은 과인과 조선을 위해 매우 유익했다. 나라를 위한 일에는 항상 은밀한 희생이 따르는 법이다. 이제 돌아가라."

"성은이 망극하나이다."

다음날 근정전 앞 육조마당에 다시 국청이 열렸다. 왕의 좌우로 재상들이 시립하고 일본에서 온 차왜 다치바나 마사시게도 서 있었다. 박어둔과 안용복이 포박을 당한 채 끌려왔다.

왕이 말했다.

"오늘은 박어둔과 안용복의 방금 사건에 대해 판결할 것이오. 경들은 마지막으로 할 말들을 해보오."

우의정 민암이 전날보다 더 강한 목소리로 말했다.

"전하, 대명률이 엄연히 살아 있는 한 저 둘은 대역죄인입니다. 박어둔과 안용복이 나라의 허락도 없이 외국을 출입하여 감히 태수와 감세장으로 사칭하고, 조일 문제를 야기해 국기를 문란케 한 것은 명백한 사실로서 도저히 용납할 수 없는 행위입니다. 둘 다 목을 베어 죽여 장대에 높이 달아 다시는 말세의 간교한 무리들이 일어나지 않게 하소서."

차왜 다치바나는 한술 더 떠서 말했다.

"대마도 도주의 요구는 두 가지 이무니다. 하나는 조선이 본디 한 섬인 울릉도를 울릉도와 우산도로 혼돈해서 불러 일도이명(一島二名)으로 혼란이 오니 울릉도를 죽도로, 우산도를 송도로 통일해 부를 것을 요구하므니다. 둘째 박어둔과 안용복뿐만 아니라 울릉도에 정박

한 조선인 40명을 모두 치죄해 줄 것을 강력하게 요구하무니다. 왕
께서 도주의 뜻을 헤아려주시면 감사하게스무니다."

박어둔이 차왜의 말을 듣고 말했다.

"전하, 지금 차왜가 한 말을 들어보니 방자하기 짝이 없습니다. 아
득한 옛날부터 불러온 울릉도를 죽도로 바꾸고 우산도를 송도로 바
꾸다니 언어도단입니다. 울릉도의 우르는 울릉도와 마주보는 동해안
의 고을인 울산, 울진, 어라진의 우르에서 나온 말입니다. '우르'는 왕
을 뜻합니다. 따라서 울릉도는 왕의 섬이라는 뜻인데 왜명인 다케시
마(竹島)로 대체하면 이후 조선왕의 섬 울릉도는 왜섬인 다케시마가
될 것입니다."

안용복도 차왜의 말에 반박했다.

"전하, 차왜의 말은 가증스럽기 짝이 없습니다. 저희들은 지금까
지 두 섬을 두 개의 이름으로 불러왔습니다. 울릉도는 울릉도로 불렀
고 우산도는 우산도로 불렀습니다. 다만 뱃사람들이 우산도를 최근
자산도라고 부르기도 합니다. '于'와 '子'가 비슷한 모양인데다 그 섬
이 우리 본토가 낳은 귀한 아들 같기에 '아들 子'를 써 자산도(子山島)
라 즐겨 부릅니다. 섬의 이름을 시비 걸어 우리 강토를 뺏으려는 왜
의 간악한 흉계에 넘어가서는 결코 아니되옵니다."

민암이 안용복을 꾸짖으며 말했다.

"닥쳐라! 우리 땅을 왜에게 넘겨주자는 말이 아니다! 행정상 편의
를 위해 울릉도를 죽도로, 우산도를 송도로 통일해 부르자는 게 아니

냐? 그리고 너희 두 놈뿐만 아니라 섬에 들어간 모든 자가 다 방금죄를 어긴 것이니 처벌하는 게 마땅하다. 무엇이 간악이고 무엇이 흉계란 말이냐.”

영의정 남구만이 왕에게 말했다.

“전하, 박어둔과 안용복은 나라방금을 어긴 범법자가 아니라 우리 강토를 지킨 충신보국의 인물입니다. 이들을 목 베어 죽이면 가장 기뻐할 자는 대마도 도주입니다. 조종의 강토를 지키기 위해 헌신한 자를 주살하면 장차 왜란과 호란과 같은 전란이 일어나면 누가 이 나라를 지키기 위해 목숨을 바쳐 싸우겠나이까. 이들을 전옥에 가둬 국문할 것이 아니라 오히려 상을 주고 격려해야 할 것으로 생각하옵나이다.”

왕이 변론을 듣고 박어둔과 안용복에게 말했다.

“너희들은 마지막으로 할 얘기가 없는가?”

안용복이 먼저 말했다.

“저는 분명히 두 섬이 조선 땅이라는 일본 관백의 서계를 받았습니다. 이번 기회에 조선은 울릉도와 우산도가 조선 땅임을 만천하에 공포하고 두 섬의 방금을 해제해 확실한 조선의 강토로 만들어야 합니다. 그것이 조선의 강토와 바다를 지키고 나라를 부강케 하는 장구지책이 될 것입니다.”

왕이 박어둔에게 말했다.

“박어둔, 마지막으로 그대는 할 말이 없는가?”

박어둔이 최후 진술을 했다.

"저도 안용복 행수와 똑같은 생각입니다. 울릉도와 우산도는 동해의 한가운데 있는 어장의 보고이자 바다를 지배할 수 있는 천혜의 요새입니다. 지금 지키지 못하면 영원히 일본의 지배하에 들어갈 것입니다. 저는 다시 태어나도 이번과 똑같은 행동을 할 것입니다."

숙종은 판결을 내렸다.

"삼공과 차왜의 말과 여러 문헌을 살펴보건대 울릉도와 우산도는 고대로부터 조종의 강토이며 태종 대왕 이후로 공도와 쇄환으로 끊임없이 관리해온 조선의 땅임이 분명하다. 과거 울릉도에 도해한 왜인을 동래부에서 잡아온 적이 있는데 왜인이 죽도가 자기들의 식읍(食邑, 봉지)이라고 주장해 조정에서 엄히 꾸짖어 보낸 적이 있고, 또 일본이 차왜를 보내 울릉도를 탐사하겠다고 청했으나 거절한 적도 있다. 울릉도와 우산도에서 한 치의 땅과 바다도 내어줄 수 없다는 것이 과인의 확고한 뜻이다. 차왜는 조선왕의 이 뜻을 일본 관백과 대마도 도주에게 분명히 전하라."

차왜는 마지못해 고개를 굽실했다.

"알겠스므니다."

왕은 처음에는 부드럽게 말했다.

"박어둔과 안용복은 들어라. 둘이 일본에 가서 잘한 일이 하나 있다. 그것은 울릉도와 우산도가 조종의 강토이며 아방의 영토임을 확인한 것이다. 그 일은 과인과 삼공 모두가 공이 있다고 인정한다. 예전부터 두 섬은 아방의 강토였으므로 큰 공은 아니다."

왕은 자리에서 일어나 목소리를 높였다.

"허나 둘은 세 가지의 대죄를 범했다. 첫째, 방금을 어기고 울릉도와 우산도와 일본에 무단으로 들어간 죄. 둘째, 왕의 임명장 없이 태수와 감세관을 사칭하고 다닌 죄. 셋째, 국가가 보낸 사절인 양 임의로 행동하며 조일의 선린관계를 해친 죄다. 세 가지 중 그 어느 하나도 가벼운 것이 없는 무거운 대죄에 해당한다."

숙종은 마지막 판결을 내렸다.

"그러므로 이 죄인들을 대명률에 의해 다음과 같이 판결한다. 먼저 안용복은 대죄를 범하고도 반성하는 빛이 전혀 없기 때문에 목을 베서 처형하는 주살형에 처한다."

안용복은 예상한 듯 표정은 담담했다.

우의정 민암과 차왜는 속으로 쾌재를 불렀고 남구만과 박어둔은 침통했다.

"다음 박어둔은 안용복과 동일한 대죄를 범했으나 대대로 나라에 공이 많은 양반가문의 자제로 경상도어사를 제수 받은 자다. 사형 대신 천리 유배형에 처하되 정배지는 함경도 경흥으로 한다."

박어둔을 주살하지 않는 판결에 남구만은 그나마 안도했다.

왕은 박어둔을 한 번 노려보더니 소매를 뿌리치며 사정전을 나갔다.

함경도 경흥

　죽음 앞에서도 나라를 위해 당당하게 진술한 안용복의 모습은 전옥을 지키는 나장들과 군관들에게 깊은 감명을 주었다. 그들은 안용복을 '안 장군'이라고 부르기도 했다.

　전옥에서 헤어질 때 안용복이 박어둔의 손을 잡고 말했다.

　"동생, 조국을 위해 베어질 목이 하나밖에 없는 것이 안타깝다. 내가 죽으면 울릉도 사자바위 곁에 묻어다오."

　바위처럼 당당하고 늠름해 보이려고 애쓰는 안용복의 모습이 더욱 가슴이 아팠다.

　"형님, 정말 미안합니다."

　안용복이 사형을 받은 것은 왕의 역린을 건드린 것 때문이고 전적으로 자신 탓이라 생각했다.

　"동생이 미안할 게 뭐가 있나. 살아서 내 뒤를 이어다오."

　"형님."

헤어져 돌아서는데 눈물이 흘러내리고 가슴이 찢어질 듯 아팠다.

박어둔은 금부도사에게 왕에게 할 말이 있다면서 뵙게 해달라고 울부짖었다.

금부도사가 말했다.

"그냥 조용히 갑시다."

"제발 왕을 만나게 해주오."

"완전히 미쳤군."

의금부 전옥에 황소가 끄는 함거가 왔다. 박어둔을 함거에 태운 황소는 북변을 향해 올라갔다. 박어둔은 안용복에게 미안했다. 그를 생각하면 함거에 실려 가는 자신은 가마를 타고 가는 것 같이 죄송했다.

'일본 감옥에서 간신히 죽음의 고비를 넘기고 돌아왔는데 고국 땅에서 목 베임을 당하다니 하늘과 산하대지도 돌아눕고, 이 가슴 또한 찢어질 것 같구나. 아, 차라리 마음이라는 것이 없었으면.'

무심한 소는 함경도를 향해 터벅터벅 걸어가고 있었다.

박어둔은 조선 땅의 최북단 마을인 함경도 경흥근 노서면에서 유배생활을 했다. 유배생활을 위탁받은 보수주인(保授主人)은 경흥의 유지인 황오봉이었다.

황오봉은 정원이 딸린 별채를 배소로 내어주고 마름을 감호 책임자로 임명했다. 황오봉은 두만강 강구에 전답을 많이 가진 지주에다 천혜의 자연항구인 서수라항에 배를 5척이나 가지고 있는 선주이기도 했다. 원래 근본이 모호한 황오봉은 매물로 난 참봉을 돈으로 산 뒤 마을에서는 황참봉으로 불리고 있었다.

황오봉은 박어둔을 자신의 상관처럼 깍듯이 모셨다.

"여기는 춥고 궁벽한 곳이라 살기가 힘드실 것입니다."

"경흥은 경치가 수려하고 인심 좋고 물산이 풍부하니 살기 좋은 고을 같습니다. 부족한 사람에게 이렇게 좋은 집을 내어주셔서 고마울 따름입니다."

"감호는 충직한 자입니다. 종처럼 부리셔도 됩니다. 뭐든 불편한 점이 있으면 언제든지 말씀해 주십시오."

유배 오는 자들은 대체로 품계가 높거나 재산이 많았다. 이들은 유배지에서도 영향력을 행사해 보수주인에게 편익을 주는 경우가 많았다. 황오봉은 박어둔이 현감과 어사를 역임한 관리이고 한수 이남의 갑부임을 알고 아침저녁으로 문안하고 좋은 음식과 고급 차와 술을 대접했다.

박어둔은 과한 음식을 거절했다.

"황참봉, 저는 원래 소식에다 기름진 음식을 좋아하지 않습니다."

"한양나리가 이 정도로 뭘 그러십니까. 오히려 저는 소홀한 듯해 민망합니다."

"원래 차와 술을 좋아하지 않습니다. 냉수면 되고 술은 박주 한 잔으로 족합니다."

그럴수록 황오봉은 더욱 극진히 대접했고, 서수라항과 두만강 하구를 안내해 주기도 했다.

서수라항은 우리나라 최북단의 어항과 군항으로 절벽이 자연 방파제로 이루어진데다 수심이 깊어 천혜의 항구였다.

박어둔은 서수라항에서 보이는 두만강 너머 땅이 이순신이 만호로서 여진족을 정벌하고 지킨 녹둔도(鹿屯島)라는 걸 알고 자주 서수라항을 찾았다.

박어둔은 녹둔도를 드나드는 청인과 북쪽 시베리아의 배들을 보며 생각했다.

'아, 이 지역은 이순신 장군이 소중하게 지켜낸 두만강 너머 유일한 조선 땅이다. 그런데 오랑캐들이 함부로 드나들며 제 땅인 양 하는구나. 이곳은 또 하나의 울릉도이며 우산도이다. 이대로 두어서는 안 되겠다.'

박어둔은 녹둔도를 살핀 뒤 왕에게 서신을 썼다.

대왕마마 보시옵소서.

그동안 강녕하신지오. 먼 함경도 경흥에서 죄인이 감히 아룁니다.

죄인이 두만강 강구에서 녹둔도를 바라보니 이순신 장군이 지켜낸 우리 땅이라 감개가 무량합니다. 헌데 우리 고유의 영토를 청인들과 시베리아인들이 짓밟고 있는 것이 마치 울릉도와 우산도를 왜인들이 짓밟는 것과 똑같습니다.

녹둔도는 두만강 너머 유일한 조선 땅으로 이곳은 또 하나의 울릉도이며 우산도입니다. 현재 녹둔도는 두만강에서 버려오는 모래가 쌓여 섬의 형태를 잃고 북쪽 만주대륙과 이어져 있습니다. 크기는 남북 칠십 리, 동서 삼십 리로 울릉도의 네 배가 됩니다. 녹둔도는 서쪽으로는 만주대륙과 북쪽으로는 시베리아 대륙, 동쪽으로는 북태평양으로 뻗어나가는 전진기지이자 군사경제의 요충지로 결코 방치해서는 안 될 땅입니다.

죄인이 고조선 이래 조선의 영토를 생각해 보건대 청나라와 면하고 있는 백두산은 우리 조종의 산입니다. 헌데 지금 백두산을 두고 청인들은 청조 발상의 영산 장백산이라고 부르며 두만강 이북은 청나라 땅이라고 주장합니다. 백두산과 송화강 이동의 북만주 지역은 고대로부터 아방의 강토로서 반드시 청국과 영토협상을 벌여 조선의 땅으로 삼아야 할 것입니다.

대왕마마, 감히 죄인이 아룁니다.

조정에서는 하루 빨리 녹둔도 만호를 보내어 버려진 땅 녹둔도에 진과 둔전을 설치하고 함경도 관찰사로 하여금 백두산과 송화강의 영토협상을 벌여야 할 것이라고 아뢰옵니다.

먼 북변에서 죄인 박어둔 배상

박어둔은 서수라항에 배를 가지고 있는 최봉언 주사를 알고 있었다. 그는 배로 동해안 일대를 오르내리며 서수라항에서 잡히는 대구, 명태, 고등어, 임연수, 문어, 게를 팔고 다녔다. 최봉언은 한번씩 잡은 생선을 들고 와 막걸리를 한 사발씩 하며 세상 돌아가는 얘기를 나누는 자로 믿을 만했다.

최봉언은 바다 매를 길러 사냥을 하는 독특한 기술을 가지고 있었다.

"이 놈이 세상에서 제일 빠른 놈이죠. 높이 날아 밑으로 활강할 때는 구름 속에서 빛살이 나올 때만큼 빠릅니다. 제가 외롭게 배를 몰때 친한 벗이 되기도 합니다. 돛대 꼭대기에 앉아 날카로운 눈으로 망군(望軍) 노릇도 합니다."

박어둔은 서수라항에 찾아가 최봉언에게 말했다.

"최주사, 울릉도에 가본 적 있소?"

"울릉도에 전복 따러 여러 번 갔죠. 물고기도 많아 그곳에만 가면 만선을 하고 왔습니다."

그는 외돛대 배로 울릉도와 동해안뿐만 아니라 북쪽 시베리아 항구와 캄차카까지 올라가 어로를 했다.

"이 서신을 울릉도에 있는 영해사람 유일봉에게 전해줄 수 있겠소?"

"삼척으로 내려가는 길에 울릉도에 한 번 들리겠습니다."

"고맙소."

"천만에요. 박 어사님을 뵙는 것만 해도 가슴이 설렙니다."

경흥에 온 지 달포가 되었을까. 황오봉이 서수라항 주막에서 박어둔을 대접했다.

주모는 젊었고 고급술인 소국주가 나왔다.

"자, 박 어사님께 술을 한잔 따라 올려라."

"전 술을 잘 못합니다. 딱 한 잔만 받지요."

"거 참, 큰 정치를 하시는 분이 술을 좀 하셔야 하는데."

"황참봉, 오늘 무슨 일이 있습니까."

"실은 제 아들 녀석이 한양에 유학을 가 있습니다."

"호, 똑똑한 아들을 두셨네요."

"헌데 이 녀석이 과거에 서너 번 낙방하더니 술만 마시고 있어요. 나으리, 청컨대 봉사나 급사 같은 미관말직이라도 부탁합니다."

역시 짐작대로 청탁이었다.

"황참봉, 나는 중앙에 인맥이 없는 백면서생에 불과하오. 현재 천리밖 정배 중에 있는 죄인인데 윗사람에게 음서를 부탁하는 것은 어렵습니다. 다만 아들을 저에게 맡겨주시면 잘 키워보겠습니다."

박어둔은 정중하게 거절했다. 봉사와 급사는 종팔품으로 중앙의 인맥없이 그 자리에 넣기란 불가능했다.

"아들을 가르치시겠다고요?"

"그 일은 제가 자신이 있습니다."

"한양에 있는 아들이 정배지인 이곳으로 내려오겠습니까?"

황참봉은 처음으로 불쾌한 표정을 지으며 말했다.

바닷가 풍경이 좋은 술자리는 그것으로 파했다.

그 후 마을에 이상한 소문이 돌았다. 한수 이남의 재력가로 풍을 치던 박어둔이 알고 보니 배 사업으로 돈을 다 날려 빈털터리라는 둥, 정치범이 아니라 밀수꾼으로 밀항을 하다 걸렸다는 둥 온갖 소문이 돌았다.

배소가 별채에서 여막으로 옮겨졌고 음식은 하루 두 끼 굶어죽지 않을 만큼 조악한 밥상이 나왔다. 초가을부터 삭풍이 불기 시작하는 경흥에서 솜옷은커녕 덧옷 하나 주지 않았다.

박어둔은 원래 청빈과 청백을 생명같이 여기며 살았다. 배소에서 첩과 노비를 거느리고 한량처럼 생활하는 유배자들이 태반이었으나 박어둔은 그럴 생각도 없었고 그럴 능력도 없었다.

박어둔은 아무리 춥고 배고프고 무시당해도 이를 악물고 참았다. 이런 고통은 한양 전옥에서 주살형을 받은 안용복에 비하면 아무것도 아니었다. 어떤 때는 황참봉의 홀대가 고마웠다. 자신이 고통 받아야 안용복에 대한 죄스런 마음을 조금이라도 덜 수 있기 때문이었다.

두만강과 녹둔도를 바라보며 이순신 장군을 생각하자면 유배의 슬픔도 사라졌다.

경흥에 온 지 얼마나 되었는가. 눈이 석 자나 내리고 매서운 칼바람이 불었다. 박어둔은 지독한 고뿔에 걸렸다. 몸은 뼛속까지 떨리는데 머리에서는 고열이 떠나지 않아 하루에도 몇 번씩 혼수상태에 빠졌다. 약 한 첩 없이 박어둔은 거적을 깔고 덮은 채로 콜록거리고 있었다.

방문이 덜컹 열렸다.

박어둔은 자리에서 일어날 힘도 없었다.

"뉘시오?"

"의금부도사요. 한양의 전옥으로 압송하라는 어명이오."

"무엇 때문이요?"

"나 같은 도사가 어찌 알겠소. 상관의 명령만 따를 뿐이오."

"보다시피 난 일어나 걸을 힘도 없소."

금부도사는 무슨 까닭인지 집주인 황오봉에 명령했다.

"이 자를 업고 함거에 태워라."

"알겠나이다."

황참봉과는 악연이었지만 그의 등에 업혀 함거에 올라 마지막 인
사를 했다.

"그동안 신세를 많이 졌습니다."

"그동안 잘 대접을 해드리지 못해 미안합니다."

"천만에요."

박어둔은 함거에 거적을 깔고 누웠다. 황소가 모는 함거는 덜컹거
리며 한양을 향해 출발했다.

박어둔은 금부도사에게 물었다.

"혹시 안용복의 소식을 알고 있소?"

"안용복은 박어사가 떠난 지 채 한 달이 못돼 주살형을 당했소."

"예, 그게 정말이오?"

"처형장으로 가는 걸 이 두 눈으로 직접 봤소."

안용복이 처형당했다는 말에 하늘이 무너지는 듯했다. 짐작은 하고 있었지만 그렇게 무참히 갈 줄은 몰랐다. 박어둔은 함거의 나무 창살을 부여잡고 통곡하다 쓰러졌다.

황소도 슬픔을 아는지 크게 '음메'하는 영각소리를 내었다. 우보천리(牛步千里)라고 했던가. 소가 끄는 함거는 덜컹거리며 천리 길을 걸어 전옥 앞에 멈춰 섰다.

땅거미가 깔리는 어두운 저녁에 박어둔은 함거에서 풀려나 전옥에 수용되었다. 전옥에 안용복은 없었다.

박어둔이 나장에게 안용복의 안부를 물어보니, '안 장군 말이오. 사람이 참 다부집디다. 처형장에 끌려갈 때도 눈빛 하나 변하지 않고 당당합디다. 하매 간 지 두 달도 넘었을구로.'라고 했다. 금부도사의 말과 일치했다. 그제야 안용복이 확실히 죽었다는 사실이 현실로 다가왔다. 허나 한양으로 내려오면서 얼마나 울었던지 곡할 힘도 없었다. 그저 눈물만 주르륵 흐를 뿐이었다.

'나라를 위해 생애를 다 바친 대가가 주살형이란 말인가.'

박어둔은 경흥 유배지보다 차라리 한양 전옥에서의 삶이 더 편안했다. 경흥보다 덜 추운 날씨에 두터운 동복을 주고 소찬이나마 하루 세 끼씩 먹으니 조금씩 기력이 회복되었다. 닷새 뒤 박어둔은 왕이 있는 강녕전으로 불려갔다.

숙종이 박어둔을 보고 말했다.

"그동안 잘 있었는가?"

"성은이 망극하나이다."

"유일봉 유생이 전해준 서신을 보았네. 그때서야 자네가 생각나더군. 경흥으로 떠나기 전 자네가 날 만나자고 청했다더군. 무엇 때문에 날 만나려고 했던가?"

"이미 늦었지만 그땐 안용복의 주살형을 거두어달라는 청을 하려고 했습니다."

"아무런 대가도 없이?"

"……."

"그땐 분명히 천시금을 궁으로 보낼 테니 안용복을 살려달라고 청했을 테지."

"그러하옵니다."

"지금 안용복을 살려준다면 어떻게 하겠느냐?"

"천시금을 궁으로 들이겠나이다."

왕은 백하주를 술잔에 천천히 따라 마신 뒤 한동안 말이 없었다.

왕은 강하고 노회한 군주였다. 정치적 위기에 몰릴 때마다 환국을 통해 왕권을 강화시켰다. 제갈공명이 사나운 맹획을 칠종칠금으로 굴복시켰듯이 왕권에 도전하는 자는 숙청시키고 숙청된 자를 다시 등용하기를 반복했다.

"여봐라!"

"예."

"안용복을 데리고 오너라."

도승지가 안용복을 데리고 강녕전으로 들어왔다.

"형님!"

"동생!"

박어둔은 죽은 줄 알았던 안용복을 강녕전에서 볼 줄은 꿈에도 생각하지 못했다. 지금 이 순간이 꿈인지 생시인지 몰라 몰래 허벅지살을 꼬집어보기도 했다. 아팠다. 자초지종을 들으니 왕은 안용복을 처형 직전 사형장에서 빼돌려 감세관에 해당하는 호조(戶曹) 수세소(收稅所)의 관리로 일하게 했다.

박어둔과 안용복은 감읍해 왕에게 큰절을 올렸다.

"박어둔, 안용복. 앞으로 왕의 비늘을 함부로 건드리지 마라. 그대들의 남다른 용기와 탁월한 재주, 나라를 위한 사랑이 없었더라면 자네들은 목이 열 개라도 다 날아갔을 것이야."

"성은이 망극하나이다."

"도승지는 받아 적어라. 다만 과인의 밀지로 하라."

"예."

"안용복의 사형과 박어둔의 유배형을 사면한다. 박어둔을 감찰어사로 제수하고 울릉도와 우산도 양도 태수직에 복귀한다. 안용복은 양도 감세관으로 임명한다. 둘은 삿된 마음을 버리고 오로지 과인에게 충성을 다하여라."

"성은이 망극하나이다."

왕은 청명주를 박어둔과 안용복에게 한 잔씩 부어주었다.

"자, 한 잔 들게나. 특히 박어둔은 그동안 유배지에서 고생이 많았지?"

"하해 같은 은혜로 무탈하게 지내다 왔습니다."

"지난날 심야 경연에서 정화와 하세가와, 혜초의 이야기는 잘 들었다. 지난번에 보낸 서신도 우국충정으로 가득하더군. 청나라와 백두산 영토 협상과 녹둔도 만호 주둔은 고려해보기로 하겠다. 자네는 조정에서 놀고먹는 신하들과는 달라. 그 자들은 유배지 가서도 자신의 처첩과 자식들 배불릴 궁리만 하지 애국이라는 것이 없어."

"황공하나이다."

"우리 조선도 우물 안 개구리에서 벗어나 아시아와 유럽의 바다로 진출해야 한다. 성공할 수 있겠는가?"

박어둔은 왕의 말을 잘못 들은 게 아닌가 싶었다. 그것이야말로 박어둔이 학수고대하던 말이었다. 박어둔이 왕에게 올린 한 번의 보고와 두 번의 경연은 조선의 해양진출에 초점이 맞춰져 있었다.

"전하, 지금 우리는 배도 있고 사람도 있고 경험도 있습니다. 반드시 성공할 수 있습니다."

"내가 너희 두 사람을 사면한 이유가 무엇이겠는가. 도착하는 나라마다 친선을 맺고 교역을 한다면 조선은 부강한 나라가 될 것이다. 친선과 교류를 원하는 조선국왕의 신임장을 주겠다. 유럽으로 가는 길에 울릉도와 우산도를 침범하지 않겠다는 도쿠가와의 서계와 로마 교황의 친서를 받아오도록 하고 아프리카 사자를 포획해 오너라."

"사자를요?"

"그렇다. 사자를 포획해 오라."

박어둔은 늘 가슴속에 생명처럼 품고 있는 것을 꺼내 서안 위에 놓았다.

"이 지도를 보시옵소서."

박어둔은 윤두서가 그린 혼일강리도를 펼쳐서 보여주며 말했다.

"여기가 조선이고 이곳이 일본입니다. 그 가운데 섬이 우리 강토의 아들 우산도입니다."

"과연 동해의 중심이군. 자네와 안용복이 지키지 않았다면 어찌 될 뻔 했는가."

박어둔은 지도에 표시된 도시를 손가락으로 짚으면서 말했다.

"이 섬에서 대경호가 출발하여 대마도, 대만, 필리핀, 안남, 말래카, 스리랑카, 캘리컷, 몸바사, 케이프타운, 스페인, 네덜란드를 거쳐 이탈리아 로마로 들어갈 것입니다."

"박어둔 강수, 과인은 바다를 지배하는 자가 세계를 지배한다고 생각하네."

"지당하신 말씀입니다."

"이번 대항해를 마치면 정화의 서방원정과 하세쿠라의 동방원정이 부럽지 않을 것이다."

"꼭 성공하고 돌아오겠습니다."

"일본관백의 서계와 로마교황의 친서, 아프리카 사자를 꼭 가져오너라."

"왕명을 받들어 시행하겠나이다."

"박어둔, 떠나기 전 천시금은 궁궐로 보내라. 이번에 보내지 않으면 천시금을 추쇄할 것이다. 알겠느냐?"

"알겠나이다."

박어둔과 안용복은 왕에게 큰절을 하고 근정전을 물러났다.

박어둔과 안용복은 강녕전에서 나와 다시 한 번 얼싸안고 눈물을 흘렸다. 살아있음에 감격했고 왕명을 받고 다시 일을 시작할 수 있음에 감사했다.

박어둔은 유배생활로 망가진 몸을 추스를 시간도 없었다.

"형님, 당장 유럽으로 갈 선원을 모집합시다."

"그래야지. 그런데 제수씨는 어떡해야 하나."

"궁으로 보내겠습니다. 하늘 아래 죽지 않고 살아 있으면 되지 않습니까?"

해저물녘 광화문의 그림자가 길어지더니 땅거미로 이어졌다.

박어둔과 안용복은 울산, 영해, 울진, 삼척, 원산, 동래, 가덕, 남해, 여수, 순천, 나주, 인천에 장거리 항해할 사람을 모집하는 방을 붙였다.

선원모집

더경호에서 삼 년간 해외로 장거리 항해할 선원을 모집한다.

선원에게는 숙식이 제공되고 매달 3냥의 급여를 지불한다.

항해를 성공하고 돌아오면 따로 백 냥씩 지급하고 수익이 발
생하면 모두가 공평하게 나눠 가진다.

배를 몰아본 자 항해 경험이 있는 자를 우대하며 남녀를 불
문한다.

뜻이 있는 자는 울산 개운포항 목도 여각으로 와서 신청하길
바란다.

더경호 강수 박어둔 백

3년간 숙식을 해결하고 돈을 벌 수 있다는 방을 보고 전국각처에
서 사람들이 구름처럼 몰려들었다. 대부분 해척들이나 천민들로 노
비, 백정, 무당, 창기, 악공, 광대, 사당, 유랑걸식자, 빚쟁이, 수배자
들이었다. 이들은 돈과 모험심, 해외에 대한 막연한 동경과 호기심
때문에 찾아왔다. 전문가들도 있었다. 어선, 상선, 군선, 조운선을 타
본 자, 천문과 지리에 밝은 자, 항해전문가도 있었다. 상인들도 이번
항해에서 크게 한 탕 벌 수 있다는 소문을 듣고 불원천리하고 개운포
항으로 달려왔다. 이들은 내상, 경강상인, 송상, 의상으로 심지어 만
주에서 온 만상도 있었다.

박어둔과 안용복은 이들을 엄격하게 심사하여 배에 태웠다. 나라

에 대한 열정과 배에 대한 경험과 지식, 공동체의식, 건강한 몸과 정신을 가진 자를 선별해 태웠다.

박어둔은 대경호에 각별히 신경을 썼다.

양담사리에게 배의 안전을 철저히 점검해 격실과 선저를 보강하게 했고, 김가을동에게 3년 치의 생필품을 싣도록 했다. 박어둔은 배를 수시로 점검하며 부족한 게 없는지 살폈다.

울릉도를 떠나기 전에 배를 총 점검하는 날이었다.

간부선원들은 맨 아래층 선적실로 내려갔다.

박어둔에게 암해장 김가을동이 보고했다.

"지하 선적실은 네 구획으로 나뉘어 있습니다. 선수에서 선미까지 차례대로 1,2,3,4 네 개의 선적실로 나뉘어져 있고 각 선적실은 또 몇 개의 선창으로 나눠집니다. 여기가 제1선적실 제1선창으로 선박 장비창입니다."

선박장비는 대부분 여별로 필요할 때 교체할 수 있는 비축품이다. 돛 닻 밧줄 쇠사슬인 삭구(索具), 닻줄, 돛줄, 닻줄을 감아올리는 닻줄 물레, 돛줄과 측심연줄을 감아 오르내리는 권양기, 용골에서 물을 퍼 올리는 양수기, 보충 선판, 뱃밥, 역청, 난로, 풀무를 창고마다 잘 분류해 놓았다.

무기실은 사수장 서화립이 안내했다.

"여기는 무기를 갖추어 놓은 제2선적실입니다. 항상 무장할 수 있도록 충분한 조총이 있으며, 각 창고마다 대포와 총통을 비롯해 각종 무기들이 구비되어 있습니다."

대완구, 불랑기, 조총, 권총, 탄환, 실탄, 화약, 화약통, 창, 검, 겸병, 철퇴, 활, 화살, 갑옷, 투구, 방패가 실려 있었다.

서화립이 말했다.

"이 갑옷은 총알을 막을 수 있는 방탄 갑옷입니다."

"그런가?"

"옥동 공방에서 벼린 미늘강철로 짠 옷이라 총알이 뚫지 못합니다."

김가을동이 서화립에게 말했다.

"그럼 갑옷의 성능을 시험해 봐도 되겠나?"

"좋아, 당장 하지."

"그럼, 얼른 입게. 내가 지금 총으로 쏠 테니."

김가을동이 총을 척 꺼내들고 말했다.

"이 사람아, 난 자네가 입고 내가 쏘는 줄 알았지."

서화립의 말에 모두들 웃음바다가 되었다.

제3선창은 물품실이었다. 선원들에게 생필품을 공급하고 급여를 주기 위해서는 무역에서 이익을 내지 않으면 안 된다. 동래상단 출신인 안용복 행수가 가장 신경을 쓰는 부분이었다.

동래상단의 소속인 사무장 임만수가 말했다.

"여기가 가장 비싼 곳이고 수익이 많이 나는 곳입니다. 다른 곳도 마찬가지겠지만 금괴와 은괴가 있기 때문에 시건장치를 잘하고 있습니다. 저 창고에는 해외에서 인기가 좋은 인삼과 비단, 생사와 백사 담배를 선적했습니다."

그밖에 면포, 도자기, 종이, 서책, 문방구, 약초를 사서 실었다.

4선적실에서는 주방장인 하영이 안내를 하였다.

"여기는 식품저장실입니다. 창고마다 쌀, 보리, 조, 기장, 대두, 소두, 옥수수, 고구마, 소금, 기름, 육포, 말린 생선, 물, 술, 김치, 된장, 간장, 마늘이 들어 있습니다. 저 곳에는 콩나물을 키우는 단지들이 있습니다."

"그러나 가장 중요한 것은 물이지. 물통은 어디 있나?"

"바로 이것이 옹기물통입니다. 물은 나무물통에 담으면 썩습니다. 그래서 제가 고공장에게 특별히 주문 제작했지요."

서화립은 큰 물동이 앞에서 설명했다.

"오늘은 제가 나설 일이 많네요. 주방장 하영씨의 부탁으로 만든 겁니다. 보시다시피 아주 대용량 옹기입니다. 제가 가장 공을 들인 부분은 바로 이것입니다. 이렇게 옹기 밑으로 물관을 빼내 마개의 개폐로 물을 편리하게 사용할 수 있도록 만들었습니다. 자, 보세요."

서화립이 마개를 빼자 물관에서 물이 갑자기 세게 뿜어져 나와 서화립은 물을 흠뻑 뒤집어써서 물에 빠진 생쥐 꼴이 되었다. 모두들 그 모습을 보고 웃었다. 서화립은 간신히 나무마개를 물관에 꽂아 물을 멈췄다.

"처음엔 다 이렇죠. 곧 익숙해질 겁니다."

선적실 위 선원들의 숙소인 하갑판 선실도 네 부분으로 나뉘어져 있다.

제1선실은 상용으로 쓰는 배의 장구인 삭구, 권양기, 그물, 낚시, 홰, 기름, 포탄, 실탄을 보관한 장비실이고, 제2선실은 강당, 의원실, 서고, 사찰, 주점, 휴게실, 옷집, 공방을 비롯한 각종 생활편의시설이 있고, 3,4선실은 선박을 운용하는 선원들이 묵는 선실이었다. 하갑판 선실은 2인 1실로 되어 있고 벽에는 여닫이 창문이 있었다.

박어둔이 창문을 열어보니 바다 풍광이 한눈에 들어왔다.

하갑판과 선적실에는 세로로 긴 복도 두 개를 내고 가로로 짧은 복도 세 개를 내어 통행하기에 편리하게 했고, 교차로와 비상구에는 계단을 만들어 선적실, 하갑판, 갑판, 상갑판이 서로 통하도록 했다.

배의 갑판은 앞 절반은 선상 농장이었다. 상추, 배추, 무, 갓, 생강, 마늘, 파, 부추, 나물을 심은 채마밭이 있고, 닭이 모이를 쪼고 있는 양계장, 소와 염소가 사는 우리를 조성했다. 이인성과 함께 승선한 하나코가 선상 농장을 책임지고 맡았다.

하나코가 말했다.

"김가을동 암해장의 요청으로 실은 말이 문제에요. 누워서 생활하는 다른 가축과는 달리 말은 잘 때도 서서 자니 선적실의 물동이처럼 밧줄로 말의 몸을 매어줘야 배의 요동에 견딜 수 있지요. 닭은 알을 잘 낳고 있으며, 산양은 젖도 잘 나옵니다. 이 채마밭에는 객토를 더하고 좀 더 촘촘하게 채소를 심어 수확량을 늘려 볼 작정입니다."

박어둔이 하나코에게 말했다.

"왕실에서는 동절양채(冬節養菜)라 해서, 겨울에도 채소를 키우는 온실을 만들어 신선한 채소를 공급하고 있지."

"어떻게요?"

"온돌 위에 한 자 반 정도 흙을 쌓고 온돌에 불을 지펴 겨울에도 온도가 떨어지지 않도록 하지. 벽은 황토로 쌓아 자연통풍이 되고 윗부분에는 한지에 기름을 발라 덮으면 엄동설한 밤에도 따뜻한 온실이 되는 거지."

온실의 기록은 세종 때 의관 전순의가 지은 『산가요록』에 나온다. 조선왕실 온실에서는 겨울에도 오이, 동아, 박, 수박, 토란, 아욱, 가지, 순무, 무, 갓, 생강, 마늘, 파, 염교, 부추, 버섯, 근대, 상추, 미나리를 키워 임금의 수라상에 신선한 채소를 공급했다.

"서화립 사수장, 우리 배에도 온실을 만들어보면 어때?"

"동절양채를 하는 온실이라고요? 특별히 어려운 건 없네요. 한 번 만들어보죠."

갑판 뒤의 절반은 가운데 넓은 공터를 중심으로 ㅁ자 선실을 만들었다. 앞 선실은 중앙통제실인 선교이고 양옆에는 간부선원과 여자들이 묵는 숙소가 있다. 이곳은 1인1실로 하갑판실보다 고급스러웠다.

선미에는 배의 키를 조정하는 조타실과 주방과 식당이 있다. 조타실에는 도장장 김자신과 도장들이 하루 종일 키의 방향을 조정하고 있다. 대경호와 같은 원양범선에는 사다리꼴 모양의 장군타를 쓴다. 세로 20자 가로 5자로 집 지붕 반쪽크기다. 조종막대기인 타병은 킷다리넉대에서 키의 타주와 연결되어 있고 타주에 배의 방향을 바꾸는 넓은 판, 타엽이 붙어 있다. 타병은 키의 방향과 높낮이를 조정해 배의 방향과 속도를 정하기 때문에 매우 중요한 막대기이다.

박어둔이 도장장인 김자신에게 물었다.

"김자신, 자신 있나?"

"예. 자신 여기에 있습니다."

선원들이 와! 하고 웃었다.

주방과 식당은 조타실 앞에 붙어 있다. 주방장은 하영이고 식당관리자는 이치로의 아내 월희이다.

안머슴이자 주방장 하영은 키가 큰 만큼 손도 크고 마음 씀씀이도 컸다. 신선한 음식을 큰 함지박에 내어 풍성하게 먹게 했다. 요리솜씨도 좋아 김치, 된장, 고추장, 멸치젓, 방게젓도 잘 담그고 큰 가마솥 밥도 고들고들하게 곧잘 지어냈다. 식단도 제때 바꾸어 같은 음식이 입에 물리지 않도록 했다.

하영을 도우고 식당을 관리하는 마늘각시 월희는 말 그대로 마늘처럼 양념 맛을 잘 내었다. 선상 텃밭에서 신선한 야채 배추, 무, 상추를 키워 상시 공급했고, 입맛을 돋우게 하는 나물인 쑥, 냉이, 달래, 씀바귀, 미나리, 쑥부쟁이를 키워 고향의 맛을 정갈하게 무쳐내곤 했다. 여걸인 그녀는 이따금 음식을 낭비하거나 식당에서 질서를 어기는 사람에게 호통을 쳤다. 마늘은 매우 맵다는 '맹날(猛辣)'에서 나왔다. 그녀는 질서를 어기는 남자들에게 매우 냉갈하고 맵게 굴어 다른 의미에서 마늘각시가 되었다. 하영과 월희와 헌신적으로 주방의 일을 보는 여자들 덕분에 선원들은 식사를 잘해 비교적 건강했고, 음식에 큰 불만이 없었다.

조타실 위 상갑판에는 두 개의 실만 있다. 오른쪽에는 배를 지휘하는 강수실이고 왼쪽에는 상단과 무역을 지휘하는 행수실이다.

돛대는 선수와 선미를 육 등분한 지점에 각각 하나씩 다섯 개가 하늘을 찌를 듯 높이 세워져 있다. 가장 굵고 큰 기둥인 중앙 돛대 위에는 조망대가 설치되어 있어 망군이 관찰한 것을 바로 아래 선교에 보고할 수 있게 했다.

배 좌우 난간에는 대포가 세 문씩 여섯 문이 장착되어 있고, 선수와 선미에 각각 두 문씩 총 십 문이 언제든지 불을 뿜을 준비가 되어 있었다. 갑판 선수에는 해안 수심을 조사하고 육지에 접안과 이안을 할 수 있는 흘수가 얕은 보조선 세 척이 묶여 있었다.

배의 가장 중심부는 통제실인 선교다. 그곳에는 배를 항해하는 데 필요한 해도, 나침반, 나침반침, 사분의, 천문측각기, 천체관측기, 지구본, 앙부일구, 물시계, 모래시계, 위도측정표와 항해일지가 갖추어져 있었다.

그밖에도 똥과 오줌이 바다로 낙하할 수 있는 화장실이 다섯 개 있고, 지하 선적실, 격실 벽에는 잠수부가 드나드는 구멍과 물을 끌어올리는 수관이 있다. 배의 가장 낮은 곳인 용골에는 물을 퍼내는 양수기가 있고 지하 선적실 한 구석에는 죄인을 가두는 감옥이 있다.

박어둔이 암해장 김가을동에게 말했다.

"준비를 잘 했다. 수고했어. 헌데 배에 불이 났을 때 불을 끌 방수통과 방사통이 보이지 않아."

"선적실 구석에 있는데 잘 보이는 곳으로 분산 배치하겠습니다."

"현재 인원은 몇 명인가?"

"100명입니다. 울릉도에서 60명 승선하기로 되어 있습니다."

"여자들은 몇 명인가?"

"40명입니다."

"여자들 선실을 좀 더 고급스럽게 꾸며봐. 벽지도 바르고 장롱과 탁자 의자도 좀 더 예쁜 것으로 교체해. 이불도 비단금침까지는 안 되더라도 남자들 것보다 더 품질이 좋은 것으로 교체해."

"알겠습니다."

처음부터 모든 것을 완벽하게 갖춰 출발할 수는 없다. 부족한 것은 항해하면서 바꾸어 나가면 될 것이다.

박어둔은 울산 청남당으로 발걸음을 돌렸다. 종갓집 청남당을 제외하고 대경호를 만드느라 전 재산을 다 처분했다.

윤보향은 육십이 넘은 노모가 되었으나 여전히 고왔다.

"어머니, 자주 찾지 못해 죄송합니다."

"그래, 준비는 잘 되었느냐?"

"예. 이제 내일이면 떠납니다."

"나는 염려스럽구나. 그 먼 곳을 간다니 말이다."

"염려마십시오. 건강하게 임무를 수행하고 돌아오겠습니다."

"그럼, 네 애비를 만나면 이걸 전해줘라."

옥 중에 가장 좋은 비취옥으로 만든 봉잠이었다.

"네 애비는 혼인 말이 나오기도 전에 해남에 와서 이걸 전해주고 갔지."

비녀는 시집가서 머리올린 여자에게 필요한 물건이었다.

어머니 윤보향

윤보향은 박어둔이 항해를 나선 뒤 회상에 깊이 잠겼다.

천막개의 몰락을 가장 기뻐한 자는 윤보향이었다. 윤보향은 복수의 일념으로 자신의 아들을 천막개 집에 업둥이로 밀어 넣었다.

윤보향은 명남당에서 다시 종으로 전락한 천막개에게 말했다.

"천막개, 내 얘기를 들어보게."

"네, 마님."

천막개는 한없이 초라한 종의 모습으로 다시 돌아갔다.

"난 자네에 대한 복수의 일념으로 살아왔지. 가문을 몰락시키고 나를 종과 기생으로 만든 자에게 반드시 복수하겠다는 생각이 없었다면 나는 벌써 자진해서 죽었을 것이야. 뻐꾸기의 습성을 아는가? 난 당신의 집에 뻐꾸기 알을 밀어 넣었지."

뻐꾸기는 몰래 다른 새의 둥지에 자신의 알을 낳아 기르는 탁란조다. 뻐꾸기는 제 둥우리를 짓지 않고 개개비, 휘파람새, 딱새의 둥우리에 알을 낳아 숙주 새에게 양육을 위탁하는 습성을 지니고 있다.

뻐꾸기는 숙주 새가 없는 틈을 타서, 둥우리에서 알을 한 개 물어내고, 대신 자신의 알을 낳아 밀어 넣는다. 보통 뻐꾸기 알은 숙주 새의 알보다 먼저 부화하는데 새끼는 알에서 나오자마자 본능적으로 다른 알을 발로 밀어내어 둥지 밖으로 떨어뜨린다. 그래서 둥우리와 먹이를 독점하고 자란 뒤 날 정도가 되면 길러준 숙주 새를 떠나 어미 뻐꾸기를 따라 날아가 버린다.

"너는 박기산의 아들인 줄 모르고 지금까지 정성껏 키워왔던 것이지. 그리고 어둔이 대과에 합격해 관리가 되자 이제 내 품으로 날아온 거야. 그것도 네가 열 배 이상으로 키운 종갓집의 모든 재산을 통째로 가지고 말이야."

"마님, 이제 모든 걸 잊고 살겠습니다. 허물이 있다면 저를 벌주시고 천금성을 비롯한 저의 가족들은 종갓집에서 거둬 주십시오."

"천막개, 네 놈과 네 살붙이들과 한 하늘 아래 있는 것조차 부끄럽다. 조용히 이 집을 떠나거라."

윤보향은 치를 떨면서도 차분한 목소리로 천막개를 쫓아내었다.

윤보향은 지난날을 돌아보았다. 악생 이모악을 만난 것이 그녀에게 큰 힘이 되었다.

동래교방청에서 여기까지 온 데에는 악생 이모악의 도움이 컸다.

홍매는 이모악에게서 음악을 배웠다. 음악은 그녀의 가슴에 맺힌 한을 풀어주는 소리였다. 자신의 깊은 곳에 있는 영혼의 호흡과 숨결을 내뿜어 지상의 아름다운 소리를 만든다는 것이 그렇게 좋을 수 없었다.

이모악은 그녀에게 음악뿐만 아니라 삶의 스승이기도 했다. 저주받은 삶에 의미와 가치를 불어넣어 준 것이 음악이었다. 단소와 대금과 태평소에 자신의 호흡을 불어넣으면 영혼의 소리가 났다. 천한 몸이지만 버선코를 사뿐 들고 팔을 걸치면 꽃보다 아름다운 나비가 되었다.

어느 날 이모악은 악기창에서 홍매에게 팔음 악기 중 연주가 가장 힘들다는 태평소를 건네주며 말했다.

"홍매, 난 이제 자네에게 더 이상 가르칠 게 없네. 삼현육각을 능숙하게 다룰 수 있을 뿐 아니라 가장 익히기 힘든 악기인 태평소까지 능숙하게 부니 이 오라비가 무얼 더 가르치겠는가."

악생 이모악이 지금까지 무수한 기생들에게 음악을 전수했지만 홍매는 음감과 기예가 출중해 군계일학이었다. 그 딱딱하고 생경한 악기도 홍매의 손에만 들어가면 풀피리나 버들가지처럼 낭창낭창해졌다.

"더 이상 가르칠 게 없다뇨? 아직 편종과 편경, 해태 모양의 어, 축, 박 등 여러 악기가 숱하게 남아 있잖아요?"

"그건 궁중 악기라 여기선 배울 수 없지."

"오라비, 이 변방 동래부에서 아무리 잘한들 뭐 하나요. 한양에 올라가 대군과 대감 앞에서 고무를 추고 연주를 하고 싶어요."

그녀는 한양으로 올라가고 싶은 마음이 굴뚝같았다.

기생오라비 이모악이 홍매의 어깨를 토닥이며 말했다.

"홍매는 청에서 태어났으면 예인이 되어 천자를 즐겁게 했을 것이고, 왜에서 태어났더라면 노(能)의 명인이 되어 막부장군을 모셨을 것이오. 다만 기녀와 재인에 대한 차별이 심한 조선에서 태어나 변방 동래성에서 재주를 썩히고 있으니 참으로 안타깝소."

홍매가 말했다.

"오라비는 배를 타고 중국 양주까지 갔다면서 날 한양으로 데려다주지 못하오? 제발 날 한양으로 데려다주오."

이모악은 홍매의 말에 대답했다.

"정말 한양으로 가고 싶소? 그러면 내 중국 양주 얘기를 해줄 테니 생각해 보시오."

양주 주점거리에 우뚝 솟아 있는 삼층 누각의 향강루는 그 위용이 청의 연경이나 일본 에도의 고루거각에 못지않았다.

조선에서 온 울상과 내상들은 객인의 안내를 받아 향강루 안으로 들어갔다. 주탁에는 일본, 안남, 천축과 멀리 유럽의 네덜란드와 포르투갈에서 온 상인들과 손님들로 북적대었다. 향강루는 술과 음식이 나오는 객석과 무대가 따로 구분되어 있었다. 주점의 바닥보다 한 자 정도 높은 무대 위에는 매미 날개 같은 옷을 입은 세 명의 처녀가 거문고를 탄주하는 중이었다. 무대 앞 주탁에서 이모악과 내상들이 앉아 술을 마시고 있었다.

조금 있으니 거문고 탄주 소리에 맞춰 갑자기 반라의 색목녀들이 뛰어나와 경쾌하게 춤을 추었다.

"이런, 굉장하군! 도대체 이 도깨비 같은 아가씨들이 어디서 왔단 말이야?"

"돈이 있는 곳에 미인들도 있는 법, 그동안 쌓인 여독을 여기서 맘껏 풀자고."

이모악과 내상들은 무대 위에서 색목녀가 흔들어대는 관능적인 배꼽춤을 보고 넋을 놓으며 말했다.

배꼽에 눈길이 가는 것도 잠시, 그중 한 색목녀가 옷을 벗어던지고 금실과 은실, 구슬장식으로 만든 젖가리개와 고쟁이만 입고 장고춤을 추며 무대 위를 돌아다녔다.

그 색목녀의 춤을 보고 향강루 객석에서는 휘파람 소리와 환호성이 터져 나왔다.

색목녀들 중에 장고를 멘 그녀는 군계일학이었다. 그녀는 그 춤 하나로 양주 태수의 애첩이 되어 태수가 연경으로 갈 때 함께 데리고 갔다는 것이다.

이모악으로부터 중국 양주 얘기를 들은 홍매는 눈을 크게 뜨며 대꾸했다.

"아니, 오라비는 나더러 그 색목녀처럼 옷을 벗고 장구춤을 추라는 거예요?"

"조금 있으면 동래부사는 한성부 판윤으로 영전해 가오. 동래부사를 따라 한양으로 가서 북촌에 양주의 향강루 같은 주점을 하나 내지요. 홍매는 충분히 그럴 만한 능력과 재색이 있소."

"말도 안 되는 소리 그만하세요!"

"곧 동래부에서 동래부사 주재로 수사 모임이 있을 것이오. 그 모임에는 가무가 들어갈 것인즉, 기회는 그때뿐이오."

"난 죽어도 싫습니다."

동래부로 말과 마차가 연달아 들어왔다. 낮은 구릉과 평지를 이용해 축성한 전형적인 평산성인 동래성은 동서남북 4곳에 옹성을 설치했다. 동래부사가 주관하는 모임에 수사와 첨사들이 들어와 회의를 끝낸 뒤 뒤풀이를 했다.

기생들의 춤과 노래들이 나가고, 악생 이모악이 북을 치며 말했다.

"그럼 마지막으로 동래 교방청의 꽃, 홍매를 여기에 불러보도록 하겠습니다. 홍매야."

홍매는 대청마루에 장구를 메고 오르면서 오라비 모악과 눈이 마주쳤다. 뒤에서는 태평소를 부는 모악의 지휘로 기생들이 거문고, 젓대, 세피리, 가야금, 해금으로 태평가 초장 음률을 내고 있었다. 그녀는 장구를 메고 덩기덕덩덩 장구를 치면서 '태평가' 민요를 부르기 시작했다.

이려도 태평성대

저려도 태평성대

요지일월(堯之日月)이요

순지건곤(舜之乾坤)이로다

우리도 태평성대니

놀고 놀려 하노라

그녀는 장구를 메고 태평무를 추면서도 왠지 서글펐다. 동래부사
는 애첩을 옆에 끼고 술기운에 게슴츠레한 눈으로 홍매를 바라보고
있었다.

홍매는 잠시 마음이 흔들렸다.

'어떻게 해야 하나?'

순간 태평소를 부는 기생오라비 이모악과 눈빛을 마주쳤다.

모악이 눈빛으로 묻고 있었다.

'네가 진정으로 한양으로 가고 싶으냐?'

'단순히 기생질하러 한양에 가고픈 건 아닙니다. 남모를 아픈 이유
가 있다는 걸 알잖아요.'

홍매는 태평무를 추다 저고리와 치마를 벗었다. 몸에는 하늘하늘
한 가슴가리개와 고쟁이만 걸쳐 있었다. 그녀는 속옷 바람으로 장구
를 치며 덩실덩실 춤을 추기 시작했다. 수사와 첨사 등 무반 무골들
이 이 광경을 보고 벌린 입을 다물지 못했다. 홍매의 몸은 햇빛을 머
금은 이슬처럼 빛이 났다.

결국 홍매는 그 춤으로 동래부사의 마음을 사로잡아 그를 따라 한
양에 올 수 있었다.

한성 판윤의 지원 아래 북촌 홍루의 행수 자리에 오른 홍매는 악생 이모악으로 하여금 북촌 홍루를 양주의 향강루 식으로 개조해 운영하며 허목, 허적, 김석주와 같은 권력자들을 상대로 천막개의 동향을 살피며 아들 박어둔의 성공을 지원했던 것이다.

　박기산은 어린 시절 염부와 함께 배를 타고 소금을 싣고 해남으로 갔다. 해남 윤씨는 경주 박씨와 윗대 조부 박잉석 때부터 사돈 간이어서 서로 교류가 있었다. 울산의 소금과 해남의 토산품인 해남옥, 진양주, 참게젓을 바꾸곤 했다.
　그때 박기산은 염부 천막개와 함께 녹우당에 왔다. 윤보향이 대청에 기정경단과 배숙 한 그릇을 가지고 왔다. 배숙은 배즙에 꿀과 생강과 대추를 넣어 달인 물이었다.
　"드세요."
　"고마워. 배숙이 참 달고 시원하네."
　"저기, 염부에게도 한 그릇 줄까요?"
　"그냥 나둬, 종놈이 일하는데."
　"그래도 땡볕에 목마를 텐데, 한 그릇 줄게요."
　윤보향은 녹우당에 소금가마를 나르는 천막개에게 배숙 한 그릇을 주었다.
　천막개는 땀을 번들거리며 한 그릇을 단번에 들이키고는 윤보향에게 말했다.

"이 천한 종놈에게 이런 호의를 베풀다니 고맙습니다."

박기산이 윤보향의 그런 모습을 보며 말했다.

"참, 마음마저도 아름답네. 이름이 뭐지?"

"윤보향이예요."

"난 박기산이야. 해남 녹우당 정원에 양귀비꽃이 있단 말을 들었는데 오늘 보니 정말 있군."

"이 정원에 그런 꽃은 없는데요."

"잘 찾아봐, 있어. 잘 먹었다. 그럼, 안녕."

박기산은 윤보향에게 비취옥비녀가 담긴 곽을 하나 주고 바람처럼 사라졌다. 그 이후로 박기산은 한 번도 해남에 나타나지 않았고 다시 만났을 때는 오 년 뒤 혼담을 가지고 왔을 때였다.

"그때가 내 나이 열 셋에 옥잠이라니 얼마나 엉뚱한 선물이겠느냐."

"아버지는 어떻게 이걸 구하신 건가요?"

"어머니에게 부탁해서 산 것을 나에게 주었다더구나."

"참, 아버지도……."

"난 그것을 받고 노리개 삼아 만지작거리며 오 년 동안 네 아버지만 기다렸다."

윤보향은 비취옥비녀를 끼고 울산에 시집 왔고 집안이 풍비박산이 났을 때 가장 먼저 챙긴 것이 비취옥비녀였다.

"가족들이 뿔뿔이 흩어지고 난 뒤 난 이것을 노리개 삼아 험한 세

월을 이겨내며 네 아버지를 기다렸다. 나 대신 이 옥잠이 네 아버지
를 만나면 그것으로 족하다."

"아버지를 만나 꼭 전하도록 하겠습니다."

박어둔은 어머니의 한 생애가 깃든 비취옥비녀를 소중하게 간직
했다.

천시금과 아들

박어둔은 새롭게 선발한 선원들과 함께 대경호를 타고 개운포항을 떠나 울릉도 도동항에 입항했다. 부두에는 많은 울릉도 도민들이 마중하러 나왔다.

박어둔은 왕명과 천시금을 생각했다.

'하늘이 무너져도 이번에는 보내야 한다. 사흘이면 또 떠날 것을, 아픔만 주는 인연을 쌓으며 굳이 만나야 할 것인가?'

부두에서 천시금이 박어둔을 찾고 있었다. 천시금이 등 뒤에 아이를 업고 있는 것이 아닌가.

"그동안 잘 있었소?"

"예. 유배지에서 고생이 많았다는 말 들었는데 찾아뵙지 못해 죄송해요."

"천만에. 당신이 여기서 더 고생이 많았을 테지. 그런데 이 아이는 누군가?"

천시금은 포대기를 끌러 아이를 박어둔의 품에 안겨주며 말했다.

"당신의 아입니다. 오 개월 된 사내아이예요."

"호오."

"염려할까봐 말씀은 못 드렸지만 당신이 일본으로 떠날 때 회임 중이었어요."

"혼자서 아이를 낳느라 얼마나 고생이 많았나."

"하영이, 월희, 하나코를 비롯해 여러 섬 식구들이 도와줬죠."

"아이의 이름은?"

"동해바다에서 태어나 그냥 동해라고 부르고 있어요."

"박동해, 좋은 이름이야."

박어둔이 품에 안은 아이에게 '동해야'라고 부르자 아이는 눈을 맞추며 방긋방긋 웃었다. 박어둔은 아이를 둥개둥개 어르며 말했다.

"허허, 이 녀석이 나를 많이 닮았군."

"고 녀석, 애비를 닮았으면 어떡할 뻔했어. 엄마를 닮아 인물이 훤하네."

어느새 안용복이 끼어들어 아이를 빼앗아 안으며 말했다.

"미래 장군감일세."

잇달아 선원들도 우르르 몰려와 아이에게 덕담을 했다.

박어둔은 자주 찾는 사자바위에 앉아 하늘과 바다가 맞닿은 수평선을 바라보며 생각에 잠기곤 했다.

그녀는 이제 궁궐로 들어가 왕의 여자가 될 것이다.

아무것도 모르는 아내가 애처로웠다. '당신은 왕궁으로 가야 돼.'라는 말을 꺼내려고 여러 번 시도했다. 불안한 떠돌이의 아내보다 왕의 궁녀가 되는 것이 더 행복할 것이다. 지금까지 아내를 붙들고 있는 내가 욕심쟁이고 못난 놈이다. 진정으로 사랑한다면 울릉도보다 왕궁으로 보내야 한다. 용기 있는 자가 미인을 얻는다고 했던가. 나의 용기는 용기가 아니라 만용이었다. 아니, 행운이 있는 자가 미인을 얻을 수 있지만 그것도 지금까지다.

왕의 섬 울릉도

　박어둔은 천성적으로 일벌레였다. 마음에 근심이 있다고 울릉도 순찰을 게을리하지 않았다. 그동안 울릉도와 우산도는 확고하게 조선의 강토로 편입되어 조선인들의 거주지와 살림터가 되었다. 부두와 진이 설치되어 항구와 요새로서의 기능도 담당하고 있었다.

　서항, 남항, 도동항, 동항에 장시가 형성되었고, 정박하는 배도 수십 척이 넘었다. 배가 많은 것은 양담사리가 도동항 옆에 배를 만드는 선소를 지었기 때문이다. 도로도 생기고 마을도 형성되어 거주하는 인구는 천여 명, 호수는 4백호수가 넘었다. 일 년만에 도동항을 중심으로 새로운 도시가 생긴 것이다.

　김가을동, 김득생, 양담사리, 김자신은 자신이 맡은 소임을 다했다.

　박어둔이 김가을동에 물었다.

　"울릉도는 스스로 설 수 있는 섬이 된 건가?"

　"식량의 자급자족은 멀었지만 살림살이는 자립하고도 남습니다.

여기서 생산된 해산물을 동래, 울산, 울진, 삼척, 어라연의 곡물과 생필품과 바꾸고 나머지는 돈으로 받아옵니다. 산에는 약초와 나물이 많고 바다에는 해산물이 풍부한 데다 지금 벼와 콩, 각종 토산물이 잘 자라고 있기 때문에 머잖아 울릉도는 부촌이 될 것입니다."

"인삼 씨앗을 가져왔으니 한 번 심어보게나."

"알겠습니다. 아마 잘 자랄 겁니다."

"왜인들의 동향은 어떤가?"

"작년 이후에 왜선들은 이곳에 얼씬거리지 못합니다. 울릉도민은 모두 둔전을 일구고 어렵을 하면서 수군을 섭니다. 아주 드물게 왜선이 우산도 부근에 나타나긴 합니다만 우리들이 배로 쫓아버립니다."

"여기 배가 우산도에 정기적으로 출어하는가?"

"어선들이 격일로 나가 우산도의 전복과 미역을 채취해오고 있습니다."

"앞으로 열흘 뒤에 왕명에 의해 우리 대경호는 먼 유럽을 향해 떠난다. 그때까지 배는 모두 잘 정비되어야 한다."

"알겠습니다."

대경호는 울릉도와 본토를 오가며 유럽까지 갔다 오는데 필요한 3년간의 물품을 구입해 선적했다.

박어둔은 부강수 양담사리, 암해장 김가을동, 사수장 서화립, 고공장 김득생, 도장장 김자신에게 배의 구조를 다시 한 번 점검하게 했고 행수 안용복은 부행수 이인성과 사무장 임만수로 하여금 선적한 물품과 생필품을 면밀하게 점검하게 했다.

박어둔은 두발과 함께 울릉도의 거주지를 살핀 뒤 들과 숲으로 들어갔다. 곳곳에 옛날 선주 정착민이 살았던 흔적은 예전부터 알고 있었다. 절골터에는 기와 파편과 다듬은 돌이 뒹굴고 있었고, 북면에는 고분군들이 흩어져 있었다. 돌무지 고분군들은 신라시대의 것이 분명했고, 고분들 주변에 흩어진 토기와 문병은 경상도 전역에서 본 것과 유사했다. 박어둔은 어릴 때 울산 청남당 뒤뜰에도 굴러다니는 굽이 높아 고배라고 부르는 회청색 토기를 보았던 적이 있다. 그는 울릉도 곳곳에 흩어져 있는 고분과 토기에서 이곳에 먼저 정착한 선조들의 숨결을 느낄 수 있었다.

고분군 주위에는 녹이 쓸어 삭아가는 동관이나 쇠로 만든 판갑옷의 흔적도 보였다. 이런 부장품들은 당시 소왕국 울릉도를 다스리던 통치자의 위엄을 나타내기에 충분했다. 울릉도는 왕의 섬, '우르'도가 분명했다.

박어둔이 두발에게 말했다.

"아저씨, 기억나? 내가 처음 서당 학동 시절 여기로 왔을 때를."

"그걸 어찌 잊겠습니까. 집 안에 온통 난리가 났었죠."

"처음 이 땅을 밟았을 때는 설화 속으로 들어온 기분이었지. 이사부의 불을 뿜는 사자와 처용 이야기, 진평왕의 옥대, 신문왕의 만파식적 설화에 흠뻑 빠져 모든 것이 신기해 보였지. 우리들은 어디엔가 숨겨져 있을 신기한 보물을 찾아 온 섬을 헤매고 다녔지."

"그만한 나이 때는 누구나 그렇게 행동하지요."

"그 다음은 울진현감으로 남구만 어사의 명을 받고 세 번에 걸쳐 왔는데 그야말로 탐사였지. 문헌사록을 뒤져 울릉도의 역사를 찾고 직접 발로 울릉도를 답사했다. 전복과 해삼은 돌처럼 많고 미역은 잡초처럼 많은 보물섬이었지."

"두발."

"예, 도련님."

"내가 다섯 번째 왕명을 받고 이 섬에 왔을 때야 비로소 이 섬의 진가를 알았지."

"왜적을 물리치고 이 섬에 상륙했잖습니까."

"그랬지. 싸우고 얻었기 때문일까. 이 섬은 일본과 중국, 시베리아와 태평양으로 뻗어나가는 전략적 요충지라는 것을 그때 알게 되었지."

"도련님, 중국도 오래 전부터 이 섬에 관심을 가지고 있었다는 것을 아시죠?"

"그걸 왜 모르겠나. 원 황제는 이 울릉도를 두고 일본을 침공하는 전진 기지로 생각한 적도 있었을 거야."

고려사 열전인 『이추전』에는 '원나라에서 이추를 보내서 재목을 요구했으며, 이추는 울릉도에 건너가서 재목을 작벌코자 했으므로 왕은 청서 추밀사 허공을 보냈다.'는 기록이 있다. 아마도 울릉도의 재목으로 배를 만들어 일본을 침공할 생각을 했을 것이다.

지금 원나라 황제 강희제(康熙帝, 재임 1661-1722)는 삼번(三藩, 오삼계, 상가희, 경계무)의 난(1673-1873)을 진압한 뒤, 청의 영토를 동서사방으로 확장하고 있는 중이다. 북쪽으로는 러시아와 아이훈 조약을 맺어 러시아의 남하를 견제하고, 서쪽으로는 몽골과 갈단을 토벌하고 남쪽으로는 티베트를 병합했다. 동쪽으로는 울릉도 우산도, 두 섬과 일본을 노리고 있을지도 모른다.

박어둔은 우산도를 빼앗기면 영토의 절반을 잃는다는 일념으로 울릉도에 출몰하는 왜선을 쫓아버렸고, 안용복과 함께 일본으로 달려가 막부 관백과 협상하여 일본배는 울릉도에 다시는 들어가지 않겠다는 서계를 받기도 했다.

"그런데 두발."

"예."

"지금 다섯, 여섯 번째 이 섬에 발을 딛는 나의 생각은 어떨 것 같아?"

"글쎄요. 기우인지 몰라도 뭔가 근심거리가 있는 것 같습니다."

"그래. 섬도 아프고 나도 아픈 것 같다."

"무슨 일이시죠. 저도 돕겠습니다."

"배를 타고 나와 같이 갈 건가?"

"당연하죠. 저는 완전 뱃놈입니다. 안핑과 마닐라까지 간 적도 있어요."

"그런데 두발, 부탁이 하나 있어."

"그게 뭔가요."

"내가 떠나면 아내와 아이를 한양으로 데려가줘."

박어둔은 부태수 유일봉을 자기의 후임으로 정했다. 유일봉은 박어둔과 함께 마채 염전에서 소금서당을 열었고, 박어둔의 서신을 두 번에 걸쳐 왕에게 성공적으로 전한 인물이다. 유일봉은 문화 유씨의 사대부 가문에서 태어났으나 조부가 유몽인의 난에 연루돼 옥사한 뒤 집안이 몰락했다. 젊은 시절 두 번 과거에 응시했으나 낙방하고 영해에 은거하면서 어업에 기반을 둔 실학을 표방했다. 그는 삼면이 바다로 둘러싸인 조선의 살 길은 어업과 해상무역을 장려하고 바다를 개척하는 길밖에 없다고 글을 썼다. 세상에서 한 발 물러나 글을 벗삼아 지내다 안용복을 만나 삶이 바뀌었다. 그는 양반의 허울을 벗어버리고 자신의 이론을 실천하기 위해 직접 염전에서 염부로 일하고 해척이 되어 배를 타고 바다에 뛰어들었다. 박어둔은 유일봉의 이상과 열정, 실천적 개혁의지를 높이 사 울릉도 태수직을 그에게 맡겼다.

울릉도에서의 사흘이 눈 깜짝할 새 지나갔다. 출항 준비를 끝낸 대경호는 박어둔의 명령만 기다리고 있었다.

배를 타고 떠나기 전 박어둔은 아내와 아들을 데리고 사자바위에 올랐다.

박어둔은 천시금과 등에 업은 아이를 보며 말했다.

"내가 없이도 아이를 키우며 잘 살 수 있겠어?"

"그럼요."

"전에 살던 한양이 그립지 않아?"

"천만에요. 당신이 어민들과 개척한 이곳이 우리들의 영원한 보금 자리예요. 우리는 염려하지 말고 잘 다녀오세요. 나라를 위해 큰일을 하는 당신이 자랑스러워요."

아내의 함박웃음에 순간적으로 어깨에 짊어진 이 세상의 무거운 짐이 다 날아가 버리는 듯했다.

'누가 미인은 그 자체가 우물(尤物)이라고 했던가. 미인은 자신에게 화를 불러오지 않으면 반드시 남자에게 화를 불러온다. 그래서 능히 그로 인한 화를 이길 수 있는 용사만이 미인을 차지하는 것이다.'

박어둔은 사자바위에 천시금과 나란히 앉아서 바다의 수평선을 바라보며 말했다.

"이제 유럽으로 떠날 거야. 대신 두발 아저씨가 집사로서 당신과 아이를 돌봐줄 거야."

"두발 아저씨라면 신뢰가 가요."

두발은 매사에 빈틈이 없고 유능하고 삶의 경험이 풍부한 데다 집 안일을 손금처럼 훤하게 알아 집사로서 적격이었다. 그는 어릴 때부터 박어둔을 도련님으로 섬겼고, 오랫동안 천막개의 심복으로 천막개의 딸 천시금에 대해서도 깍듯하게 했다.

"이곳은 당신과 아이가 살기에 너무 거친 곳이야. 내가 떠나면 두발 아저씨를 따라 한양으로 올라가. 알았지?"

"갑자기 왜 그러세요?"

"아무 말하지 말고 두발 아저씨를 따라가."

"알겠습니다."

"사랑한다."

"제가 더요."

배가 떠날 직전까지 박어둔은 천시금을 꽉 껴안고 놓아주질 않았다.

대항해의 시작

"출항하라!"

박어둔이 선교에서 명령을 내렸다. 대경호는 5개의 돛을 활짝 펴고 유럽을 향해 출항했다. 선수의 돛대에는 조선왕실 오얏꽃 깃발이 펄럭이고 있었고 높은 중앙 돛대에는 고래 깃발이 펄럭이고 있었다. 가장 높은 중앙 돛대 위에는 최봉언의 바다매가 앉아 날카로운 매눈으로 망을 보고 있었다.

대경호에 승선한 사람은 강수 박어둔과 행수 안용복을 비롯해 167명이었다. 안용복과 김득생은 3년 분의 물품을 항목별로 준비해 배에 실었다.

'배의 성능과 물품들은 문제가 없다. 항해의 성공 여부는 사람에게 달려 있다.'

대경호가 처음 도착한 곳은 우산도였다. 박어둔은 전 선원을 갑판으로 불러내어 출정식을 치렀다.

"조선 국토의 막내 우산도를 한 바퀴 돌면서 출정식을 하겠소. 우리는 대왕마마의 뜻을 받들어 유럽까지 대항해를 할 것이오. 내가 왕으로부터 받은 명령은 세 가지요.

첫째, 유럽으로 가서 이탈리아 교황의 친서를 받아올 것.

둘째, 아프리카의 사자를 잡아올 것.

셋째, 일본 관백의 서계를 받아오는 것이오.

셋 중 어느 것 하나도 쉬운 일이 없지만 우리는 최선을 다해 이 사명을 수행할 것이오. 알겠는가?"

"예!"

"장거리 항해에서 배 안의 규율은 육지보다 엄할 수밖에 없소. 명령과 법령이 곧 생명이오. 나의 명령을 어기거나 법령을 위반하는 자는 최고 참수형에 처하고 죄의 경중에 따라 태형과 감옥형을 받을 것이오. 알겠는가?"

"예!"

"우리 모두는 조선을 대표하는 외교 사절이오. 도착하는 항구마다 조선인의 품위를 지키고 국위를 선양해야 하오. 우리는 한 배를 탄 한 가족이오. 살아도 같이 살고 죽어도 같이 죽을 것이오. 알겠는가?"

"예!"

"천지신명이시여, 우리 167명이 우산도에서 떠나나이다. 한 명의 낙오자도 없이 무사히 이 항해에서 돌아올 수 있도록 지켜주소서."

박어둔은 하늘을 향해 기도한 뒤 대경호는 우산도에서 출항했다.

배는 남하해 일본 나가사키로 향했다.

박어둔은 강수실에서 항해일지를 썼다.

항해일지

정묘 1일 맑음

날씨는 쾌청하고 바다는 거울 같다. 풍기대(風旗臺)는 동북을 가리키고 배는 나가사키를 향해 순항하고 있다.

대경호는 울릉도와 우산도를 떠나 유럽을 향해 돛을 올렸다.

우산도를 돌며 전 선원들과 출정식을 했다. 선원들에게 명령과 법령의 중요성을 알려주었다. 오후에는 간부선원들을 선교로 불러 목숨으로 왕명을 수행해야 함을 거듭 강조했다. 윤두서가 보강한 혼일강리도를 펴서 우리가 항해해야 할 항로를 보여주었다. 윤두서는 터럭 하나도 정확하게 그리는 자로 우리나라의 혼일강리역대국도지도와 위도가 적힌 중국의 '황여전람도', 위도와 경도가 정교하게 그려진 화란인 핸드릭의 '인도양지도' 등 세계의 여러 해도와 지도를 참고해 그렸다. 그가 그린 혼일강리도는 매우 정교해 항해에 어려움이 없다. 하지만 아시아 해상 비단길과 아프리카 항로, 지중해 항로를 돌아 다시 돌아오는 먼 길이다. 지도를 바라보는 눈들이 호기심과 두려움으로 형형하게 빛났다.

강수실로 돌아오는데 안용복 행수가 말했다.

"제수씨와 아이는 잘 갔겠지?"

"면목이 없습니다. 형님."

안용복 행수가 떠나기 전 나에게 말했다.

"자네는 왜 그리 무정한가? 우리가 목이 베어지더라도 천시금을 궁궐로 보내서는 안 된다."

결국 왕의 추쇄를 피해 두발에게 한양 궁궐로 가는 대신 안행수의 진외 가인 양양으로 가족을 데려가도록 명했다.

어쩌면 안행수와 나는 항해를 무사히 마치고도 왕으로부터 목 베임을 당할지 모른다.

임진왜란 때 동래부사 송상현은 '군신의중 부자은경(君臣義重 父子恩輕 : 군신의 의가 무거우니 부자의 은혜는 가벼이 하려이다)'의 글을 남기고 죽음에 임했다. 왕명보다 가족의 안위를 먼저 생각하는 나는 송공에 비하면 얼마나 불충한 자인가. 저물녘 몸이 피곤하고 수시로 땀이 흐르니 내일 비가 올 징조다.

나가사키

　배는 우산도에서 아흐레를 항해하여 일본 나가사키 외항 데지마 상관에 닿았다. 선창 밖은 해수면 위로 아침 해가 떠올라 부챗살 같은 햇살이 바다를 환히 비추고 있었다. 잔물결은 황금빛 물결에 젖어 일렁이며 그 위에 데지마 상관의 목조건물과 주변 경물이 떠 있었다. 데지마 항구에는 네덜란드 배 다섯 척이 정박해 있었다.

　이치로가 데지마 상관을 가리키며 박어둔에게 말했다.

　"데지마 상관이 커 보이지만 초량 왜관의 1/3밖에 되지 안스무니다."

　"음, 일단 여기에서 정박하고 물도 구하도록 하자."

　데지마 상관은 1635년 포르투갈 사람들이 만든 부채꼴 모양의 인공섬이다. 일본 조정이 포르투갈의 야소교 포교를 금지하고 포르투갈인들과 접촉하는 것을 금했기 때문에 궁여지책으로 생각해낸 것이 인공섬이었다. 포르투갈인이 다시 포교를 하다 발각된 후 네덜란드 상관으로 교체되고 이후 데지마 상관은 일본과 서양이 접촉하는 유일한 통로가 되었다.

데지마 상관의 선착장에 대경호를 대자 총을 든 네덜란드인 군인 셋이 사다리를 타고 갑판 위로 올라왔다.

지휘관인 빌렘이 선장 박어둔에게 물었다.

"이 배는 어디서 온 배인가?"

"조선에서 왔다. 저 다섯 잎 오얏꽃 깃발이 보이지 않는가? 대조선국의 깃발이다."

"무슨 목적으로 왔는가?"

"조선왕의 친선과 교역의 명을 전하러 왔다."

"우리 동인도회사와 협정을 맺은 배 이외에는 이곳에 정박하지 못한다."

"여기 네덜란드인 하멜의 딸이 있다."

박어둔이 하영을 빌렘에게 소개했다.

"하멜의 딸? 하멜표류기를 쓴 그 하멜의 딸이란 말인가?"

"네, 그래요."

하영이 앞으로 나서며 말했다.

"하멜은 저의 아버지이고 전 조선에서 태어나 자랐습니다. 지금 아버지의 나라를 찾아 가는 중이에요. 이게 아버지가 저의 어머니에게 남겨준 반지에요."

하영은 하멜이 훈련도감에 있을 때 어머니에게 준 반지를 보여주며 말했다. 하영은 어머니로부터 이 반지를 물려받았었다. 그녀는 아버지가 그리울 때마다 이 구리반지를 만졌다. 반지는 반질반질하게 닳아 빛이 났다.

"이 반지 안에 알 수 없는 글이 새겨져 있어요."

하영이 반지를 빼서 빌렘에게 보여주었다.

"세상에, 헨드릭 하멜이라는 네덜란드 글자요. 하멜의 딸이 분명하군요. 상관장에게 안내해드리겠소."

빌렘은 박어둔과 하영을 즉시 상관장 도프에게 안내했다.

데지마 상관장 도프가 상관원들을 거느리고 나타났다.

상관장 도프가 박어둔과 하영을 반갑게 맞으며 말했다.

"반갑습니다. 하멜의 딸이라는 말을 들었습니다. 여기서 이렇게 만날 수 있다니!"

박어둔은 데지마 상관장실에서 커피를 마시며 조선왕의 뜻이 담긴 친선과 교역의 서계를 전했다. 도프의 호의로 박어둔과 하영은 특별히 상관장의 저택으로 초대를 받았다. 상관장의 집은 화려했다. 페르시아산 붉은 융단이 깔린 바닥 위에 비단보를 덮은 흑단목 탁자와 식탁에는 물소 가죽 의자와 금은 세공이 들어간 접시들이 가지런히 놓여 있었다. 서가에는 금박을 입힌 책들이 꽂혀 있었다.

네덜란드 요리와 럼주가 나왔다.

상관장 도프가 건배를 제의했다.

"우리의 좋은 만남을 위해 건배합시다."

세 사람은 건배하고 베이컨과 감자로 만든 네덜란드 전통요리 스탬폿을 먹으며 얘기를 나누었다.

하영이 도프에게 물었다.

"아버지는 지금 어디에 있나요?"

"하멜은 오래 전에 네덜란드에 돌아갔소. 네덜란드에 가기 전 바로 이 방에서 일 년을 머물면서 쉬지 않고 보고서를 썼지요."

"바로 이 방에서요?"

"그렇소. 나는 당시 데지마 상관의 서기였소. 하멜이 이 방에서 글을 쓰는 것을 보았죠."

"조선에 대한 기억이 사라지기 전에 빨리 쓰신 거군요."

하영은 아직도 이 방에 아버지의 체취가 남아 있는 느낌이 들었다.

"집필의 목적은 뚜렷했지요. 하멜과 동료들이 14년 동안 받지 못한 임금을 청구하기 위해 보고서를 쓴 것이죠."

하멜은 조선의 지리, 풍속, 정치, 군사, 교육, 교역에 대해 자세하게 적었다.

도프가 말했다.

"하멜은 귀국해 하멜표류기를 출판해 네덜란드에서 인기 있는 작가가 됐지요."

『하멜표류기』로 알려진 하멜의 보고서는 암스테르담에서 출판되자 선풍적인 인기를 얻었다.

"일부에서는 하멜표류기를 조선에 대한 비난의 글이라고 알려지기도 했지만 자세히 읽어보면 그렇지도 않죠. 글 행간에는 조선에 관한 애정과 사랑이 듬뿍 담겨 있지요."

당시까지 별로 알려지지 않았던 조선이 『하멜 표류기』를 통해 유럽에 널리 알려지기 시작했다. 네덜란드 동인도회사는 조선과 직접 교역을 위해 천 톤급의 선박, 코레아호를 건조해 일본으로 보냈다. 하지만 조선과의 교역을 독점하려는 일본의 반대로 코레아호는 조선으로 들어가지 못했다.

박어둔이 도프에게 물었다.

"그 후 코레아호는 어떻게 됐나요?"

"코레아호는 10년간 네덜란드와 일본을 오가며 네덜란드 동인도회사에 막대한 부를 실어다 주었지요."

"안타깝군요. 코레아호가 우리 조선에 왔더라면 두 나라는 서로 가까워졌을 텐데 말이오."

"그나마 하멜과 코레아호를 통해 조선이 유럽에 알려졌으니 다행 아니오?"

"그럼, 우리 하멜을 위해 건배를 합시다."

"건배!"

박어둔은 데지마 상관장 도프와 많은 이야기를 나누며 우의를 쌓았다.

대경호는 유럽 배가 아닌데다 숙식과 항만시설이 부족한 데지마 상관에 머무를 수 없었다. 대경호는 인접한 나가사키항에 입항했다. 안용복은 식수부터 신선한 물로 교체하고 나가사키 상단과 무역협상을 진행했다. 선원들은 항구에 내리자 마치 게 자루를 풀어놓은 듯 무질서하게 흩어졌다. 선원들은 가르치지 않았는데도 몸짓언어와 타고난 언어감각으로 잘들 의사소통을 하며 상점과 식당과 술집으로 들어가 거래를 했다.

선원들을 통솔하는 고공 김득생이 애오라지 질서를 잡느라 애를 쓰고 있지만 오랜 만에 뭍을 밟은 선원들을 통제하기란 사실상 불가능했다. 몇몇 선원들은 나가사키 상점에서 닥치는 대로 물건을 사고 주점으로 나가 흥청망청 놀았으며 밤에는 기생집에서 잠을 잤다.

나가사키 입항 셋째날 안용복은 나가사키 상인들과 큰 거래를 성사시켰다. 인삼이 주거래 품목이었는데 질 좋은 울산담배도 인기였다. 담배는 일본에서 조선으로 건너왔는데 울산 담배농가에서 여러 번의 폐작 끝에 담배재배에 성공했다. 담배농가는 잎담배를 수확하는 적절한 시기와 건조해 혼합하는 비법을 알아 질 좋은 담배를 대량 생산하기에 이르렀다.

안용복은 선원의 기호품으로 담배를 넉넉하게 배에 실어왔는데 나가사키 상인들이 담배 맛을 보더니 담배 한 근에 구리 백 근을 쳐주겠다고 했다. 결국 담배 백 근을 주고 구리 만 근을 받아 선적했고, 인삼 열 근으로 유황 백 관을 구매할 수 있었다. 담배로 인삼을 대체함으로써 환금성이 강한 인삼을 그만큼 아끼게 되었다.

셋째날 저녁 박어둔은 나가사키로 나갔다. 대경호 선원들이 나가사키 기린각 주점에서 게이샤들의 샤미센 연주를 들으며 회포를 풀고 있었다. 그런데 갑자기 나가사키 봉행의 부하 오토나가 일본도를 찬 사무라이 둘을 데리고 나타났다.

오토나가 박어둔에게 말했다.

"나가사키 봉행께서 대경호의 선장을 압송하라는 명령이다."

나가사키 봉행은 나가사키의 행정과 치안을 담당하는 자로 최고의 권력을 가진 자이다. 주로 외국인 출입관리, 외국과의 밀무역, 외국인의 형사사건, 야소교신앙을 단속해 처벌한다.

"무슨 일이냐. 우리는 정당한 절차를 밟고 나가사키에 입국했다."

"체포해서 압송하는 것만이 우리의 임무이다. 체포하랏!"

오토나의 명령에 사무라이들은 곧바로 박어둔을 포박해 나가사키 봉행소로 데려갔다.

봉행소 안에는 방마다 서류더미와 압수한 각종 수출입 물품이 있었다.

중앙 심문소의 높은 의자에는 검은 모자를 쓴 나가사키 봉행이 앉아 있었다.

박어둔은 봉행에게 말했다.

"우린 조선왕의 친선과 교역의 뜻을 전하기 위해 나가사키에 왔다. 그런데 이게 무슨 무례한 짓이냐?"

봉행이 박어둔을 매서운 눈으로 보더니 말했다.

"역시 보쿠 도라헤가 맞군."

"그렇다면 당신은 작년 대마도 도주와 함께 관백의 서계를 빼앗은 자로군."

"죽도가 조선 땅이라는 서계를 어떻게 들고 가게 하겠는가?"

"울릉도 때문에 날 끌고 왔느냐?"

"대경호에서 인삼 백 근이 밀수입되었다. 오토나, 그놈들을 끌고 오너라."

조선인 한 명이 고문을 당해 축 늘어진 채로 질질 끌려왔다. 기린각 주점에서 기린무를 추던 기생 아이코와 밀수입한 인삼 꾸러미도 함께 봉행소에 들어왔다.

박어둔은 조선인을 보고 놀랐다.

"너는 어제 배에서 당직을 선 사무장 임만수가 아니더냐."

"강수님."

임만수는 불안한 눈빛으로 쳐다보더니 이내 고개를 떨어뜨렸다.

나가사키 봉행이 추상같이 말했다.

"임만수, 언제 어디에서 인삼과 금괴를 밀거래했는지 말하라."

"어젯밤 자시에 나가사키항에 정박한 대경호에서 했습니다."

"어떻게 했는가?"

"아이코가 탄 배에 줄을 달아내려 인삼과 금괴를 교환했습니다."

"그럼, 인삼을 밀반입해 금괴와 바꾸도록 시킨 사람이 누구더냐?"

임만수는 박어둔을 슬쩍 보더니 말했다.

"대경호 선장, 박어둔입니다."

"바꾼 금괴는 어디에 있느냐?"

"금괴 열 개 중 다섯 개는 선장님께 주고 다섯 개는 저의 선실에 감추었습니다."

박어둔은 임만수를 호되게 꾸짖고 싶었으나 참았다.

박어둔은 봉행의 입에서 다음에 무슨 말이 나올지도 알 것 같았다.

'봉행의 말대로라면 우리 배는 밀수선이 되어 유럽으로 출발조차 못한다.'

"오토나, 대경호 선장실과 임만수 선실을 수색한 결과 무엇이 나왔나?"

"각각 금괴 다섯 개씩 열 개가 나왔습니다."

봉행이 큰 목소리로 말했다.

"오토나, 밀거래한 물품들은 전부 압수하라."

"예, 알겠습니다."

"박어둔 선장, 이래도 부인하겠나?"

박어둔은 침 맞은 자벌레처럼 똘똘 말린 상황에 처했다.

대경호가 나가사키를 떠나기 전 도프 상관장이 대경호에 올라왔다.

도프는 박어둔과 악수를 했다.

"박 선장, 좋은 만남이었소."

"고맙습니다, 도프 상관장. 사전에 정보를 주지 않았더라면 출항도 못할 뻔했습니다."

"천만에, 당연한 일을 한 거요."

박어둔은 봉행소의 장면이 생생하게 떠올랐다.

박어둔은 자신을 밀거래 주범으로 몰아가는 봉행을 똑바로 보며 말했다.

"봉행, 당신은 나를 반드시 기소해야 한다."

"물론이지. 당신을 밀거래 주범으로 기소해 에도로 압송할 것이다."

"봉행, 잘 들어라. 내가 에도에 가서 도쿠가와에게 상소할 내용은 다음과 같다.

첫째, 대마도 도주는 나가사키 봉행에게 간자 임상수를 통해 인삼 백 근과 금괴 열 개를 뇌물로 바쳤고 임상수를 대경호에 잠입시켜 이번 밀거래 일을 꾸몄다.

둘째, 봉행은 이에 응하여 무죄한 나를 잡아넣어 불법을 저질렀다.

셋째, 평소 나가사키 봉행과 대마도 도주는 조선이 보낸 물품의 단위를 속여 잇속을 남겼다. 조선의 비단과 쌀은 15두가 1곡인데 7두를 1곡으로 하고, 베 30척이 1필인데 20척을 1필로 하고, 종이 20번이 1속인데 잘라서 3속으로 만들어 도쿠가와 막부를 속여 몇 배의 이득을 취했다.

이 세 가지에 대해 관백에게 상소할 것이며, 조선 외교사절을 함부로 체포하고 감금한 것에 대해서도 항의할 것이다."

박어둔의 말에 봉행은 놀라는 표정이었다. 특히 관백에게 상소한다는 말에 봉행의 얼굴은 똥빛으로 변했다.

　봉행은 애써 근엄한 목소리로 말했다.

　"박어둔, 네 놈이 적반하장으로 나를 무고하는구나. 증거가 있느냐?"

　"첫째 뇌물의 증거는 지금 봉행이 압수한 인삼 백 근과 금괴 열 개다. 이 일을 실행한 임상수는 대마도 도주의 간자이고 기린각의 아이코는 봉행의 애첩이다. 아이코와 임상수가 대경호에서 교환한 금괴 열 개와 인삼 백 근은 대마도 도주가 대준 것이다."

　"박어둔, 지금 네 놈은 허황된 상상력으로 소설을 쓰고 있다!"

　"둘째 임상수와 아이코가 밀거래하는 현장을 목격한 자가 있다. 그 사람은 즉시 선장인 나에게 알렸고, 밀거래 직후 내가 직접 임상수를 취조함으로써 이번 음모의 전모가 드러났다."

　밀거래 장면을 목격한 사람은 건너편 데지마에서 대경호를 지켜보던 빌렘 지휘관이었다. 빌렘은 즉시 도프 상관장에게 보고했고 도프가 박어둔에게 알려 임상수를 취조하게 된 것이다.

　박어둔의 조리 있는 말에 봉행의 얼굴은 납빛처럼 창백해졌다.

　"셋째 너희들이 척관법(尺貫法) 단위를 속여 이득을 취한 것은 에도의 관백만 모를 뿐 웬만한 조선인은 다 아는 사실이다. 동래상인이었던 안용복 행수와 왜관에서 근무했던 오야 이치로를 비롯해 대경호 선원 전원이 도쿠가와 앞에 나가 증인을 설 것이다. 그러므로 봉행,

필히 나를 기소해야 한다.”

봉행은 지푸라기라도 잡는 심정으로 임상수에게 물었다.

“임상수, 네가 밀거래 직후 박어둔 선장에게 취조를 받은 것이 사실이냐?”

“그렇습니다.”

“더러운 조센징들. 오토나, 이번 사건에 관한 모든 서류는 파기하고 체포한 자는 석방하라.”

박어둔이 말했다.

“대경호에서 거래된 저 인삼과 금괴는 내가 압수하겠다. 봉행, 이의있는가?”

“이의 없으니 빨리 여기서 나가라.”

이후 나가사키 봉행은 대경호 선장 박어둔을 잡아 죽이는 자에게 현상금 금자 천 냥을 걸었다.

박어둔은 임상수와 함께 대경호로 돌아왔다. 박어둔은 이중 간자 노릇을 한 임상수를 형률에 처하지는 않았다. 그를 사무장의 직위에서 해임하고 하급 선원이 하는 일인 청소와 설거지를 하게 했다. 사무장은 그의 밑에서 사무장보를 하던 최봉언이 대신 맡았다. 최봉언은 박어둔이 유배 때 왕에게 쓴 서신을 울릉도의 유일봉에게 전달한 자다. 대경호의 출항 소식을 알고 모든 걸 작파하고 바다매와 함께 승선했다.

도프는 하영과 작별 인사를 했다.

"하영씨, 네덜란드에 가면 아버지에게 제 안부를 전해 주시오."

"알겠습니다."

도프가 박어둔에게 말했다.

"이제 대만의 대남(臺南)으로 가실 거죠?"

"그렇습니다."

"육표로는 백산이 있는 젤파르트를 오른쪽으로 두고 가되 파랑도 수중 암초를 조심해야 합니다."

"알겠습니다. 그런데 백산은 한라산이고 젤파르트는 제주도입니다. 파랑도 수중 암초는 이어도라고 부릅니다. 오래 전부터 지도에 나와 있는 조선 땅입니다. 조선의 지도와 시계를 선물로 드리겠습니다."

박어둔은 도프에게 조선이 만든 혼일강리도와 앙부일구(仰釜日晷, 해시계)를 주었다. 박어둔은 조선왕의 친선과 교역의 뜻을 적은 서계 수십 장을 써서 왕의 수결을 받았고, 조선이 세계에 자랑할 수 있는 혼일강리도와 12지신의 그림이 있는 앙부일구를 선물용으로 수십 개 제작해 선물했다. 그 첫 선물을 도프에게 준 것이다.

"고맙습니다. 박 선장을 만나 조선이 일본에게 문명을 전해준 횃불 같은 나라라는 것을 알았습니다."

대경호는 내렸던 닻과 돛을 올려 데지마 상관을 떠나 대만의 대남으로 향했다.

항해 도중 흰머리를 쓴 제주 한라산을 보고 모두들 눈가에 이슬이

맺혔다.

박어둔은 마음으로 다짐했다.

'잘 있어라. 조선 땅아, 반드시 대항해를 성공하고 돌아와 너를 껴안으마.'

항해일지

갑오 19일 맑음

새벽 조망대에 올라간 망군이 보고했다. 멀리 바다 한가운데 거품이 일고 파도가 친다고 했다. 이어도가 분명했다. 즉각 측연수에게 납을 단 줄을 내려 수심을 재도록 했다. 측연수는 수심이 백 자에서 칠십 자, 오십 자로 점점 얕아진다고 보고했다.

측연수는 더 이상 접근은 위험하다고 했다.

부강수 암해장 도장장도 이대로 가는 것은 위험하다고 했다.

나는 도장장에게 말했다.

"조금만 더 접근해라. 이어도는 우산도와 마찬가지로 우리의 강토다."

측연수가 다시 수심을 재어 마흔 자가 되었다고 했을 때 이물에서 보조선 울산호를 내리게 했다. 나는 측연수, 간부선원과 함께 울산호를 타고 이어도로 갔다.

이어도를 측량한 결과 바위는 불과 다섯 자 아래 있었다. 파도가 치고 썰물이 오자 이어도의 꼭대기가 물 밖으로 드러났다.

모든 선원들이 갑판에 나와 물밑에서 반가운 얼굴을 내민 이어도를 보고 환호성을 질렀다.

나무는 뿌리가 없으면 자라지 못한다. 뿌리 깊은 나무들은 우리 국토의 경계선에 놓인 울릉도 우산도 녹둔도 이어도다. 조선은 우산도로 인해 국토가 절반이나 늘어났다. 이 이어도로 인해서는 우리 강토가 한 배반이나 늘어날 것이다. 물 밑에 있는 작은 섬이지만 결코 무시할 수 없는 섬이다. 아쉽지만 이어도를 뒤로 하고 대남으로 향했다. 저녁에 등이 아파 이환에게 침을 맞았다.

안핑

　대경호는 편서풍을 타고 순항해 나가사키에서 한 달만에 대만 대남 해역으로 들어갔다. 박어둔은 안핑 주변의 섬과 절벽들을 보니 항해 기억이 띄엄띄엄 되살아났다.

　박어둔이 소과에 합격한 뒤 울산으로 낙향해 마채 염전의 염간으로 일하면서 소금 배를 타고 이곳에 온 기억이 되살아났다. 그때는 무모하게도 소금 배를 타고 대만 정군과 함께 청군을 상대로 전투를 치렀다. 그 덕분에 박어둔은 대만왕 정경과 의형제를 맺었다.

　안핑항은 대남항으로 바뀌었다. 정경의 배 대신 청나라 융극선들과 어선들이 몇 척 입항해 있었다. 지난날 대만왕의 해외교역으로 흥성했던 항구도시는 청의 해금정책으로 쓸쓸한 항구로 변했다. 젊은 날 작은 소금배를 타고 왔던 박어둔은 대경호의 선장이 되어 왔으나 안핑과 정씨왕조는 사라지고 대만은 청나라 복건성에 예속된 작은 섬이 되어 있었다. 대만왕 정경은 팽호전투에서 청군에게 대패한 뒤 실

의에 빠져 왕궁에 틀어박혀 주색잡기에 빠져 있다 젊은 나이로 죽고
말았다는 소식도 들었다.

박어둔이 청나라의 대남부 청사에 들어가니 정경의 사촌이라는 자
가 맞아주었다.

"정경의 사촌동생 정극무로 대남도호부 부사요."

"조선에서 온 외교사절 박어둔 선장이오. 유럽에 가기 위해 잠시
대남에 들렀습니다."

박어둔은 조선왕의 서계와 선물 혼일강리도와 앙부일구를 주었다.

"고맙습니다. 조선에 새 임금이 즉위한 뒤로 나라가 번창한다는
소문을 들었는데 지금 서계와 선물을 받으니 정말 그런 것 같군요."

"헌데 정경 왕은 돌아가셨다는 소식을 들었소."

"팽호전투에서 패배한 뒤 실의에 빠져 살다 죽었지요. 그의 아들
정극상이 왕이 되었으나 역시 청나라 수군에게 패해 정씨왕조는 몰
락했지요."

정극상은 청나라에 항복하고 북경으로 올라가 정황기 한군공에 봉
해졌다. 정성공이 명나라의 부활을 꿈꾸며 세운 정씨왕국은 이로써
22년 만에 멸망했다.

"정경과 나는 의형제를 맺어 함께 반청 전투를 치른 적도 있었는
데 격세지감을 느낍니다."

대남부사 정극무는 말했다.

"대남부는 청의 눈치를 보고 있지만 아직도 독립성이 강합니다. 도

민들은 한때 정씨왕조의 백성들 아니었습니까. 옛 궁궐은 대남도호부의 영빈관으로 쓰고 있습니다. 우린 선대의 인연을 소중히 합니다. 나와 같이 영빈관으로 가시죠."

박어둔은 영빈관으로 들어갔다. 예전 모습 그대로였다. 규모는 작지만 화려한 내부는 여전했다. 선원들은 대남의 객잔에 짐을 풀자말자 선창가 주점으로 달려갔고 간부사관들은 먼저 영빈관에서 대남 향신들과 어울리고 있었다. 정극무와 박어둔이 갔을 때는 영빈관이 떠들썩한 가운데 팔씨름이 막 시작되었다. 손을 맞잡은 사람은 김가을동과 대남의 흑인 호위대장이었다. 김가을동은 일 중에서 가장 고되다는 염전에서 뼈가 굵어 소금 너덧 가마는 거뜬하게 들어 올리는 장사였다.

흑인 호위대장의 팔뚝은 사람 허벅지만 했고 몸이 온통 근육질이어서 김가을동이 상대가 되지 않아 보였다. 그런데 막상 팔씨름이 시작되자 흑인의 팔뚝이 밀리기 시작했다.

시위대장은 흰 이빨을 드러내며 안간힘으로 버텼지만 통뼈인 김가을동을 당하지 못했다. 흑인의 어깨근육이 부르르 떨리더니 팔이 꺾이고 손등이 탁자에 닿았다.

정극무 부사가 박어둔에게 말했다.

"저 조선사람, 힘이 대단하군요. 지금까지 팔씨름으로 저 흑인을 이긴 자가 없었소."

"우리 암해장이 어릴 때부터 소금가마를 많이 옮기다보니 온몸이 하나의 통뼈로 굳어졌소. 헌데 저 자는 어느 나라 출신이오?"

"아프리카 에디오피아 출신이오. 기린이 사는 아주 먼 나라지요."

"일찍이 정씨왕조가 행상 비단길을 장악했다는 말을 들었는데 저 자를 보니 알겠군요."

"나의 조부께선 한때 20명의 흑인 경호대가 있었죠. 모두들 보기 만 해도 무서워서 접근을 못했죠."

대만왕국의 초대왕은 정성공이지만 정씨 해상왕국을 일으킨 자는 정성공의 아버지 정지룡(鄭芝龍)이었다. 정지룡은 중국과 대만 양안에 서 무역과 해적행위로 돈을 벌었다. 그의 해적행위는 점점 대담해져 일본, 필리핀, 베트남, 스리랑카, 인도네시아와 인도까지 확장되었다. 정지룡은 일본 히라도에 가서 일본여자 다가와를 만나 아이를 낳았 는데 그 아이가 정성공이었다. 정지룡은 아들 정성공을 일본에서 데 려와 남경에 있는 태학에서 전통적인 유교교육을 받게 했다.

남경이 만주족에게 함락되자 정성공은 아버지와 함께 반청운동에 뛰어들었다. 청군은 복건성으로 쳐들어와 아버지를 인질로 잡고 정 성공에게 항복하지 않으면 아버지를 죽이겠다고 협박했다. 정성공은 인륜보다는 군신 간의 의리를 먼저 생각했다. 그는 항복 대신 공격으 로 답했고 청군은 즉각 아버지 정지룡를 참수했다. 태학에서 정통 유 교교육을 받았던 정성공은 중화를 높이고 오랑캐를 낮추는 화이론(華 夷論)이 분명했다.

정성공이 이끄는 군은 한때 난징을 함락할 정도로 세력이 커졌으나 청군의 인해전술을 당하지 못하고 대륙에서 쫓겨나자 1661년 2만의 군대를 거느리고 네덜란드의 요새가 있던 대만 안핑으로 쳐들어갔다. 정성공은 9개월간의 포위 공격 끝에 네덜란드 수비대를 격멸하고 대만에 정씨왕조를 수립했다. 필리핀에서 스페인군을 몰아낸 뒤 본토를 수복하려던 그의 원대한 꿈은 1662년 한창 나이에 열병에 걸려 죽음으로써 좌절되고 말았다.

김가을동은 팔씨름으로 흑인 호위대장과 친해졌다.

흑인이 김가을동에게 말했다.

"우리 할아버지도 임진왜란 때 조선에 간 적이 있어요."

"그래요?"

"그곳에서 활약했다는 말을 들었어요."

김가을동이 말했다.

"임진왜란 당시 흑인 해귀(海鬼)는 물속으로 들어가 배 밑바닥에 구멍을 뚫어 적선을 가라앉힌다는 소문이 자자했는데 그 힘이라면 배에 구멍을 뚫고도 남겠습니다."

흑인은 흰 이를 드러내고 웃으며 말했다.

"제가 어렸을 때 아버지로부터 할아버지가 조선에서 이순신과 함께 해전에 참가해 일본군인을 여럿 죽였다는 말을 들었습니다."

"이순신 장군을 압니까?"

"동방의 해신, 이순신 장군을 왜 모르겠습니까? 정성공이 가장 존경하신 분입니다."

영빈관 무대 위로 무희들이 음악에 맞춰 춤을 추고 있었다.

오랜만에 뭍에 오른 선원들은 무희들과 어울려 고주망태가 되도록 마시고 놀았다.

김가을동 옆에도 무희가 한 명 앉았다.

"아까 멋졌어요."

"무엇이?"

"팔씨름요."

이국적으로 생긴 아리따운 처녀였다.

김가을동이 술잔을 뒤집고 난 뒤 무희를 보며 감탄했다.

호수처럼 커다란 두 눈과 백옥같이 해맑은 살결, 부드럽고 정교하게 휘어진 허리, 풀어놓으면 하늘에 닿을 것 같은 풍만한 가슴과 엉덩이 곡선을 지니고 있었다.

"이름이 뭔가?"

"전 동웨이라고 합니다. 아미족 원주민 마을 출신이에요."

"아미족이라면 고산족인데 어찌 피부가 옥같이 희냐?"

"제 아버지는 네덜란드인입니다."

"아, 그렇구나."

김가을동은 하멜의 딸, 주방장 하영을 떠올리며 말했다.

옛날 정성공은 안핑의 질란디아 요새를 공격해 네덜란드인을 죽이고 포로는 추방했다. 그때 대만 원주민 여자와 결혼한 동웨이의 아버지는 포로로 잡혀 추방되었다.

"대경호가 유럽으로 간다고 하더군요."

"그래서?"

"저도 아버지의 나라 네덜란드에 가고 싶어요. 데리고 가줘요."

동웨이는 김가을동 옆에 찰싹 붙어 말했다.

둘은 영빈관에서 이층 발코니로 나왔다. 하늘엔 별들이 주먹만 했고, 유성이 떨어지고 있었다. 어떤 별은 긴 호를 그으며 먼 바다로 떨어졌다.

김가을동이 동웨이에게 말했다.

"네가 유럽으로 갈 수 있는지 별점을 한번 쳐볼까? 그럼, 네 별자리는 어디지?"

"몰라요. 제 별자리도 있나요?"

"사람은 누구나 타고난 자기의 별자리가 있지. 생일이 언제야?"

동웨이가 생일을 말하자 김가을동이 손가락으로 별자리를 가리켰다.

암해장 김가을동은 천체관측과 점성술에 능통했다. 천체관측과 별자리에 정통하지 못하면 배의 운항을 맡은 암해자의 수장이 될 수 없었다. 암해자는 밤하늘을 3원 28수로 나누어 별자리를 체계적으로 관찰했고, 그것을 바탕으로 배의 방향과 거리를 측정했다.

"저기 봐. 삼태성 옆에 밝고 아름답게 빛나는 별이 보이지?"

"저기요?"

"그래, 저게 네 별이야."

김가을동이 가리킨 별은 노란 치자 빛이 도는 북하좌(北河座, 쌍둥이

좌)의 한 별이었다.

"어머, 크고 예뻐라."

"보기완 다르게 외롭고 쓸쓸한 별이야. 겉으론 화려하지만 실제론 그리움을 찾아 헤매는 고독한 별이지."

"아이고, 내 별 맞네요. 헌데 재주는 많은 별이죠. 요리면 요리, 청소면 청소, 잠자리면 잠자리, 다 잘 하죠."

"그래? 그동안 별들이 다 북하좌를 비켜갔지만 올해는 북하좌와 목성이 12년만에 만나게 되는 해군. 귀인을 만날 운세야."

"어머, 정말 그래요? 귀인이 어디서 오나요?"

"귀인은 어디서 오는 게 아니고 지금 눈앞에 만나고 있는 사람이 가장 큰 귀인이지."

김가을동이 동웨이의 입에 접문했다. 달빛에 달맞이꽃 봉오리가 열리듯 그녀의 꽃잎이 활짝 벌어졌다. 은하수가 하늘에 비단처럼 걸려 있고, 꼬리별이 잇달아 쏟아져 내려 안핑의 하늘을 아름답게 장식했다.

안용복은 정극무와 서로의 물목을 비교해 필요한 물자를 교환했다.

안용복은 유황과 구리를 주고 중국의 청화백자와 비단을 대량으로 받았다. 그리고 쌀 백 석, 콩 보리 조와 잡곡 백 석, 말린 육포 천 근, 나물 오백 근, 건과 백 포대를 인삼과 교환했다.

대남에서 닷새를 머물고 떠나는 날, 남녀 스무 명이 승선을 신청했다. 항구마다 머물려고 내리는 자와 떠나기 위해 오르는 자들이 있기 마련이다. 대만에 하선을 신청한 자도 몇 있었고 대만에서 승선을 신청한 자도 있었다. 대부분 동남아시아와 인도로 가려는 자들이었다. 박어둔은 심사를 통해 통과한 열 사람을 승선시켰다. 새로운 승선자 중에는 동웨이도 있었다.

박어둔이 안핑을 떠나는 날 정극무 부사에게 감사의 인사를 했다.

"대남에서 거래도 잘 하고 아주 잘 지내다 가오."

"아니오. 우리가 좋은 장사를 했소. 이십여 년 전 한 조선인이 여기서 머물다 안남으로 갔다는 말을 얼핏 들은 것 같소. 혹시 선장의 아버지 박기산이 아닌지 모르겠소."

이십여 년 전이면 아버지 박기산이 분명했다. 박어둔은 왕명뿐 아니라 아버지와 상봉을 염두에 두고 대항해를 준비해왔다. 희미하나마 아버지의 흔적을 안핑에서 찾다니 꿈만 같았다.

"분명 제 아버지가 맞습니다."

"오래 전 어릴 때 들은 이야기라 기억이 희미하오. 이탈리아 선교사들과 함께 다녀간 걸로 알고 있소."

"아버지가 이탈리아에 계시다는 것은 알고 있습니다. 베풀어준 호의에 고마울 따름입니다."

"다음 기착지는 필리핀 마닐라라 했소? 조심하시오. 일본의 나가사키 봉행이 대경호 선장 박어둔의 목에 현상금 금자 1,000냥을 걸어 놓았네요."

"알려줘서 고맙습니다. 왜인답게 내건 현상금이 작아 저는 무사히 유럽까지 갈 것 같군요."

대경호는 타이완을 떠나 남지나해 북동쪽 바다를 향해 나아가고 있었다.

필리핀 마닐라

바다 날씨는 변화무쌍했다. 맑았다가 갑자기 비구름이 몰려와 거대한 폭풍우가 배를 뒤흔들었다. 기온도 마찬가지였다. 낮에는 한여름처럼 뜨거웠다가 밤에는 기온이 뚝 떨어졌다. 선원들은 더울 때는 웃통을 벗고 베잠방이만 입고 있다가 밤에는 개가죽배자에 털토시까지 끼고 잤다.

배는 마닐라를 향해 남쪽으로 갔다. 북에서 내려오는 차가운 조류를 타고 있기 때문에 날씨는 따뜻하지 않았다. 그러나 한류 덕분에 배의 속력은 빨라지고 있었다.

양담사리는 해도를 손가락으로 짚으며 말했다.

"우리 배는 곧 필리핀 마닐라에 도착합니다."

대경호가 마닐라항에 입항하자 장총을 든 스페인 관리들이 몰려들었다.

박어둔은 모자에 공작 깃 장식을 한 관리에게 말했다.

"당신들은 누구야? 보지 못한 국적의 배인데?"

"우리는 조선왕이 보낸 외교사절이오. 나는 대경호의 선장이고 로드리게스 총독을 만나러 왔소."

"로드리게스 총독님을?"

로드리게스 총독의 이름을 꺼내자 스페인 관리들도 겁을 먹는 표정이었다.

"그렇소."

"신임장이 있소?"

"여기 왕의 신임장이 있소."

스페인 통관관리장은 신임장을 찬찬히 살펴보더니 총을 거두게 하고 박어둔 일행을 성벽으로 에워싼 요새인 인트라무로스로 안내했다.

일행들은 인트라무로스 대기실에서 기다리게 하고 대경호의 선장 박어둔을 총독 관저로 안내했다.

총독 관저로 들어간 박어둔은 전 세계를 돌아다녔어도 볼 수 없었던 기괴한 광경을 보았다.

"비서가 뭘 하고 있나?"

"실례했습니다. 좀 있다 다시 들어오죠."

로드리게스 총독은 박어둔이 들어와도 당황하지 않고 태연히 파이프를 문 채 소파에 비스듬히 앉아 필리핀 원주민 여자와 침묵의 교합을 하고 있었다. 물론 홑이불은 덮었지만 누가 보더라도 이불 밑의 남녀는 결합된 자세였다. 여자는 소파에 누워 등을 돌리고 있었다.

"그래. 중요한 순간이어서 그래."

폴리네시안 섹스라고 불리는 침묵의 성교는 남녀가 상호결합한 채 몸을 일절 움직이지 않고 가만히 있는 것이다. 소리도 움직임도 애무도 없는 조용한 성교다. 무미건조한 교합 같지만 육체의 움직임을 제거하고 오로지 영적 울림과 교감으로만 절정에 이르는 고도의 정신적 결합이었다.

한참 뒤 원주민 여자는 머리를 매만지며 총독집무실에서 나왔다.

"조선 왕이 보내서 왔다고?"

"필리핀 총독에게 조선왕의 친선과 교역의 뜻을 전하러 왔소."

박어둔은 왕의 인장이 찍힌 서계를 건네주었다.

총독은 서계를 받은 뒤 비서가 가져온 존안 서류를 보더니 말했다.

"흠, 해적을 외교사절로 보내는 왕도 있나?"

"그게 무슨 말이오?"

"대경호의 박어둔 선장이라, 당신 젊은 시절 대만 해적 정경의 친구였나?"

"친구이긴 했지만 정경은 해적이 아니오."

"그놈이 해적이 아니라니! 당신은 과거 정경과 친구관계를 넘어서 의형제를 맺고 청군과 싸우고 해적질을 했군. 이건 또 뭔가. 일본해에서 일본어선 5척 나포 및 11척 격침 일본인 수십 명을 살상해 현상금 금자 1,000냥이 걸려 있군."

"우린 모두 정당하게 싸운 것이오. 총독은 마닐라에 거주하는 중국인 15,000명을 학살하고 그 소유마저 **빼앗았으니** 우리보다 더 큰 해적이죠."

로드리게스 총독의 얼굴이 일그러졌다.

"정경이 이곳 필리핀마저 반청의 근거지로 삼으려고 하니까 청나라 황제의 부탁으로 합법적으로 청소한 것뿐이야."

"저도 합법적으로 조선대왕의 외교문서인 서계를 전하러 온 사절이오."

"비서, 조선의 해적 놈을 감옥에 처넣어라. 현상금 금자 천 냥이면 수입이 짭짤하군."

군인들이 박어둔을 잡아 인트라무로스 요새 감옥에 가두고 총독은 다른 여인을 불러내어 폴리네시안 섹스를 이어갔다.

박어둔은 필리핀의 요새 감옥 벽에 걸린 마젤란의 초상을 보았다. 마젤란은 세계일주 도중 여기에서 죽었다.

마젤란은 포르투갈의 하급귀족 출신으로, 젊은 시절 포르투갈령 인도총독의 부하로 동남아시아에서 일하면서 필리핀을 방문한 적이 있었다. 모로코인과 거래가 왕의 의심을 받게 되자 포르투갈과 인연을 끊고 스페인으로 갔다. 마젤란은 인도의 향료를 대서양을 통해 가져오려는 생각을 가지고 스페인 국왕 카를로스 1세를 설득해 항해의 지원을 받았다.

1519년 마젤란은 다섯 척의 배에 270명의 선원을 이끌고 스페인 세비야항을 떠났다. 마젤란은 이듬해 겨울, 남미의 끝 푼타 아레나스항을 지나 새로운 바다에 이르자 이를 '태평양'이라 이름을 지었다. 그는 계속 서쪽으로 항해하여 괌을 지나 필리핀의 레이테 섬에 도착하였다.

마젤란은 배에 데리고 다니던 말라카인 노예의 통역을 내세워 레이테 섬, 세부 섬의 원주민 왕들을 굴복시켜 물자를 조달받고 그리스 도교로 개종시켰다. 그러나 마젤란의 요구에 순응하지 않은 왕이 있었는데 그가 막탄 섬의 왕 라푸라푸였다.

1521년 마젤란은 부하 열두 명과 함께 막탄 섬을 토벌하러 나섰다가 썰물을 이용한 라푸라푸 작전에 말려 마젤란을 비롯한 전원이 전사하였다. 남은 생존자들은 아프리카를 거쳐 세비야로 귀향했다. 삼 년에 걸쳐 지구를 한 바퀴 돌았으며 시작 때 선박 다섯 척, 선원 270명이었던 마젤란 선단은 항해와 전투로 마젤란 자신을 포함하여 선원 252명이 사망하고 선박 네 척을 잃었으며, 최종생존자는 18명뿐이었다. 필리핀에서 죽은 마젤란이 인류 최초로 세계일주자가 된 것은 젊은 시절 스페인을 출발해 아프리카 희망봉을 돌아 필리핀에 온 거리를 인정했기 때문이다. 마젤란은 하루 평균 네 시간을 자며 선원들을 독려한 끝에 최초로 세계일주를 성공한 자가 되었다.

박어둔도 마젤란처럼 하루 네 시간 정도 자며 대경호를 이끌고 있다. 그러나 별로 운이 따르지 않았다. 출발부터 끊임없는 시련과 도전에 직면해 있었다. 박어둔은 마젤란이 어떻게 해서 세계일주를 성공시켰는가를 생각하고 있을 때 '쿵'하는 소리와 함께 포탄이 감옥으로 떨어졌다.

대경호 부선장 양담사리는 총독을 만나러 간 박어둔 강수가 체포되어 요새 감옥에 들어갔다는 말을 듣고 결단을 내렸다.

"우리 배는 자정에 파시그 강을 거슬러 올라가 인트라무로스 요새 가까이 다가간다. 서화립이 대포로 인트라무로스 요새를 폭격하고 세 개의 별동대를 꾸려 요새로 쳐들어가 박어둔 강수를 구해 온다."

각 별동대는 12명으로 구성했다. 김가을동의 제1별동대는 감옥으로, 이인성의 제2별동대는 총독관저로, 김득생의 제3별동대는 대포 부대로 진격해 제압한다. 공격시간은 동트기 전 새벽 미명으로 하고 스페인 지원군이 도착하기 전 선장을 구출하고 최대한 단 시간내 철수하기로 했다.

스페인 병사들이 잠이 든 새벽 4경, 신기전이 하늘을 솟아올라 불을 밝힌 가운데 대경호의 대포 10문이 스페인 요새를 향해 불을 뿜었다.

보조선 3척을 타고 미리 상륙해 성벽에 붙어 있던 1,2,3 별동대는 포탄이 떨어져 성벽이 허물어지자 재빨리 요새 안으로 잠입해 들어갔다. 잠자는 새벽, 우박처럼 쏟아지는 포탄에 혼비백산한 스페인 군인들을 물리치고 김가을동의 제1별동대는 요새 감옥으로 진격했다. 이인성의 제2별동대는 총독관저로 향했으나 호위대들의 저항이 만만치 않아 쉽게 뚫을 수 없었다. 제1별동대는 지하 감옥에 있는 박어둔을 구해내고 제2별동대를 도우기 위해 총독관저로 향했다.

김득생의 제3별동대는 성벽 위 대포병들은 성공적으로 진압했으나 성벽 중간 총안을 내밀고 있는 대포병들을 진압하는 데는 실패했다. 이들은 요새 중간에서 대포를 설치해 놓고 발사해 대경호의 우현을 명중시켰다. 우현에 구멍이 뻥 뚫리고 배에 화재가 나고 7, 8명의 사상자가 발생해 아비규환이 되었다. 선원들은 방화수와 방화사로 불을 껐다. 다행히 구멍은 격실 내벽을 뚫지 못했다.

서화립은 신기전을 쏘고 화포로 성벽 중간의 총안을 조준해 연신 폭격했다. 천자총통의 포탄에 스페인의 대포가 박살났다. 박어둔을 구한 제1별동대 김가을동과 그 부대원은 총을 쏘며 총독관저에 진입하여 마침내 관저를 점령하고 총독을 체포했다.

하루 전만 하더라도 로드리게스 총독은 박어둔 앞에서 폴리네시안 섹스를 하며 거만을 떨었다. 그러나 지금은 그의 발 앞에 포박을 당한 채 무릎이 꿇려 있었다.

박어둔이 말했다.

"총독, 미리 협상을 했더라면 이런 수모는 당하지 않았을 것 아니오."

"난 죽음을 택할지언정, 해적들과 협상해본 적이 없다."

"우린 해적이 아니오. 조선왕의 왕명을 받들어 국가를 방문하는 외교사절이오."

"박어둔, 네 놈이 뭐라든 너는 정경 해적두목의 부하일 뿐이다. 림아흔, 리탄, 정지룡, 정성공, 정경 등은 모두 해적들로 우리 스페인군은 이들과 이들 잔당을 소탕해야 할 의무가 있다."

뱀눈을 한 총독 로드리게스는 포승에 묶여서도 조금도 주눅이 든 모습이 아니었다.

로드리게스가 말한 림 아흔, 리탄, 정지룡, 정성공, 정경은 청과도 싸웠지만 해적질도 했다. 첫 두목 림 아흔은 마닐라에 정착한 중국 화상들과 연계하여 새로운 필리핀 점령세력인 스페인군과 싸웠다. 그는 한번 마닐라에 들어오면 총독관저를 초토화시키고, 몇 달간 마닐라 전역을 지배하기도 했다. 스페인군이 인트라무로스 요새를 건설한 것도 림 아흔를 막기 위한 것이었다.

두 번째 두목은 중국 복건성 샤먼 출신의 화교 리탄이었다. 그는 부하 2만5천을 거느린 막강한 해적두목이었다. 그는 경제관념이 발달해 항구에 술과 음식, 바늘, 실을 파는 잡화점 일용품 가게를 차려 놓고 지나가는 배들이 자신의 가게를 이용하게 해 부를 축적했다.

리탄의 재산이 탐이 난 스페인 총독은 리탄을 체포하고 마닐라에 숨겨둔 그의 재산을 강탈했다. 그때 빼앗은 금괴만 해도 4만 개가 넘었다. 리탄은 스페인 법정에서 유죄선고를 받고 스페인 갤리선의 노를 젓는 노예가 되었다가 배에서 탈출해 복건성 샤먼으로 돌아와 재기에 성공했다. 리탄은 동남아시아 바다를 장악했고, 명나라와 협상을 할 정도로 거대한 해상세력을 형성했다. 리탄의 뒤를 이은 해적두목이 그의 부하였던 정지룡이고, 이후 정성공, 정경, 정극상으로 이어지는 정씨 삼대 왕조가 탄생된 것이다.

박어둔이 로드리게스 총독에게 말했다.

"오늘 너희들이 말하는 해적이 누구인지 똑똑히 알려주마. 해적은 아시아의 바다에 무단 침입해 땅을 점령하고 물건을 강탈한 스페인, 포르투갈, 네덜란드, 프랑스, 영국 네 놈들이다."

로드리게스 총독은 노란 뱀눈을 깜빡이지도 않고 박어둔에게 말했다.

"내가 해적 두목인 네 놈을 잡아 반드시 스페인 법정에 세우고 말테다."

"그럼, 해적으로 잡히기 전에 해적질을 좀 해볼까."

김가을동과 그 부대원들은 총독 관저와 요새를 뒤져 금괴 100개, 은괴 50개, 금장장식의 칼 2개, 청화도자기 100점, 금화 한 자루, 술 100관, 각종 향신료와 각종 토산품 100자루를 가져왔다.

김가을동이 총독의 방을 뒤졌는데 이상한 물건을 발견했다. 짐승의 내장을 잘라 만든 것이었다. 김가을동이 몇 다발씩 묶여 있는 물건을 가져왔다.

"총독, 이 물건은 무엇인가?"

"……."

"보아하니 남녀가 교합할 때 쓰는 물건인 것 같군."

그것은 양의 맹장으로 만든 콘돔이었다. 콘돔의 기원은 고대 이집트까지 올라가나 근자에 대단한 호색가인 영국의 찰스 2세가 매독을 방지하기 위해 주치의인 콘돔 박사에게 주문해 만든 것이다. 양의 맹장과 돼지의 방광으로 만든 콘돔은 유럽의 귀족들 사이에 유행했고,

동남아시아로 가는 뱃사람들에게 필수품이 되었다.

박어둔은 로드리게스에게 말했다.

"추잡스러운 놈, 네 놈이야말로 선량한 사람의 재산을 노략질하고 원주민 여자를 분탕질하는 해적 두목이다. 오늘 네 놈이 그동안 해적질한 것을 되찾아간다. 이것은 네가 강탈한 것의 천 분의 일, 만 분의 일도 안 된다는 것을 명심하라."

김가을동은 무엇보다도 콘돔을 소중하게 챙겼다.

배에서 사망자가 생길 때마다 뇌헌 스님이 선상 장례식을 집례했다. 배 위에서 다비식을 하면서 망자의 극락왕생을 비는 장엄염불을 했다. 뼈를 수습해 뱃머리에서 산골(散骨)을 한 뒤 선상 법당에 망자의 영가를 모셨다. 간단한 일인 것 같지만 선원들에게는 삶과 죽음의 의미를 묻는 무거운 번뇌의 시간이다.

박어둔 강수는 그때마다 모든 게 자신의 책임이라며 스스로 자책했다. 울릉도에서도 마닐라에서도 사상자들이 많이 났다. 앞으로도 많이 날 것이다. 먼 이역 만 리에서 재와 가루로 흩어지는 인생의 의미는 무엇인가. 우리의 육신은 색(色), 수(受), 상(想), 행(行), 식(識) 오온(五蘊)의 가합(假合)으로 결국 허하고 무한 것이 아닌가. 무엇을 얻고자 긴 그림자를 끌며 이 긴 항해를 하고 있는가.

하지만 현실은 또 달랐다. 뚫린 포탄 구멍은 티크 널빤지를 보강하고 벌어진 틈새는 글램목으로 메워야만 했다. 뱃밥으로는 글램목이 최고였다. 물에 들어가면 서너 배 이상 불어나기 때문에 배 밑에 구멍이나 틈새를 메우는 데 일등 소재였다.

박어둔과 그 일행들은 스페인 지원군이 오기 전에 전리품들을 챙겨 신속하게 대경호로 돌아와 안남 회안(會安)으로 향했다.

항해일지

정해 13일 흐리고 비

흐리고 새벽에 부슬부슬 비가 내린다. 배는 남지나 해로를 따라 마닐라에서 회안으로 순항하고 있다. 필리핀의 총독이 나에 대한 왜곡된 존안자료를 가지고 있다는 것이 놀랍다. 일본의 나가사키 봉행이 내 목의 현상금 천 냥과 함께 이 자료를 항구마다 뿌린 것이 분명하다. 일본은 네덜란드와 조선이 교역하는 것을 반대해 네덜란드의 코레아호를 조선에 입항하지 못하게 했다. 대경호는 앞으로 바다의 파도뿐만 아니라 육지의 험난한 파도도 이겨내야 한다.

선장의 임무는 두 가지이다. 하나는 목적지까지 배를 빠르고 안전하게 인도하는 일이다. 또 하나는 선원을 지휘하고 선내 질서를 유지하는 통솔능력이다. 나는 선장으로서의 부족함을 메우기 위해 매일 항해술과 선원 운용술이 담긴 항해지를 읽으며 늘 숙지하고 있다.

항해지는 옛날부터 먼 바다를 여행한 뱃사람들의 지혜와 경험이 담겨 있는 책자다. 항해에 도움이 되는 해안의 모양, 특징적인 육표, 눈에 띄는 조류, 계절에 따른 바람의 방향, 별자리 위치가 적혀 있다. 각 항구마다 항만시설, 날씨, 주민, 조세자료, 선적물품 목록, 돛과 닻의 운용법, 상업중

심지의 수출입품목, 심지어 선원이 이용할 수 있는 식당, 술집, 유곽의 위치까지 자세히 적혀져 있었다.

항해지에서 회안에 대해 읽다가 '1687년 회안에 조선인이 24명이 왔다'는 한 줄 기록을 보고 놀랐다.

'1687년이면 불과 6년 전의 일이 아닌가.'

제주도 출신인 고상구가 생각났다. 고상구는 여수에 붙인 선원모집 방을 보고 온 자로 이등 암해자로 일하고 있다. 고상구를 불러서 이야기를 들어보니 조선인 24명의 회안 표류 사실에 대해 너무도 잘 알고 있었다. 혼자 듣기 아까워 선원들과 이야기를 공유했다. 밤늦게 김득생이 개소주인 무술주(戊戌酒)를 가져와 한 잔 마시고 이야기하다 헤어졌다.

대경호는 마닐라에서 안남(安南, 베트남)의 회안(會安)으로 순항하고 있었다.

박어둔은 고상구와 함께 간부선원인 안용복, 이인성, 양담사리, 김가을동, 서화립, 김자신, 김득생을 주점으로 불렀다. 주점에는 국내외의 각종 술들이 전시되어 있고, 새로 승선한 동웨이가 주모로 일하고 있었다. 술은 김득생이 공급했다. 김득생은 술도가를 했던 김도상의 아들이었다. 술 맛이 까다로운 술꾼에다 술을 잘 만들어 아예 선실 한 칸에 술도가를 차렸다.

벌써 주점은 너구리를 잡을 정도로 담배연기로 가득 찼다.

김가을동이 곰방대로 담배를 빨며 동웨이 주모에게 말했다.

"오늘 주모가 추천하는 술은 뭔가?"

"강수님과 행수님이 특별히 오셨으니까 중국 전통술인 오량액주가 어때요?"

"오량액주라, 어떻습니까?"

당나라 시대에 처음으로 양조된 오량액주는 고량, 쌀, 옥수수, 찹쌀, 소맥 등 15가지 곡물로 양조해, 원래 이름은 십오량액주였으나 십을 떼고 그냥 오량액주라 불렀다.

"난 좋은데, 그럼 행수님 안주는 뭘로 할까요?"

"도수가 센 술에는 소고기 육포와 해물탕이 제격이지."

"자, 오늘 고상구 암해자를 초청한 것은 집안의 사종형 고상영(高尙英)을 포함한 제주사람 24명이 6년 전 회안에서 1년을 머물렀다는 겁니다. 그게 어떻게 된 이야기인지 들으려고 초청했소."

안영복이 술잔을 들고 '고상구를 위하여 건배!'를 외쳤다. 모두들 건배를 외치며 단번에 술잔을 뒤집었다.

고상구가 약간은 긴장을 하며 이야기를 하기 시작했다.

"아, 저는 말재주가 없어 그저 들은 대로 기억해 말해보겠습니다. 제주도에 고상영이라고 항렬은 같고 촌수가 가까운 친척이 있습니다. 숙종 13년(1687) 고상영이 일행들과 함께 추자도로 향했는데 큰바람을 만나 한 달을 넘게 표류했지요. 목이 말라 죽기 직전에 배가 한 섬에 도착했는데 지금 우리가 가고자 하는 안남 회안의 한 섬이었습니다. 순라선이 배로 다가와 칼과 창으로 에워싼 뒤 물 한 동이를 주었는데 세 명이 받아 마시고는 그 자리에서 즉사했습니다."

서화립이 말했다.

"탈수한 사람이 갑자기 물을 많이 마시면 독약이나 마찬가지야."

"맞습니다. 사람들은 물에 독약을 탄 줄 알고 마시지 않았으나 고상영이 그 물을 끓여달라고 했고 뜨거운 물을 천천히 마시자 비로소 정신이 돌아오고 살 것 같았답니다."

섬에서 회안에 도착하니 이곳의 기후가 사시사철 온난해 사람들은 넓은 소매의 홑옷을 입고 다녔다. 안남은 일 년에 누에를 다섯 번 치고 쌀을 세 번 수확했다. 이곳의 소는 신기하게도 물속에서 지냈다. 주인이 논밭을 갈거나 물건을 실어 나를 일이 있으면 물가로 가서 그놈을 부르는데, 머리를 들고 그 사람을 보아 자기 주인이면 벌떡 일어나서 따라가고, 제 주인이 아니면 누워서 게으름을 피웠다.

"소의 성질은 우리 소와 마찬가지군."

이인성이 장죽의 대갈통에 담배를 꾹꾹 다져 넣으며 말했다.

원숭이는 크기가 고양이만 하며 털은 잿빛이었다. 단지 사람 말을 못할 뿐 능히 사람의 뜻을 이해하여 부리기가 쉬웠다.

코끼리는 어금니가 한 장 이상이 되며 몸은 집채만 했다. 만약 그놈을 닦아주고자 한다면 반드시 사다리를 타고 올라가야 했다. 대가리에는 수염이 없고 꼬리에는 털이 없다. 코의 길이는 약 10여 장인데 먹이를 주지 않으면 볏단을 어지러이 던져서 온 들판에 흩어지게 만들었다.

원숭이와 코끼리 이야기가 나오자 사람들이 웅성거렸다.

서화립이 상아파이프로 뻐끔뻐끔 담배를 피며 말했다.

"난 회안에 가면 원숭이나 한 마리 사와야겠어. 능히 사람의 뜻을 이해하고 부리기가 쉽다는 데 원숭이를 훈련시켜 망군 대신 돛대에 올려 망보게 하면 어떨까?"

"그거 좋은 생각일세. 우리처럼 네 시간당 서로 교대해서 망을 보게 하려면 한 마리로는 안 되네. 6마리를 사게."

"예끼 사람들아. 원숭이는 그렇다하고 코끼리는 얼마나 큰 짐승인가?"

"어금니가 한 장이고 코가 10여 장이라면 우리 배만 하겠네 그려."

"배보다 훨씬 크지. 어금니는 돛대하고 높이가 같고, 코는 20장인 우리 배의 길이 절반보다 길다는 것 아냐? 그렇다면 몸은 우리 배 두세 척을 연결해 놓은 것만 하겠네."

"저도 코끼리의 크기는 잘 믿어지지가 않았습니다."

"사흘 후 회안에 도착하면 확인이 되겠지. 계속 이야기를 들어봄세."

회안에서는 야자 잎에서 나오는 실로 비옷을 짰다. 야자열매는 크기가 주발만하고, 껍질은 매우 단단하고 속에 있는 한 되 정도의 수액은 달기가 그지없었다. 물가에서 많이 자라며 열매가 익은 후에는 바람에 떨어져서 흘러간다. 우리나라 주위에서 조롱박잔을 만드는 여실이라고 부르는 것이 바로 이것이다. 어느 날 안남 국왕이 우리 일행 중 다섯 명을 왕궁으로 불렀다. 다섯 명은 엿새를 걸어 나라의 도

읍에 도착했다. 바라보니 한 산 아래 집들이 즐비한데 궁궐은 매우 높았다. 국왕은 전 위에 앉아 있었다. 그 좌우에 칼을 차고 시립하고 있는 자들의 모습은 극히 엄숙했다. 왕은 우리를 불러 필담으로 문답을 나눈 뒤 술과 음식, 쌀 1석과 돈 300전을 주었다.

"하지만 다섯 명은 울면서 왕에게 글을 올려, 고향으로 돌아가게 해주길 간청했습니다. 그때 고상영 일행의 애처로운 모습을 지켜보고 있던 중국 상인과 선주가 말했답니다. '만약 당신들을 돌아가게 해준다면 당신들은 우리에게 무엇을 주겠는가?' 그때 고상영이 '1인당 쌀 10석씩, 50석으로 은혜를 갚겠다.'고 하니 두 사람은 쾌히 승낙을 했지요. 이들은 이듬해 무진년(1688) 여름에 회안에서 돛을 올려 무사히 고향 제주도에 도착했지요."

안용복이 고상구의 이야기를 듣고 말했다.

"아주 재미있는 이야기구만. 안남의 회안은 중국에서 인도로 가는 중간 기착지야. 과거 신라스님 혜초가 이곳을 방문했고, 정유재란 때 일본에 포로로 잡혀간 조완벽이라는 자도 세 차례나 안남을 방문한 적이 있었지. 하지만 우리 조선인이 표류해 대규모로 회안을 방문했다는 이야기는 오늘 처음 듣는군."

박어둔이 항해지와 항해역사에서 읽은 회안에 대해 설명했다.

"회안은 안남인들은 호이안이라고 부르고 서양인들은 파이포라고 부르지. 이 항구는 베트남 최대 대외무역항으로 오래 전부터 중국인 거리와 일본인거리가 있고, 1623년 네덜란드 상관이 들어섰다. 중국인들은 비단, 도자기를 싣고 와 소금, 계피, 금을 실어가고 일본인들은 은과 구리를 가져와 생사와 견사로 바꿔가는 국제무역항이다. 회안의 명물로는 일본교가 있는데 다리 위에는 집과 기와지붕이 있고 다리 밑에는 배를 댈 수 있는 선착장이 있다고 하는군.”

선원들은 오량액주 다섯 되를 비우고 청주인 호산춘 네 되를 더 시켜 마셨다.

김가을동이 술에 취해 약간 흥분한 목소리로 말했다.

“신라와 고려시대만 해도 우리 배들이 바다 비단길을 오가며 활발한 무역을 했소. 그때만 해도 우리나라가 해상권과 해상무역에서 중국과 일본보다 앞섰는데 조선의 방금정책 이후로 뒤떨어졌다는 게 참으로 안타깝소!”

김득생도 술 취한 목소리로 맞장구를 쳤다.

“그러게 말이오. 사농공상이란 말에는 아예 어업은 없단 말이오. 삼면이 바다로 둘러싸인 조선에서 뱃사람은 아예 백정보다도 못한 존재니 어찌 나라가 발전하겠습니까!”

박어둔이 두 사람을 진정시키며 말했다.

“자, 그만하고 올라가지. 배 안은 조선 땅으로 조선의 법이 적용되는 곳이야. 아무리 취중일지라도 한양 같았으면 역적으로 참수되었을 말들이야. 조심들 하라고.”

박어둔은 이번 항해를 통해 잃어버렸던 해상 비단길을 복원하고 조선이 더 이상 은둔의 왕국이 아닌 해양강국임을 보여주어야 했다.

안남 회안

사흘 뒤 밤에 대경호는 안남 회안항에 도착했다. 회안항은 불야성
이었다. 불야성이란 말은 중국 『삼제략기(三齊略記)』에 '양천 동남쪽에
있는 불야현(不夜縣)은 밤에도 해가 떴으므로 예로부터 그 성을 불야
성(不夜城)이라 불렀다'라는 구절에서 유래한 말이다. 안남의 회안은
선창가에 등불이 휘황하게 켜 있어 밤에도 해가 뜬 것처럼 밝았다. 관
리들은 야자 잎을 쪄서 만든 전통모자인 논을 쓰고 다녔다. 대경호
선원들은 관리로부터 간단한 입국수속과 검사를 받고 회안의 떠들썩
한 밤 풍경 속으로 빨려 들어갔다.

박어둔은 회안부 태수를 대경호 갑판 영빈실 안으로 초청해 인삼
차를 대접하면서 조선왕의 친선과 교역의 뜻을 원하는 서계를 전했다.

"우리 조선왕께서 안남왕에게 친선과 교역의 뜻을 전합니다."

"고맙습니다. 꼭 왕에게 이 서신을 전하도록 하겠습니다."

"6년 전 우리 조선인들 24명이 안남을 방문해 왕을 만난 걸로 알

고 있습니다."

"아, 그분은 왕이 아니라 안남 중남부 진수(鎭守) 응웬 푹떤입니다. 응웬 푹떤 진수는 중남부의 실질적 지배자로 왕이나 다름없는 분입니다."

안용복이 말했다.

"구리와 인삼을 싣고 왔습니다."

"우리가 구하려던 귀한 물건입니다. 좋은 가격에 구입하지요."

"여기 우리가 싣고 온 물목표가 있습니다. 원하는 물건이 무엇인지 보십시오."

박어둔과 안용복이 영빈실에서 회안 태수와 만나고 있을 때, 선원들은 회안의 밤 문화를 만끽하고 있었다.

김가을동은 야자 잎으로 만든 술집에 들어갔다.

"먼저 술을 가져 오너라."

응안은 바나나껍질로 밀봉한 술 단지 한 동이를 가져왔다.

"우리 전통주 뤄우껀이라고 합니다. 외국인들이 아주 좋아하는 술이지요."

뤄우껀은 조선의 막걸리처럼 항아리에 밥알과 약재들을 넣은 후 바나나 잎으로 밀봉하여 숙성한 안남의 전통주이다. 도수가 높기 때문에 야자수액을 넣어 희석시켜 마신다.

옆에 있던 안남 남자들이 김가을동에게 술 마시기 시합을 제안했다.

두주불사 청탁불문의 김가을동은 시합에 흔쾌히 응했다.

시합이 시작되자 안남 남자들은 술 사발로 부지런히 들이켰으나 김가을동은 술 단지 위에 꽂힌 대나무 빨대를 뽑아 버리고 마치 수호지에 나오는 노지심처럼 술을 동이째 들고 마셨다.

"커어, 술맛 참 좋다."

조선의 막걸리와 정종을 섞어놓은 맛 같았다.

그들은 웬 짐승 같은 놈을 만났다는 듯 물러갔다.

김가을동이 뤄우껀으로 목을 축이고 나니, 바깥에 서성거리는 처녀의 모습이 비로소 눈에 들어왔다.

눈이 초롱초롱한 조그마한 여자였다.

"티 응안이에요. 응안이라고 불러주세요."

"이리 오너라."

응안이 눈치를 채고 야자 잎으로 내실을 듬성듬성 가린 곳으로 들어갔다.

방 안에는 홍등과 평상과 간단한 침구가 있었다.

그녀가 허리띠를 풀고 몸을 흔드니 겉옷이 매미 허물처럼 스스로 내려갔다.

비치는 속옷만을 입은 그녀의 몸은 단순히 호리호리하다고만 할 수는 없었다. 작지만 군살 하나 없이 탄탄한 몸이 오목조목, 올록볼록하게 잘 다듬어지고 균형 잡힌 몸이었다.

"아, 몸이 어떻게 참새처럼 작고 예쁠 수가 있을까."

김가을동은 뤄우껀의 술기운 탓인지 여인이 더욱 아름답게 보였다.

"안남 호이안은 후덥지근하군."

"조선은 시원한 곳이에요?"

"그럼, 지금쯤 조선은 서늘한 가을이지."

"이 땀 봐. 제가 시원하게 해드려요?"

"어떻게?"

"담배 한 대 피우시지 않겠어요?"

김가을동이 아까 술집을 들어올 때보니 사람들이 모두 왕대로 만든 대금과 퉁소 같은 것을 하나씩 들고 불고 있었다. 그들이 대나무 악기를 빨아들일 때마다 필릴리 필릴리 소리도 들려 무슨 악기인가 생각했는데 알고 보니 담뱃대였다.

그런데 응안 역시 그 대나무통을 집더니 깔때기에 담배 잎을 쟁이고 부시를 쳐 불을 붙였다.

김가을동이 응안에게 물었다.

"그것이 담뱃대인가?"

"우리 안남인들이 피는 담뱃대인 투옥라오(물담배)죠."

그녀는 김가을동의 사타구니 위에 앉아 긴 대나무통을 들고 담배를 피웠다.

담배를 빨 때마다 삘르룩 삘르룩 물소리가 났다.

안남인들은 직경이 두 치, 길이가 두 자나 되는 왕대나무로 담뱃대를 만든다. 한쪽 끝은 밀폐시켜 물을 넣어 두고 다른 쪽 구멍은 입을 대고 흡입하도록 되어 있다. 잎담배를 깔때기에 놓고 불을 붙여

입을 대고 흡입하면 연기가 물을 통과할 때 뻴르룩 물소리가 났다.

"도대체 담배를 피고 있는 건지, 악기를 연주하는 건지."

"이걸 피우면 시원해요. 우리 안남인들은 물 담배로 더위를 식히지요. 잘 한 번 빨아봐요."

김가을동이 담뱃대를 물고 빨아보았다.

'꾸륵' 소리가 나고 물을 통과한 맑고 시원한 담배연기가 폐 안으로 들어왔다. 기분이 박하처럼 상쾌한 느낌이었다.

"어때요? 시원해요?"

"그런 것 같군."

"조선에도 담배를 많이 피우나요?"

"우리 조선에는 어딜 가나 노인 아이 가릴 것 없이 담배를 많이 피지. 담배 가게는 전국 방방곡곡에 다 있고."

장에 나가면 담배와 관련한 가게로 엽초전, 절초전, 연죽전이 있었다. 엽초전은 담배 잎을 파는 곳이고 절초전은 담배 잎을 도매로 받아와 잘라 파는 소매전이다. 연죽전은 흡연도구를 전문적으로 파는 가게로 형형색색의 담뱃대와 담배통을 팔았다.

김가을동은 담배가 주는 환각작용에 기분이 알싸해졌다.

김가을동이 술과 담배에 빠져 있는 술집 옆에서는 김자신이 쭈밋거리고 있었다. 그는 독실한 불교신자로 불교의 오계를 지키려고 노력했다. 불살생(不殺生), 불투도(不偸盜, 훔치지 아니함), 불음주(不飮酒),

불망어(不妄語, 거짓말하지 아니함)는 하지 않으면 그만인데 삿되거나 음 란하지 않아야 하는 불사음(不邪淫)은 마음에서 일어나는 것이기 때문 에 통제하기가 힘들었다. 그는 마음속으로 주방장 하영을 사모하고 있었다. 그러나 내성적인 그는 표현할 길이 없었다. 단지 그녀의 음 식이 맛있다고 칭찬해주고 하멜에 대한 이야기를 나눌 때 공감해주 는 정도였다. 남들이 술집으로 나갈 때 선실에 홀로 남아 그녀를 생 각하며 수음한 것을 후회했다.

김자신은 오늘은 키를 올려놓고 배 밖으로 나왔다. 네덜란드 상관 을 돌아 해안가 길 좌우로 나 있는 일본인 거리와 중국인 거리를 걸 었다. 밤거리를 쓸쓸하게 거닐면서 생각했다.

'회안(會安, 만나서 편함), 이 도시에서 누구를 만나면 편안해질까. 이 불야성의 항구도시에서 각 나라 인종들이 만나 이야기하고 있었다. 이 들 중 편안한 이야기를 나눌 사람이 얼마나 있을까.'

안남 회안의 표류민이었던 제주사람 고상영이 말한 것이 사실 그 대로였다.

'회안은 절기가 항상 온난해서 사시 긴 봄날 같으니 사람들은 항 상 넓은 소매의 홑옷을 입는다. 남자 성인들은 바지를 입지 않고 단 지 한 자 정도의 비단으로 앞뒤를 가릴 뿐이다.'

김자신의 눈에는 남자보다 여자들의 옷차림이 더 헐벗은 듯했다.

한 여자가 야자실로 짠 성긴 홑옷 차림으로 말을 붙여 왔다.

"조선인이죠?"

"어떻게 알아요?"

"척 보면 알죠. 조선인들이 가뭄에 콩 나듯이 한 분씩 다녀가죠. 이번에는 큰 배로 한꺼번에 들어왔더군요."

김자신은 닿는 항구마다 느꼈지만 어딜 가든 신라인, 고려인, 조선인이 닿은 흔적이랄까 앞선 선조들이 뿌린 보이지 않는 힘이 느껴졌다. 낯선 곳도 별로 낯설게 느껴지지 않았다. 한자 문화권이기 때문에 익숙한 점도 있지만 신라시대 때부터 조상들이 다니며 활동했던 흔적이 있기에 낯선 말도 익숙하게 들렸다.

김자신은 이 여자와 마음의 말을 나눠보려고 했다.

그녀는 갑자기 노골적으로 나왔다.

"씨비씨비 좋아?"

해안가에서 불어오는 바람에 그녀의 가슴골과 허벅지 사이의 맨살이 그대로 드러났다.

씨비씨비라는 말은 세계 공통어가 분명했다. 일본 나가사키, 대만 안핑 어느 항구를 가도 통했다. 키가 작고 피부가 가무잡잡하지만 눈이 크고 매력적인 아가씨였다. 아가씨의 말에 놀란 김자신은 손사래를 치며 거절했다. 고독한 산책을 계속하고 싶었다.

아가씨가 강제로 손을 잡고 끌지 않으면 회안거리를 한 바퀴 돌고 배로 돌아갔을 것이다.

손에 잡혀 끌려간 집은 밖은 허름한 술집 같았으나 안으로 들어가니 무대가 있는 커다란 대주점이었다. 포르투갈, 스페인, 네덜란드,

아랍, 인도, 중국, 일본 손님들이 뒤섞여 음탕한 무대공연을 보며 술을 마시고 있었다.

아가씨는 그곳을 지나 작은 방으로 들어갔다.

"어떻게 할 건데?"

"뭐를요?"

집안에 들어오자 밖과 다르게 여자는 주인이 하인부리듯 김자신을 대했다.

그녀는 거의 헐벗은 몸으로 밀착해오며 도첩을 보여주었다.

춘화도첩에는 한자로 '십팔체위(十八體位)'가 적혀 있고, 그 밑에는 남녀가 교합하는 장면이 다양하게 그려져 있었다.

"빨리 돈을 내. 이걸 다 해줄 테니까."

"정말 이런 걸 다하오?"

"당신은 속고만 살았어. 먼저 돈만 내. 한 체위 당 한 동이야. 전부 해서 18동이면 돼."

"왜 당신은 하고 많은 사람 중에서 나를 잡았어요?"

"당신은 팔목에 염주를 하고 도를 닦는 스님처럼 하고 다니잖아. 우리는 스님을 존경해."

김자신은 얼굴색이 희고 이마가 반짝이고 뒤통수는 위로 올라가 어릴 때부터 중상이라고 놀림을 받았다. 회색 옷을 즐겨 입고 불경 읽기를 좋아했다. 그는 웬만한 스님보다 염불을 구성지게 잘해 천도재에 초청을 받기도 했다.

작고 당찬 여자의 행동거지가 만만치 않았다.

'술과 담배라도 해볼까.'

헌데 사랑하지 않는 사람과 돈을 주고 그게 가능할까. 이 여자를 하영이라고 생각해볼까. 그런데 하영을 생각하는 순간 갑자기 성욕이 눈 녹듯 사라졌다. 불사음의 아슬아슬한 경계에서 김자신은 이건 아니라는 확실한 깨달음을 얻었다.

그는 끝내 그녀가 붙잡는 손을 뿌리치고 주점을 빠져나왔다.

그가 회안의 거리를 홀로 쓸쓸하게 거닐다 부두로 돌아오는데 한 여자가 배 위에서 지켜보고 있었다. 하영이었다.

대경호는 베트남 회안에 닻을 내리고 닷새를 정박한 뒤 말래카 해협으로 출항했다.

박어둔은 회안에서 배를 일신(一新)했다.

선박용 물품가게에서 신종 기기들을 구입했다. 스페인 모래시계와 이탈리아 나침반을 대량 구매했고 항정기를 로그 측정기로 바꾸어 바다의 거리를 재는데 정확성을 더했다. 별자리를 보고 위도를 측정하는 사분의는 좀 더 세분화된 육분의로 바꿨다.

가장 신경을 쓴 부분은 배의 무장부분이었다. 대포와 소총이다. 회안에 있는 네덜란드 상관과 협상하여 사거리가 길고 발사시간이 짧은 캐논대포 10문을 새롭게 장착하고 연발 사격이 가능한 고성능 소총 서른 자루를 사서 보충했다. 서화립 사수장에게 사수들에게 대포와 총기사용법을 가르치도록 했다.

해적이 준동하는 말라카 해협으로 진입하기 때문이다.

회안에는 유명한 다리인 일본교(日本橋)가 있는데 그곳 밑에서 살고 있는 사무라이 몇이 박어둔의 목에 걸린 현상금을 노린다는 소문이 돌았다. 박어둔은 선원들에게 그쪽으로 가지 말 것을 주문했으나, 일부 여자들이 아름다운 일본교를 구경하러 갔다고 한다. 다행히 사고는 없었다.

말라카 해협

　말라카 해협은 적도의 평온한 무풍지대라서 범선이 항해하기 힘든 곳이다. 바타비아에서 샛바람을 기다리며 머물렀다 11월 몬순을 타고 말라카 해협으로 향했다. 태평양과 인도양을 잇는 말라카 해협은 해적선의 출몰 지역으로 경계를 철저히 하지 않으면 안 된다. 박어둔은 말라카 해협에 들어가기 전부터 전원 무장 대기시켰고 망군들에게 중앙과 동서남북 다섯 군데에서 망을 보게 했다.

　말이 씨가 된다고 서화립은 회안 시장에서 원숭이 한 마리와 앵무새 한 마리를 샀다. 둘 다 재롱이 많고 영리한 동물이어서 선상생활에 쏠쏠한 재미를 주었다.

　망군 당직들은 원숭이만 보면 말했다.

　"원숭아, 내 대신 저 위에 올라가 망을 봐줘."

　"사수장님, 원숭이를 언제 훈련시켜 당직을 세울 겁니까?"

　원숭이를 놀리는 그런 말을 들을 때마다 서화립은 앵무새를 훈련시켜 '그래 씨발 놈아'라고 욕을 하게 했다. 그러면 사람들이 배를 잡고 웃었다. 몇몇 사람들은 앵무새의 욕을 들으면 '니 말 맞다.'라고 능청을 떨었지만, 점잖은 김자신이나 이환은 앵무새의 욕에도 귀가 붉어졌다.

그런데 요즘 원숭이는 부지런히 다섯 개의 돛대를 오르내리며 망군 흉내를 내어 선원들의 웃음을 자아냈다.

말라카 해협에서 작은 해적선 몇 척과 조우했다. 이들은 대경호가 함포와 조총으로 잘 무장된 배인 것을 보고 그냥 지나갔다.

십자가를 단 스페인 사략선(私掠船)이 다가오고 있었다. 사략선은 국가로부터 허가를 받은 해적선이다. 영국이 스페인의 무적함대를 무찌르는데 사략선을 이용한 이후 각 나라들은 사략선을 음성적으로 키워 적국의 배들을 공격했다. 사략선은 자신들에게 이익만 되면 국적에 관계없이 습격과 약탈을 자행했다. 다행히 스페인 사략선도 대경호의 좌현을 스쳐 지나갔다.

말라카를 얼마 두지 않고 멀리서 배 두 척이 접근했다. 망군은 두 척 다 사자 깃발을 단 카라벨 선인 것으로 봐 포르투갈 사략선이 분명하다고 보고했다. 말라카와 말라카 해협은 포르투갈의 식민지였다. 포르투갈은 동진하는 네덜란드 세력에 밀려 말라카를 빼앗기고 그 배들은 사략선이 되어 노예매매와 해적질로 악명을 떨쳤다.

두 척은 대경호의 좌현 우현으로 천천히 지나가 동쪽으로 사라졌다.

다음날 새벽, 배에서 작은 소란이 일어났다. 원숭이가 돛대를 타고 조망대에 올라가 끽끽거리며 소란을 피운 것이다. 졸던 망군이 원숭이의 소란에 깨어나 망을 보니 희끄무레한 동쪽바다에서 수상한 배 두 척이 보였다.

망군은 소리치며 말했다.

"어제 지나간 포르투갈 사략선 두 척이 다시 오고 있습니다!"

박어둔은 어제 대경호를 정탐했으므로 오늘 공격할 가능성이 높다고 보았다.

박어둔은 김가을동에게 물었다.

"저 배를 따돌릴 수 있겠는가?"

"우리 배보다 사략선이 빠릅니다. 현재 저 배를 따돌리기는 힘듭니다."

"알겠네."

"김득생, 비상종을 울려라."

"알겠습니다."

비상종이 울렸다.

무장한 선원들이 갑판으로 모여 전투태세에 임했다.

서화립에게는 대포 이십 문에 탄환을 모두 장전하게 했다.

박어둔이 큰 소리로 말했다.

"모두들 들어라! 지금 곧 바로 전투에 들어간다."

모두들 긴장하는 낯빛이 역력했다.

그동안 편안하게 항해했던 상인들이 웅성거리며 동요하기 시작했다.

"강수님, 돛을 다섯 개를 다 올려 빠르게 말라카로 가면 안 될까요?"

박어둔이 말했다.

"역풍인데 어떻게 돛을 올린단 말인가. 뱃머리를 돌려라."

대경호는 선수를 돌려 포르투갈의 배로 향했다.

포르투갈 배가 점점 가까이 다가오고 있었다.

김가을동이 포르투갈 배에게 큰 소리로 말했다.

"더 이상 다가오지 마라. 방포한다!"

두 척에서 항복을 표시하는 백기를 흔들었다. 그중 한 척에는 널 빤지에 한자로 크게 '급급환자(危急患者)'라고 쓴 것을 보였다. 선수에는 두 명의 환자를 뉘어놓았다.

상인들이 그것을 보고 말했다.

"저 배는 지금 우리에게 구조요청을 하고 있습니다."

김가을동이 단호하게 잘라 말했다.

"바타비아로 가도 될 텐데 굳이 우리 배에게 구조 요청하는 것은 위장전술입니다."

박어둔이 김가을동에게 말했다.

"상인들의 말이 맞다. 저기 봐라. 두 배 모두 포문을 모두 돌려놓지 않았느냐. 그리고 총들을 모두 묶어 마스트에 매어 놓았다. 우리와 싸울 의사가 없다는 뜻이다."

간부선원들이 박어둔에게 말했다.

"강수님, 그래도 배를 붙이도록 허용하면 안 됩니다."

"염려 마라. 내 품 안에 들어오는 새는 잡지 않는 법이다."

박어둔은 포수의 사수들에게 만반의 태세를 갖추도록 했다.

배가 포 사정거리인 400보 안으로 들어오자 박어둔이 울산호를 내리게 했다. 하선하는 배 안에는 이치로와 최봉언을 비롯해 7명이 탔다.

일곱 명은 무장한 채 포르투갈 선으로 노를 저어갔다.

박어둔은 포르투갈 사략선 좌현과 우현에서 갤리선이 빠르게 내려지고 있는 것을 보았다. 총 8척이었다.

박어둔이 붉은 깃발을 들고 하늘을 향해 권총을 쏘았다. 이치로와 최봉언은 순식간에 뱃머리를 돌려 노를 저어 대경호로 도망했다.

대경호의 뱃머리에 있던 양담사리가 재빨리 전원 사격명령을 내렸다.

"발포하라!"

쾅쾅쾅쾅! 탕탕탕탕! 이십 문의 대포에서 쏜 대포알이 사략선과 갤리선을 향해 떨어졌다.

여덟 대의 갤리선은 포탄을 뚫고 빠른 속도로 다가오고 있었다. 낮은 갤리선은 앞뒤 좌우로 포를 장착해 큰 배의 옆구리를 뚫기에 최적의 배였다. 갤리선에서 쏜 포 한 발이 대경호의 옆구리를 뚫었다. 다행이 흘수 위에 맞아 물이 새어들지는 않으나 5명의 부상자가 났다. 사망자가 나오지 않은 게 다행이었다.

김가을동과 서화립은 노련했다. 갑판 난간에 새롭게 장착한 직사

포를 쏘아 여덟 척 중 네 척을 격침했다. 갤리선 두 척은 소총의 집중 사격에 맞아 멈췄고 두 척은 초전에 박살난 상황을 보고 재빨리 배를 돌려 도망갔다. 모선 한 척은 대포를 맞아 불이 난 채 침몰 중이었고 나머지 한 척은 벌써 시야에서 사라져 보이지 않았다.

박어둔과 이치로, 최봉언이 울산호를 타고 배 위로 올라오자 만세 소리가 하늘을 찔렀다.

"대조선 만세!"

"박어둔 만세!"

박어둔은 말했다.

"오늘 승리는 모두 여러분들의 공이요. 대경호 만세!"

"대경호 만세!"

"놈들은 또 약탈하러 올 것이다. 이 해협을 지나가는 동안 한시도 긴장을 늦춰서는 안 된다."

별동대 대장 김가을동, 이인성, 김득생은 보조선 세 척을 내려 갤리선과 침몰해가는 카라벨선에서 전리품을 건져 올렸다. 서화립은 여섯 문의 대포와 100자루의 소총을 노획했고, 금괴 20개, 은괴 30개, 포도주 50관, 송진 30관, 후추 20관, 벤젠, 송진, 왁스, 수지와 콘돔 열 상자를 건져 돌아왔다.

대경호 선수에 뚫린 포탄 구멍은 티크 널빤지로 보강했다.

하영이가 승리를 자축하는 특별요리를 했다. 말레이시아 전통음식 뇨냐를 만들었다. 뇨냐는 중국 전통요리와 비슷했으나 이슬람문화권이라 돼지고기를 쓰지 않았고, 이 지방에서 나는 물소 고기에 코코넛 밀크를 많이 써서 고기가 부드럽고 향이 났다.

모두들 감탄했다.

"말라카 음식 만드는 방법을 어디서 알았지?"

"회안에서요. 여러분이 항구에 닿을 때 술집을 가는 동안 저는 음식점에 가 새로운 조리방법을 배우지요. 앞으로 기대하세요."

김득생이 술 창고에서 술을 있는 대로 꺼내왔다. 김득생은 옥동 술도가를 잠시 운영하기도 했다. 그 자신이 워낙 술을 좋아하는 모주 꾼에다 다양한 술을 잘 만들어 아예 선실 한 칸에 술도가를 차렸다.

그가 가장 잘 담그는 술은 안동소주였다. 안동소주는 고려 때 원나라에서 전해진 것으로 원산지는 아랍이다. 기장으로 증류해 만들어낸 소주맛은 일품이었다. 청명주도 잘 만들었다. 색깔은 진한 감색이며 감칠맛이 뛰어나다. 마누라와 청명주를 바꾸라고 한다면 청명주를 택했다는 소문이 나 있는 술이 바로 청명주로 뱃사람이 가장 좋아하는 술이다.

모두가 좋아하는 술은 역시 막걸리다. 막걸리에서 거른 것이 청주이고 증류한 것이 소주였다. 소주에 가향을 한 이화주, 도화주, 연엽주, 송화주, 죽통주, 두견주가 있고, 약재를 넣은 건강주인 구기주, 오가피주, 창포주, 밀주, 호골주, 사주, 무술주가 있다.

뱃사람들이 즐겨 마시는 술은 막걸리와 안동소주, 개성소주, 청명주, 포도주였다.

약간 고급술을 좋아하는 사람들은 청주를 뜻하는 춘자가 들어가는 호산춘, 약산춘, 봉래춘을 마셨고, 고급주인 향온주, 백하주, 석탄(惜呑)주, 소국주도 있었다.

오늘의 승전으로 기분이 좋아진 그는 각자 술잔에 술을 따르게 했다. 건배 제의를 하기 전에 김득생이 낭랑한 목소리로 이백의 월하독작(月下獨酌)의 시를 외웠다.

천약불애주(天若不愛酒) 하늘이 술을 사랑하지 않았으면
주성부재천(酒星不在天) 하늘에는 주성(酒星)이란 별이 없었을 것이고
지약불애주(地若不愛酒) 땅이 술을 사랑하지 않았다면
지응무주천(地應無酒泉) 땅에도 주천(酒泉)이란 샘이 없었으리라.
천지기애주(天地旣愛酒) 하늘과 땅이 이미 술을 사랑했거늘
애주불괴천(愛酒不愧天) 내가 술을 사랑하는 건 부끄러울 게 없다네.
이문청비성(已聞淸比聖) 이미 옛말에 청주(淸酒)는 성인에 비하고
복도탁여현(復道濁如賢) 탁주(濁酒)는 현자와 같다고 하였으되
현성기이음(賢聖旣已飮) 현인과 성인을 이미 마셔버렸으니
하필구신선(何必求神仙) 하필이면 신선이 되려고 하는가?

낭랑한 그의 목소리와 배 위에 뜬 보름달, 이백의 월하독작의 시는 잘 어울렸다.

"자, 오늘의 건배는 성인도 현자도 신선도 아닌 원숭이를 위해서

하겠습니다. 만약 서화립의 원숭이가 새벽에 망을 보지 않았더라면 우리는 해적선의 습격을 당해 큰 낭패를 보았을 것입니다. 자, 그럼 원숭이를 위하여!"

"원숭이를 위하여!"

그들은 끊임없이 건배하고 권커니잣커니 하며 밤새 술을 고래로 마셨다.

박어둔은 술이 약하고 입에 술맛이 써 순한 막걸리 한두 잔으로 만족했다.

자축연이 끝나고 간부선원들이 2차로 선교에 모여 담배를 피우며 이야기를 나눴다.

김가을동이 박어둔에게 물었다.

"강수님, 놈들이 위장이라는 걸 언제 알았습니까?"

"처음 배를 발견할 때부터 알았다. 위장막으로 갤리선 8척을 가린 것을 보았지. 결국 그들이 우리를 정탐한 것이 아니라 우리가 그들을 정탐한 것이야."

"호오."

"그런데 왜 위험하게 울산호를 타고 그곳까지 간 것입니까?"

"만에 하나 실제로 구조를 요청했는데 공격했다면 우리 배는 무자비한 해적선이 되고 마는 거야. 앞으로 어떤 항구에도 입항할 수 없어."

서화립이 말했다.

"유비무환의 결과이기도 하죠. 말라카 해협에 해적선과 사략선이 많다는 사실을 알고 회안에서 철저하게 준비했습니다. 최신식 대포 10문을 추가로 장착하고 우리들이 여기에서 끊임없이 도상훈련과 모의전투를 치렀기 때문에 승리한 것입니다."

박어둔이 말했다.

"이번 전투에 가장 공이 큰 자는 김득생의 말대로 바로 저 원숭이야."

안용복도 덩달아 말했다.

"그래. 저 원숭이가 망을 보지 않았더라면 해적선이 접근해 포격했을 거야. 해뜨기 전 어두운 때였으니까."

김가을동이 원숭이의 머리를 쓰다듬으며 말했다.

"이제부터 너는 내 당직 때 대신 근무해야 해."

그러자 서화립의 어깨에 앉아 있던 앵무새가 말했다.

"그래, 씨발 놈아."

사람들이 모두 웃음을 터뜨렸다.

김가을동이 앵무새를 보고 말했다.

"그래, 제발 니 말대로 됐으면 좋겠다."

말라카

대경호 선원들은 회안에서 일주일을 머문 뒤 말라카로 향했다. 바타비아에서 바람을 기다리며 머물렀다 11월 몬순을 타고 말라카 해협을 지나 흐름이 완만한 멜라카 강어귀로 들어가 말라카 항에 닿았다. 정박지에는 긴 선착장과 현대식 항만시설이 잘 설치되어 있었고, 강 하구에는 갯벌이 쌓이는 현상이 일어나는 것을 막기 위해 작은 방파제가 설치되어 있었다.

말라카 시에는 나무 기둥 위에 집을 짓고 바나나 잎 이엉을 얹은 말레이 전통 가옥과 회벽에 모자이크 문양이 들어간 포르투갈식 단층형 건물, 아치형 창문이 난 네덜란드식 이층 건물이 뒤섞여 있었다.

이환은 서화립을 업은 채 서둘러 말라카 병원을 찾았다.

그곳에는 네덜란드 의사 가스파르 샴베르헨이 주치의로 있었다.

"어디서 오셨소?"

"조선에서 왔습니다."

"조선. 잘 알지요. 헌데 이 환자는 어디가 아파서 온 것입니까?"

"밧줄을 당기다가 배가 아파 쓰러진 뒤 지금까지 일어나지 못하고 있습니다. 저도 조선의 의사입니다. 구역질과 온몸의 열, 복부에 심한 통증 등을 종합해 보니 아무래도 맹장이 터진 듯합니다. 빨리 칼로 배를 째서 수술을 하지 않으면 생명이 위독합니다."

샴베르헨은 놀라며 말했다.

"조선에서도 맹장염을 수술합니까?"

"저희 아버지는 여러 번 수술을 하셨죠. 하지만 서양의 의술에는 미치지 못합니다."

이환은 아버지가 옥동 한의원에서 충수염(맹장염) 정도는 간단하게 시술하는 것을 보았다.

"조선에서도 맹장염 수술을 하다니 놀랍군요."

샴베르헨은 서화립에게 술과 아편을 먹인 뒤 수술대 위에 눕혔다. 그는 날카로운 메스로 배를 갈라 터진 맹장을 꺼냈다.

맹장인 회맹부를 절개해서 터진 부위를 도려낸 뒤 실로 꿰매고 봉합한 뒤, 다시 복부를 봉합했다.

이환은 맹장이 터져 복막염이 된 것을 수술하는 것은 처음 보았다.

"복막염 초기라 다행입니다. 일본에 갔을 때 조선을 방문하지 못해 아쉬웠습니다. 말라카에서 조선인을 만나니 반갑네요."

샴베르헨 의사는 오랫동안 일본 나가사키에서 머물며 의료에 종사했고, 일본에 근대적 학문인 난학을 심은 자였다.

샴베르헨이 이환에게 말했다.

"일본인은 영리하고 호기심이 많은 사람이죠. 그러나 모순에 가득 찬 민족이기도 합니다. 예를 들면 총포의 도입과정을 보면 알 수 있습니다."

샴베르헨이 총포 이야기를 꺼내자 잠자듯 누워 있던 서화립이 '끙' 하며 눈을 떴다.

샴베르헨이 서화립에게 물었다.

"좀 어떠십니까?"

"아프지만 견딜 만합니다. 치료해주셔서 고맙습니다."

"치료하는 게 제 기쁨입니다."

"총포 이야기에 눈이 번쩍 떠였습니다."

"총포에 관심이 많으신 것 같군요. 포르투갈인 핀투가 일본의 다네가시마에서 머스켓 총기제작법을 가르쳐준 지 6개월 만에 일본인들은 600자루 이상의 소총을 생산했지요. 오다 노부나가는 소총의 위력을 재빨리 인지하고 철포부대를 만들어 전국 통일의 기세를 잡았습니다. 도요토미도 조총부대로 조선을 침공하지 않았습니까?"

"우리 조선인들은 도요토미 별로 좋아하지 않습니다."

서화립이 끙끙거리면서도 할 말은 했다.

"참 실례를 했군요. 헌데 일본인들은 총포의 위력을 알고도 근대식 총포를 파기하고 중세 사무라이의 닛뽄도로 돌아감으로써 서구에 대항할 힘을 잃었습니다. 오만과 습관의 힘은 무섭습니다. 총포뿐만 아니라 기독교에 대해서도 마찬가지예요. 처음에는 간이라도 빼줄 것처럼 접근하다가 나중에는 허세를 부리며 거부하지요. 전통과 오만이 덫이 되는 것입니다."

말라카 병원에서 이환과 서화립, 샴베르헨은 서양의술과 세계의 움직임, 정치, 경제, 국방, 과학에 대해 깊이 있는 대화를 나누었다.

서화립이 샴베르헨 의사에게 말했다.

"당신이 조선으로 건너왔더라면 조선이 근대적 문명국으로 바뀌었을 텐데 아쉽습니다."

"난 하멜표류기를 읽고 조선에 대해 약간의 오해를 했습니다. 대경호도 그렇고 조선인이 이렇게 개방적인 줄 몰랐습니다."

"고맙습니다."

"이분은 여기 며칠 누워 있어야 합니다."

이환이 말했다.

"우리 선원들의 건강 진단을 해주십시오. 지금 건강상태가 좋지 않습니다."

"알겠습니다. 언제든지 오십시오."

이환은 자신이 한의학적 지식으로 진단해 건강이 좋지 않은 사람 30명을 뽑아 샴베르헨에게 서양식 정밀 진단을 받게 했다.

장기간의 선상생활은 선원들에게 괴혈병, 황열병, 류머티즘, 발진티푸스, 위궤양, 피부병과 같은 육체적 질병 외에도 극심한 정신적 피로감을 가져왔다. 축축한 선실과 비바람이 들이치는 갑판에서 신선하지 못한 음식으로 오랫동안 생활하다 보면 선원들은 속에서부터 곪아 들어가기 마련이다.

말라카 병원에서 30명의 조선인 선원에 대한 검진결과가 나왔다.

생각보다 다들 건강했다.

"보통 선원 중 신선한 야채를 먹지 못해 생기는 괴혈병과 에스파냐병에 걸린 사람이 열 명 중 한두 명은 꼭 있는데 대경호 선원 중에는 한 명도 없습니다."

"우리는 선상에서 야채를 키워 먹기 때문에 괴혈병 걱정은 없습니다. 그런데 에스파냐병은 무슨 병을 말합니까?"

"매독을 말합니다. 정식 병명은 대발진이지요."

매독은 혐오스런 증상 때문에 죄악의 징표로 여겼던 나병의 자리를 물려받았다. 네덜란드에서 에스파냐병, 영국에서는 프랑스병, 러시아에서는 폴란드병으로 불렀다. 터키에서는 기독교병, 일본에서는 포르투갈병, 조선에서는 당창이라 해서 남에게 미루고 싶은 질병이 되었다.

이환이 말했다.

"아마, 그것은 콘돔 때문이 아닐까요?"

김가을동이 마닐라 총독실에서 양의 맹장으로 만든 콘돔 열 다발을 챙겨온 이후 항구에 배를 댈 때마다 콘돔을 대량 구매해 이환으로 하여금 선원들에게 무상으로 공급했다.

"콘돔 사용은 아주 좋은 습관이죠. 앞서가는 조선입니다."

샴베르헨은 이치로와 월희를 따로 불러 말했다.

"두 분에게 좋은 소식이 있습니다. 아내 월희씨가 임신입니다."

"아, 정말입니까? 감사하므니다."

"계속 배를 타는 것은 뱃속의 아기에게 위험할 수 있습니다."

"아이를 위해서라면 이곳 말라카에 살아도 좋스므니다."

하지만 월희가 반대했다.

"전 대경호와 끝까지 함께 해 고향 조선으로 돌아가겠어요."

"그럼, 저도 아내와 같은 의견이무니다."

"대경호와 같은 큰 배라면 출산하고 양육하는데 큰 문제는 없습니다. 어쨌든 임신을 축하합니다."

이환이 샴베르헨에게 말했다.

"저는 서양의술을 배우고 싶습니다. 책이라도 구할 수 없겠습니까?"

"저는 동양의술을 배우고 싶었어요. 저도 고향 암스테르담에 들를 일이 있습니다. 함께 배를 타고 가면서 책과 의술을 공유하도록 하지요."

"좋습니다. 선원들에게 동서양 의술을 협진해 치료하면 상승효과도 있겠군요."

일본 난학의 아버지 샴베르헨을 대경호에 태워서 간다는 것은 천군만마를 얻은 것이나 다름없었다. 대경호가 근대화되는 것을 의미했다.

항해일지

정축 22일 맑음

말라카를 떠나 인도양을 항해 중이다. 인도 북동부 벵골만을 통과하면서 비바람을 동반한 심한 폭풍우를 만났다. 사이클론이라는 이름의 무서운 태풍이었다. 바다에서 발생한 열대성 저기압으로서 인도의 벵골지역에 큰 피해를 주는 바람이었다. 열대성 태풍인 사이클론을 피해 잠시 후글리항에 입항해 있었다. 닻을 네 개나 내렸는데도 심한 태풍으로 당직자들은 멀미가 심했다. 태풍이 소멸한 뒤 다시 인도의 캘리컷을 향해 항해하고 있다. 회임한 월희와 이치로 부부에게 이 배의 최고 시설인 영빈실을 내주었다. 건강한 아이의 탄생과 우리 배의 안전항해는 하나의 끈으로 연결되어 있다. 서화립은 복막염 수술 경과가 양호하고, 다시 원숭이와 앵무새를 훈련시키고 있었다.

나는 말라카에서 승선한 네덜란드 의사 샴베르헨과 자주 대화를 나눴다. 샴베르헨은 일본 난학의 중심에 선 인물이었다. 그의 제자들은 남녀 사형수의 시체를 해부해 장기마다 근육, 식도, 십이지장, 맹장, 소장, 대장이라고 이름을 붙였다고 한다. 초기 난학은 외국어 번역 위주로 시작되었다. 샴베르헨에 의해 난학이 전문화되고 식물학, 천문학, 지리학, 수학, 물리학, 군사학으로 확대되었다는 것이다. 샴베르헨과의 대화는 문명국 유럽을 이해하는데 유익했다.

도장장 김자신은 틈만 나면 하나코를 도와 선상 농원에서 채소를 가꾸고 동물들에게 모이를 주었다. 농사일에 재주가 많은 김자신이 농원 일을 좋아하는 것은 당연하지만 주방장 하영이 없었다면 그렇게 열심히 하지 않았을 것이다. 김자신은 하영이가 원하는 신선한 야채와 육고기의 재료를 제 때에 공급해 맛있는 요리를 만드는데 큰 도움을 주었다.

신선한 생선 공급은 고기를 잡는데 재주가 많은 이등도장 석달호가 맡았다. 황포돛대 어선 선장 출신인 석달호는 그물과 낚시와 해달로 물고기를 잡았다. 고기 떼가 보이면 선원들과 그물을 던져 고기를 잡고 평소에는 갑판 난간에 주낙과 낚시를 드리워놓고 돛새치, 개복치, 삼치, 갈치에서부터 가오리와 넙치, 돔까지 잡았다. 석달호는 낚시 바늘을 다양하게 가지고 있고, 미끼도 고등어 머리, 고기의 내장, 새우에 이르기까지 여러 가지로 썼다.

석달호는 해달을 이용해 방어와 삼치 같은 큰 물고기를 잡는 방법도 알고 있었다. 그는 잠수부가 드나드는 구멍이 있는 격실에서 해달을 키웠다. 이 해달은 능숙한 사냥솜씨로 삼치와 방어를 잡아와서 모두에게 기쁨을 주었다. 석달호는 해달 때문에 배에서 최고 인기 있는 선원이다.

두 번째는 바다매 사냥을 하는 최봉언 사무장이다. 바다매는 사냥술이 뛰어나 날치, 숭어, 연어를 잡아 돌아오는데 매사냥을 보는 것만으로도 지루한 선상 생활에 큰 재미를 주었다. 그 다음으로 인기가 좋은 사람은 고공장 김득생이다. 배 안에 술도가를 차려 각종 술을 공급하는 그에 대해 호불호가 다소 갈리는 편이었다. 선장인 나의 인기는 어떨까? 한비자의 법치를 이상으로 삼고 있는 나를 선원들은 별로 좋아하지 않는다. 나의 마음도 얻지 못했는데 어찌 남의 마음을 얻겠는가. 절반의 박수만 받아도 인생은 성공이라고 생각한다.

벵골만에서 북동풍을 타고 순항한 대경호는 스리랑카 근해에서 묘박을 한 뒤 다음날 아침 거대한 불상과 코끼리상이 보이는 콜롬보 항구에 닿았다. 선원들은 콜롬보항에 도착해 식당부터 찾았다. 콜롬보는 먹을거리가 풍부했다. 선원들은 콜롬보 전통음식인 야채 카레와 호퍼를 맛보았다. 호퍼는 쌀가루와 코코넛 밀크를 섞어 구운 것으로 신포도 맛이 났다. 그들의 주식인 '카하 바투'라는 요리는 쌀에다 향신료와 코코넛 밀크를 넣고 끓인 밥이었다. 향신료 맛이 그다지 강하지 않고 고소해 먹을 만했다.

조선 사람들은 중독성이 강한 발효식품인 김치, 된장, 고추장과 젓갈 등에 입맛이 길들여져 있어 외국 음식을 잘 먹지 못하는 편이다. 선원들은 향이 강한 남방의 음식을 먹을 때마다 음식타박을 했는데 오늘은 잘들 먹었다.

뇌헌 스님과 불심이 깊은 김자신은 부처님의 치아를 모시고 있다는 불치사(佛齒寺)에 가서 참배하려고 했으나 콜롬보와 많이 떨어진 곳에 있어서 포기했다. 불치사는 부처님의 왼쪽 송곳니를 모신 곳이다. 김자신은 아버지 김벌산의 신심을 물려받았다. 김벌산은 박기산을 배신한 것에 참회를 하고 태화사에 요사채를 지어 회향하는 등 공덕을 많이 쌓았다.

콜롬보항에서 닷새를 묵었고, 향기와 맛으로 유명한 스리랑카 특산물 홍차와 카레를 사서 실었다.

대경호는 인도남부해안을 돌아 캘리컷으로 올라가고 있었다. 배는 인도의 서해안을 따라 나흘을 더 항해한 끝에 마침내 인도의 캘리컷 항구에 도착했다.

항구에는 수백 척의 배들이 정박하고 있고, 해안가에는 각종 상점과 건물들이 즐비했다. 선원들이 선창에 내려 바다에서 육지로 난 긴 판교를 따라 뭍에 도착하니 바로 국제무역시장이었다. 대경호 선원들이 캘리코 항구에 올라 시장으로 갔고 박어둔은 영국총독을 만나러 동인도회사에 들렀다. 건물 입구에 들어가자마자 영국 경찰이 득달같이 달려와 박어둔을 체포했다.

캘리코

박어둔을 체포한 사람들은 캘리컷 영국 동인도회사 직속의 경찰이었다. 박어둔은 '현상금을 노리고 자신을 체포한 것일까?' 생각했다.

동인도회사의 총독 조지 차일드는 회색빛이 도는 푸른 눈에 붉은 턱수염을 기르고 있었다. 뒤에서는 면직포 사리를 입은 아리따운 인도 아가씨가 총독의 어깨를 주무르고 있었다.

그는 상아 파이프 담배를 문 채 박어둔을 심문했다.

"당신이 대경호 선장인가?"

"그렇다. 영국은 신사의 나라라는데 총독에게 입항 인사를 하러 오는 사람을 무례하게 체포할 수 있는가?"

"묻는 말에만 대답하게. 당신은 일본인인가?"

"나는 일본인이 아니고, 조선인이다."

"조선은 하멜표류기가 나오기 전 우리 영국 동인도회사가 관심을 가진 나라였지. 중국의 동쪽에 있고 한양이 수도인 나라가 아닌가?"

"잘 알고 있군. 그런데 왜 조선인을 두고 일본인으로 취급하는가."

"그럼 조선과 일본은 가까운 사이인가?"

"거리상으로는 가깝지만 마음은 먼 나라이다."

"당신을 체포한 이유는 영국인을 살해한 일본 사무라이를 배에 태웠다는 첩보를 받았기 때문이다."

프랑스에 고용된 사무라이들이 바타비아에서 영국인 두 사람을 공격해 죽여 비상사태라는 것이다.

"우리 조선인을 음해하는 거짓 첩보다. 일본인이 두 사람 타기는 했다. 한 사람은 상인이고 한 사람은 여자다."

"일본인 두 사람을 데려오라. 그러면 당신을 석방하겠다."

17세기 일본 사무라이들이 아시아 해상에서 준동하게 된 원인은 영국과 네덜란드의 향신료 쟁탈 전쟁에 그들이 끼어들었기 때문이다. 사무라이를 먼저 고용한 쪽은 영국이었다. 영국열세지역인 인도네시아에서 사무라이를 고용해 네덜란드의 지배권을 잠식하자 네덜란드도 사무라이를 고용해 영국을 공격했다. 1623년 네덜란드인들은 사무라이 열 명을 고용해 몰루카 제도의 섬 암본을 기습해 영국 상인 9명과 포르투갈인 1명을 죽였다.

조지 차일드는 어깨를 주무르는 인도 아가씨의 손등을 쓰다듬으며 말했다.

"암본 사건이라는 사무라이 준동사건이 있었지. 그 사건으로 네덜란드가 향료무역을 독점했으니까 일시적으로는 네덜란드가 승리했지. 하지만 네덜란드는 향료 가격의 하락으로 몰락한 반면, 향료전쟁에서 패배한 우리 영국은 캘리컷에서 캘리코(면직물)에 눈을 돌림으로써 막대한 수익을 올리고 있지.”

네덜란드가 저가의 향료에 허덕이고 있을 때 영국은 인도로부터 캘리코를 들여와 기계를 통한 면직 옷의 대량생산을 모색한 끝에 산업혁명과 대영제국의 번영이라는 결과를 가져왔다.

이치로와 하나코가 사무라이가 아니라는 것을 확인한 차일드 총독은 박어둔을 석방했다.

안용복은 김득생을 대동하고 캘리컷의 시장으로 갔다. 김득생은 선원을 관리하고 배의 살림을 맡아 사는 고공으로 경제관념이 빠른 사람이었다.

안용복이 김득생에게 말했다.

“배에서 내리면 오리새끼 물로 가듯 먼저 술집으로 달려갈 것이 아니라, 시장부터 먼저 와서 교역할 물건을 찾아야 하네.”

“이곳에선 도시이름의 유래가 된 면직인 캘리코를 사야겠죠.”

“우리가 가져온 인삼과 생사를 캘리코와 후추, 보석과 산호와 바꿔야 할 거야.”

“알겠습니다.”

김득생은 가는 곳마다 상인들과 정확히 거래를 하고 계약서를 썼다. 지금까지 계약을 어기거나 계산이 잘못되는 일도 없었다.

목화로 만든 인도의 목면제품인 캘리코는 영국의 양모에 비해 부드럽고 흡수성이 좋은 데다 무늬염색과 세탁이 쉬워 영국을 비롯한 유럽에 인기가 폭발했다. 유럽의 지형에는 목화가 맞지 않아 인도에서만 생산할 수 있는 독점적 제품이어서 인도에서 유럽으로 싣고 가기만 하면 수익률이 150배를 넘었다.

안용복이 김득생에게 말했다.

"캘리코를 사되 고급 천인 모슬린과 인도 특산물도 같이 구입하라고."

"알겠습니다."

아시아와 유럽을 잇는 장거리 교역망이 잘 작동할 수 있었던 것은 중간 기착 항구였던 캘리컷이 인도의 캘리코와 중국의 비단과 도자기를 매개로 하여 교역의 중계기지 역할을 제대로 했기 때문이었다.

해상실크로드를 타고 있는 대경호는 자기도 모르게 동서양의 음식, 식물, 문화를 전달하는 역할을 수행했다.

그들은 동남아시아가 원산지인 사탕수수, 쌀, 오렌지, 레몬, 라임, 시금치, 가지, 바나나를 싣고 인도로 여행하고 있었다. 그리고 유럽에서 오는 배들은 유럽이 원산지인 밀, 보리, 오트밀, 양, 소, 말, 돼지, 벌, 토끼를 싣고 왔다. 아메리카 신대륙을 돌아서오는 배들은 옥수수와 땅콩을 실어왔으며, 아프리카가 원산지인 밀, 당밀, 커피도 운반했다.

"안능하시오?"

김득생이 한 가게 앞을 지나는데 아가씨가 서투른 조선말로 인사를 하는 게 아닌가.

"안녕하세요?"

김득생은 호기심을 느끼며 그 가게로 들어갔다.

가게는 모슬린과 향신료를 판매하는 가게였다. 아가씨는 가슴과 속이 비치는 모슬린 천으로 만든 사리를 입고 있었다.

"어떻게 조선말을 아세요?"

"조선말이 아니고 우리말 드라비다어로 한 거예요."

김득생은 신기하게도 서투르지만 통역 없이 말이 통하는 여인을 인도에서 만날 수 있었다.

모슬린 가게 아가씨는 인도 남부 구자라트 지방에 사는 드라비다 족 출신이었다. 드라비다족은 인도의 원주민인 토속족으로 유럽에서 아리안족이 인도로 이동해 이들을 정복해 카스트의 최하층계급인 수 드라로 삼았다.

그나마 이들 드라비다족 가운데 부족장 계급은 상인계급인 바이샤 에 편입될 수 있었는데 이 아가씨는 바이샤 출신이었다.

그녀는 손으로 김득생을 호객하면서 말했다.

"오빠, 잉케 와."

김득생은 깜짝 놀라 되물었다.

"오빠, 이리 오라고? 어떻게 우리 조선말을 알지?"

"오빠, 왜 놀래? 우리는 우리 드라비다족 말로 이야기했어."

"그런가. 거 참 우리말과 어찌 그리 똑같지?"

김득생은 배가 외국의 항구에 댈 때마다 적절한 통역을 동반했다. 일본어는 이치로, 영어와 중국어는 동웨이, 스페인어와 포르투갈어는 후안 카를로스였다. 그러나 외국인들과 만날 때 몇 마디 중심 단어와 몸짓으로 뜻이 다 통했다. 좀 더 구체적인 말을 나누려면 한자로 필담을 하면 그만이었다.

김득생은 본질적인 의문을 가졌다. 조선어 한글이 세계 어느 낯선 세계에도 통한다는 느낌을 받은 것이다. 조선어가 마치 세계 언어의 뿌리이고 만국공통어 같다는 이상한 느낌을 낯선 항구에서 낯선 사람을 만날 때마다 느꼈다. 이러한 언어적 기시감은 외국인과의 소통은 물론이고 친밀감, 유대감을 더 강하게 느끼게 했다.

아가씨는 모슬린 천을 들고 말했다.

"오빠, 이 천이 요즘 영국 식탁보로 인기예요. 많이많이 사 가세요."

김득생은 모슬린 천에 새겨진 무늬를 보고 또 한 번 놀랐다.

"아니, 이 무늬는 우리나라 한글 무늬가 아닌가?"

모슬린 천에는 ㄱㄴㄷㄹ 등 한글 자음과 ㅏㅑㅓㅕ 한글 모음이 선명하게 날염되어 있었다.

"아름다운 구자라트어로 무늬를 만든 거예요."

"과연 놀랍군!"

김득생은 한글의 자음과 모음이 찍힌 모슬린 천을 펴보면서 감탄을 금치 못했다.

"엄마를 엄마라고 하고 아빠를 아빠, 오빠를 오빠라고 불러요."

아가씨와 말을 나누면서 드라비다어 중 상당수가 조선어와 같음을 알게 되었다.

둘은 한글 모양의 구자라트어가 찍힌 모슬린 천을 들고 이야기하면서 서로 신기해 했다.

김득생은 사람은 넓은 세계를 다녀야 한다고 생각했다. 우물 안 개구리는 동전만한 둥근 하늘이 세계의 전부라고 생각한다. 관견(管見)이라는 말도 있다. 대롱으로 사물을 보면 사물의 본모습을 볼 수 없다. 대경호를 타고 전 세계를 견문하는 것이 사람을 알고 자연과 사회를 알고 나아가 진리를 인식하는 데 얼마나 소중한 것인지를 알게 되었다.

김득생은 말이 통하는 매력적인 모슬린 가게 아가씨에게 깊이 끌렸다. 그녀의 이름은 천녀(天女)라는 뜻인 아프라사스였다.

매력은 매력이고 무역은 무역이었다.

"아프라사스, 다른 가게는 필당 천 루피를 하더군. 오백 루피로 쳐줄 수 있나?"

"반값으로 사겠다니 말이 되요? 그러면 손해 보는 장사예요."

"이익은 박하게 받아도 많이 팔면 큰돈을 만질 수 있지."

"얼마나 살 건대요?"

"모슬린 오천 필."

오천 필이라는 말에도 아가씨는 태연했다.

"그만한 양이면 거래할 만하군요. 하지만 반값으론 어림없어요. 어차피 우리도 도매값으로 물건을 넘겨줘요. 800루피는 받아야 해요."

"반값이라도 오천 필이면 이백오십만 루피야. 다른 데 가서 거래할까? 여기 캘리컷에 널린 게 캘리코와 모슬린 가게야."

"그럼, 그러세요. 어느 가게에 가도 오백 루피를 말하면 '시발 놈' 소리를 들을 거예요."

"시발 놈?"

"시바여신의 사람이라는 뜻이에요. 욕이 아니고 좀 엉뚱한 사람이라는 뜻이에요."

"음, 그런가?"

김득생은 힌두교의 주신인 인도의 시바신을 알고 있었다. 그렇다면 경상도에서 시바, 시발이라고 욕하는 말도 시바신과 연관이 있는 말이 아닐까. 시바신은 섹스의 신이기도 하다.

"좋아. 그렇다면 필당 600루피로 하자."

"오빠, 700루피에 내 몸까지 얹어 줄게. 됐어?"

아프라사스는 가슴과 속이 훤히 비치는 모슬린 사리를 흘러내리며 말했다.

아프라사스의 고혹적인 자태에 김득생은 마른 침을 삼켰다. 거래는 필당 700루피 정도면 성공이었다. 중국인 화상을 코 베어가는 사람이 인도상인이라는 말이 있다. 그만큼 인도상인이 거래에 능하고 사업수완이 좋다는 것이다.

"고작 700루피에 네 몸까지 얹어준다고? 네 몸을 얹어주면 필당 만 루피도 헐값이지."

김득생은 아프라사스와 계약을 했다. 돈은 물건을 선적할 때 치르 기로 했다.

"오빠는 꾼이네요. 헌데 오빠, 오늘은 일단 그 많은 모슬린을 구해 서 선적해야 하니까 제가 좀 바빠요. 다음 거래는 향신료로 하죠. 그 것은 캘리코와 달리 현금을 들고 와야 해요."

"알겠네."

아프라사스는 계산과 행동이 빠른 여자였다. 왠지 김득생은 그녀 의 상술에 당한 듯했다. 그러나 그녀는 하루만에 모슬린 오천 필을 구해 대경호에 선적해 믿음을 주었다.

대경호는 인도 캘리컷항에서 아프리카로 가는 몬순이 불 때까지 열흘을 정박하기로 했다. 선원들 일부는 배에서 자고 일부는 화교가 운영하는 객잔에 한 달 계약으로 짐을 풀었다.

며칠 뒤 김득생은 아프라사스의 초청을 받았다. 그는 향신료 대금 을 미리 준비해 그녀의 집을 방문했다. 그녀의 집은 집이라기보다 하 얀 대리석 돔을 올린 이슬람식 궁전이었다.

김득생이 긴 회랑을 걸으며 감탄했다.

"인도에 위대한 건축물인 타지마할이 있다더니 여기가 바로 거긴 것 같소."

"제 초라한 집을 타지마할에 비교할 수 없죠. 타지마할의 흰 대리석은 태양 각도에 따라 하루에도 몇 번씩 빛깔이 바뀌죠. 수로와 정원이 완벽한 좌우대칭으로 마치 공중에 떠 있는 듯 신비로운 건물이에요."

타지마할은 불과 몇 십 년 전 무굴 제국의 황제였던 샤 자한(재위 1592~1666)이 끔찍이 사랑했던 왕비 뭄타즈 마할을 추모하여 만든 것이다. 이 웅장한 건물을 짓기 위해 무굴 제국은 이탈리아와 이란, 프랑스의 건축가를 불렀고 기능공 2만 명을 투입해 22년간 대공사를 했다. 궁전 내외부를 장식할 보석들은 터키, 티베트, 미얀마, 이집트, 중국에서 수입해 국가 재정에 파탄을 가져왔고 결국 샤 자한은 아들의 반란에 의해 왕위를 박탈당하고 말았다.

"죽은 자의 사랑이 아름답잖아요. 인도는 묘지와 죽음을 사랑하죠. 삶과 죽음의 경계가 없죠."

둘은 거실 식탁에 앉아 사탕수수로 만든 인도의 전통주 럼주로 건배했다.

아프라사스가 말했다.

"타지마할의 사랑을 위해 건배!"

"건배!"

집 내부는 보석과 기하학적 문양으로 아름답게 장식되었다. 샹들리에에 켠 수십 개의 황촛불이 천장과 벽에 박힌 보석을 별처럼 반짝이게 했다.

"오늘 밤 우리도 타지마할처럼 죽은 자의 사랑을 나눌 수 있을까요?"

아프라사스가 겉옷을 벗자 아름다운 몸매가 드러났다. 아리안족 전형의 풍만한 젖가슴과 가는 허리, 미끈한 엉덩이와 긴 다리가 조각처럼 펼쳐졌다. 자세히 보니 그녀는 알몸이 아니었다. 몸에는 반짝이는 별빛을 걸치고 있었다. 그 빛은 투명한 물결 같이 일렁이는 천의 무봉의 모슬린 옷이었다.

"아프라사스, 벗은 거야? 입은 거야?"

"오늘밤은 특별히 왕의 모슬린을 입었죠."

"너무 투명해 빛으로 직조한 옷을 입은 것 같군."

"이 옷은 아침이슬이라는 시적인 이름으로 불리기도 하죠. 이리와요."

그녀가 김득생을 인도한 것은 흑단목 침대였다.

그녀는 침대 위에서 엎드려 누웠다. 머리와 가슴을 바닥에 붙인 채로 엉덩이와 다리를 뒤로 들어 올려 수직으로 세웠다.

"어떻게 이런 자세가 가능한가?"

"오랫동안 요가를 수행한 덕분이지요."

그녀는 수직으로 세운 다리를 다시 반대편인 머리 쪽으로 넘겨 발을 두 어깨에 걸쳤다. 그녀의 몸에는 뼈가 없는 듯했다. 뱀이나 절족류의 곤충처럼 자유자재로 몸을 움직였다. 그녀의 관능적인 요가 자세를 눈앞에서 보자 김득생의 사타구니 틈에서 코브라가 독 오른 머리를 내밀었다.

"요가는 언제부터 배운 거야?"

"어릴 때부터 요가의 최고 수행자인 브라만 사제에게서 배웠죠."

"전 원래 천민인 수드라 출신이었죠. 부모님이 불의의 사고로 돌아가신 뒤 인도 중부에 있는 거대한 카주라호 사원을 관장하는 브라만 사제의 몸종으로 팔려 갔죠."

"시바여신을 모시는 힌두사원이겠지."

"맞아요. 하지만 다른 사원과는 달리 요가의 수행자만 가능한 독특하고 기괴한 성의 체위가 새겨진 사원이죠. 그곳은 깨달음보다 신인합일의 느낌과 감각으로 접근해야 해요. 일대일 성교보다 집단적인 성행위 조각이 더 많고 인간이 아닌 코끼리와 말과의 성행위도 조각되어 있지요. 삿된 마음으로 접근하면 지옥에 떨어지지만 경건한 기를 모으면 열반에 이르게 되죠."

브라만 사제는 아프라사스에게 카주라호에 조각된 하나하나의 체위를 실제로 가르쳐주었다. 20세가 되던 해 그녀는 카주라호 사원에 조각된 모든 체위를 소화해 탄트라의 여신이 되었다. 브라만 사제는 카주라호를 찾아오는 왕족과 권력자에게 아프라사스를 제공했다.

"브라만 사제는 나를 통해 막대한 돈을 움켜쥐었지요."

그녀는 굵은 대추알을 김득생의 입에 넣어주며 말했다.

"먹어 봐요. 카주라호에서 나온 대추죠. 카주라호는 대추라는 뜻이에요. 그 지방에 굵고 맛있는 대추가 많이 열리거든요. 브라만 사제의 손에서 빠져나온 건 캘리컷 상인 덕분이죠."

바이샤계급인 상인은 캘리코와 모슬린을 영국과 거래하는 거상이었다.

"어느 날 캘리컷 상인이 많은 노예들을 거느리고 카주라호 시바신에게 공물을 바치러 왔더군요. 그는 선량한 사람이었어요. 나를 캘리컷으로 데려오기 위해 브라만 사제에게 무려 십만 루피를 주었죠. 나는 고작 십 루피에 팔려 갔는데 말이죠. 그런데 불행하게도 나를 구해준 그 상인은 갑자기 죽었고, 전 그의 재산을 모두 유산으로 물려받았죠. 이 집도 바로 그 상인의 집이에요."

"그 상인이 갑자기 죽은 이유가 뭐요?"

그녀는 말했다.

"삶과 죽음, 지옥과 천국은 마음 하나 차이죠. 삿된 마음으로 교합하면 죽어 팔열지옥에 떨어지지만 경건한 마음으로 신인합일을 추구하면 극락을 경험하고 신성한 깨달음을 얻습니다. 캘리컷 상인은 가련하게도 삿된 마음으로 임했다가 내 배 위에서 죽었지요."

김득생은 온몸에 전율이 일고 소름이 돋았다. 아프라사스는 개똥철학으로 미화하지만 결국 자신의 은인인 캘리코 상인을 복상사시키고 전 재산을 빼앗았다는 것이 아닌가.

향료를 구입할 대금이 가방 안에 있었다. 한시바삐 여기에서 벗어나야 한다는 위기감이 들었다.

아프라사스는 어느새 뱀처럼 팔다리와 허리를 휘감아왔다.

'아뿔사'

김득생은 그제야 그녀의 덫에서 빠져나오려고 했지만 늦었다.

아프라사스가 말했다.

"아무리 제가 탄트라의 달인이라 할지라도 방중술만으로 사람의 생명을 빼앗을 순 없지요. 제가 당신의 입안에 넣어준 카주라호 대추는 아편과 미약, 음양곽과 음수에 절여 말린 대추지요. 이제 우리 타지마할의 사랑을 나눠 봐요."

김득생은 아프라사스의 배 밑에서 서서히 탈진해갔다.

김득생은 마지막으로 '삿된 마음으로 교합하면 죽어 팔열지옥에 떨어지지만 경건한 마음으로 신인합일을 추구하면 극락을 경험하고 신성한 깨달음을 얻는다'는 아프라사스의 말을 믿어보기로 했다.

김득생은 '크큭, 흐.' 기괴한 신음소리를 내며 눈을 감았다.

안용복은 김득생이 구매하기로 한 향신료를 제외하고 나머지 상품을 구매했다. 후추, 설탕, 차, 커피, 약재, 향수, 음료, 초석, 금속이었다. 안용복은 동인도회사에서 영국 돈 파운드로 환전해 거래했는데 그 액수가 80만 파운드에 달했다.

양담사리와 선원들은 구입한 물건을 선적하고 캘리컷의 주점에서 인도의 전통 럼주를 거나하게 마신 뒤 다리를 비틀거리며 선창가로 갔다. 다섯 명이 호기롭게 행진하는데 김자신은 늘 그렇듯 슬그머니 빠졌다. 선창가의 방은 칸막이도 없이 침대만 나란히 놓여 있고 침대마다 여자가 하나씩 앉아 있었다. 좌우가 훤하게 다 보였다.

김가을동이 인도 아가씨에게 말했다.

"우리가 개도 아니고 서로 보면서 하자는 건가."

캘리코 사리를 걸친 아가씨가 팔짱을 끼고 짝다리를 짚은 채 말했다.

"뭐가 어때서? 하기 싫으면 관둬."

"동방예의지국에서 온 우리 꼴이 말이 아닌데."

"무슨 지국? 까는 소리 하고 있네. 잘났다는 영국놈, 스페인놈, 네덜란드놈들도 다 여기서 하고 가. 시간 없어, 어서 돈 내고 한꺼번에 올라와."

팔팔한 젊은 선원들은 오랜 항해에서 성적으로 굶주렸다. 점잖을 빼며 예의와 절차를 갖추어 대사를 치를 형편이 아니었다.

양담사리, 김가을동, 서화립, 이환은 아가씨들과 흥정을 끝내고 각자 침대로 올라갔다.

점잖은 의생 이환은 욕정보다 구역질이 먼저 올라왔다. 아가씨의 몸에서 마치 강한 향을 넣은 음식처럼 역한 냄새가 났던 것이다. 옆 침대의 다른 사람들도 아가씨의 몸에서 나는 냄새와 전쟁을 치르고 있었다.

아가씨가 이환을 보고 말했다.

"조선 놈은 왜 이리 까다로워. 네 몸에서는 더 역겨운 마늘 냄새가 나거든. 어디서 재수없게 코를 싸잡고 있어."

이환은 코를 떼었다 다시 잡았다.

"꺼져. 천만금을 줘도 네 놈이랑 안 해."

인도 사람들은 어릴 때부터 카레, 따밥과 같이 향신료가 듬뿍 들어간 음식을 먹어 몸에 향이 배어 있었다. 익숙해지면 열매 향처럼 좋게 느껴지겠지만 처음 냄새를 접한 이들에게는 구토가 날 정도로 힘들었다.

이들은 지불한 돈이 아까워서라도 작업을 하려는 순간, 김득생이 큰소리로 뛰어 들어오며 말했다.

"이 짐승 놈들, 여기서 뭐하는 짓들이야?"

"너야말로 어딜 싸돌아다니다 깽판을 치는 거야?"

"이놈들아. 지금 우리 배에 해적이 들어왔어! 비상이야. 빨리 뛰어!"

넷은 급히 옷을 챙겨 입고 김득생과 함께 달렸다.

"무슨 해적 놈들이 항구의 배를 건드리나?"

"그래서 해적인 거야."

"잔말 말고 빨리 가서 놈들을 박살내자고!"

김득생은 부둣가로 뛰면서 다리가 달달 떨렸다. 그는 사지에서 겨우 생환했다. 그녀의 침대에서 극락과 신성한 깨달음을 얻지 못했지만 죽음의 지옥으로도 떨어지지 않았다. 천만다행인 게 아프라사스는 향신료도 모슬린과 마찬가지로 시중가의 반값으로 공급했던 것이다.

김득생, 양담사리, 김가을동, 서화립, 이환이 대경호로 달려갔을 때 갑판에서 총격전이 벌어지고 칼날이 번뜩였다. 프랑스 해적들과 그들이 고용한 일본 사무라이 4명이 총과 칼로 선수를 점거하고 배의 중심부인 선교와 조타실을 장악하려고 시도하고 있었다. 박어둔, 안용복, 이인성, 김자신은 선교로 몰려오는 사무라이와 해적들에게 필록 단총과 조선검으로 저항하고 있었다. 일본 사무라이들은 현상금 천 냥이 걸려 있는 선장 박어둔을 향해 집중 공격했다. 박어둔은 선교에서 힘겹게 사무라이의 공격을 막아내며 버티고 있었다. 해적들은 선원들이 돌아오기 전에 빨리 배를 장악해 부두를 떠나야 한다는 걸 알고 있었다. 해적의 등 뒤에서 총소리가 들렸다. 뒤늦게 달려온 양담사리 일행이 권총을 쏘았다. 이들의 가세로 앞뒤에서 협공하자 해적들은 우왕좌왕하며 대열이 흐트러졌다. 그 틈을 타 김가을동이 금장 지휘도를 휘두르던 해적 두목을 덮쳐 쓰러뜨리고는 목울대를 밟고 소리쳤다.

"모두 총칼을 버려라. 그렇지 않으면 네 놈들의 두목이 죽는다."

해적들은 앞뒤로 포위되어 갈 곳이 없었다. 소식을 들은 선원들이 부두로 몰려오고 있었다. 선박 탈취가 실패했다는 것을 안 프랑스 해적들이 순순히 무기를 버렸다.

대경호를 급습한 자들은 엄밀히 말하면 해적이 아니라 해적화된 프랑스인들이었다. 이들은 프랑스 동인도회사 소속 상인들로 코친차이나에서 무역을 성공시켜 네이밥(졸부) 소리를 들었다. 그러나 돈을 분배하는 과정에 선상반란이 일어나 서로 총질을 하다 배에서 쫓겨난 무리들이었다. 이들은 남은 돈으로 사무라이를 고용해 대경호를 덮쳐 프랑스로 가려 했다. 캘리컷에서 막대한 상품을 구입해 선적한 대경호야말로 이들에게는 최고의 먹잇감이었던 것이다.

하지만 대경호는 어느 서양배보다 무장이 잘 돼 있었다. 선원들은 울릉도, 우산도, 말라카해협 해상전투에서 단련되고 수많은 역경을 헤쳐 온 노련한 전사들이었다. 프랑스인들이 대경호를 여느 무역선처럼 만만하게 보고 덮친 것은 큰 오산이었다.

안용복은 프랑스 동인도회사와 협상을 벌여, 포로 일인당 천 프랑씩 총 만 육천 프랑을 받고 열여섯 명을 풀어주었다. 이번 전투에 프랑스인 18명 중 2명이 죽고 프랑스가 고용한 사무라이 4명 중 2명이 죽었다. 프랑스인들은 고용한 사무라이들의 몸값을 지불하지 않았기에 포로로 잡은 사무라이 2명은 영국 동인도회사에 넘겼다. 이 사무라이들은 프랑스 선원들과 함께 배의 탈취는 물론이고 박어둔 선장을 죽여 현상금을 받으려고 한 자들이었다. 프랑스 동인도회사는 이 사건으로 평판이 나빠졌고 손해도 감수해야 했다. 게도 구럭도 다 잃어버린 것이다.

소팔라 몸바사

대경호는 인도 캘리컷에서 달포를 묵으며 교역한 뒤 몬순을 타고 인도양을 건너 아프리카의 소팔라항으로 항해했다. 박어둔은 안용복과 함께 숙종이 명한 사자를 잡아가는 문제에 대해 의논했다. 왕이 명한 사자 포획은 소팔라 항보다 몸바사에서 잡는 게 좋다고 결론을 내렸다. 몸바사 항에서 조금만 들어가면 사자, 기린, 코끼리, 얼룩말이 서식하기 좋은 평원이 있다.

배는 캘리컷에서 인도양을 건너 몸바사로 향했다.

배는 아프리카 동부해안을 따라 남하하고 있었다.

박어둔이 해도에 나와 있는 아프리카 땅을 보면서 샴베르헨에게 말했다.

"아프리카 항로는 바스코 다 가마와 바르돌로뮤 디아즈의 발견 이전에도 아랍인과 아프리카인들에게는 고대로부터 매우 익숙한 항로지요. 서양인들이 지리상의 발견이라고 하는 것은 어폐가 있다고 생각해요."

샴베르헨도 박어둔의 말에 동의했다.

"맞습니다. 동양인들은 오래 전부터 아프리카 항로, 인도양 항로, 태평양 항로를 유럽인들이 지중해를 오가듯이 다녔어요. 지리상의 발견이라기보다 서양인의 인도양 방문이라고 하는 게 더 적절한 표현일 것 같습니다."

대경호는 마다가스카르 해협을 지나 아프리카 몸바사 항으로 향했다.

망원경으로 먼 바다를 관측하던 암해장 김가을동이 소리쳤다.

"몸바사가 보인다."

케냐의 몸바사는 산호 돌출부가 만을 에워싸고 있어 산호 암초를 피해 조심스레 항구에 접안해야 했다. 몸바사 항구에는 동아프리카의 제일 항구답게 아라비아, 페르시아 만, 인도 등에서 교역물자를 싣고 오는 다우 배와 유럽에서 들어온 카라벨 범선들이 빼곡히 정박해 있었다.

첫눈에 포르투갈인이 바닷가에 건설한 거대한 헤수스 요새가 들어왔다. 포르투갈인들이 이처럼 폐쇄적이고 웅장하고 두꺼운 벽의 요새를 세웠다는 것은 그만큼 아프리카 원주민과 아랍인들의 저항이 거세었다는 것을 의미한다. 몸바사란 뜻도 '싸우는 섬'이라는 뜻이다.

박어둔이 하선하는 선원들에게 말했다.

"우리는 대왕의 명을 받아 사자를 잡아오라는 명을 받았다. 사자가 많은 이곳에서 사자를 반드시 잡되 어린 수사자를 잡는 게 좋다. 또

한 이곳은 원주민의 저항이 많은 곳으로 여인이 접근한다고 해서 함부로 덤벼들었다간 목이 달아난다. 각자 행동에 조심하길 바란다.”

11세기에 아랍 상인들이 세운 몸바사는 인도양 횡단 교역에 이용되던 중요한 항구였다. 1331년에 아랍인 여행객 이븐 바투타가 찾아왔으며, 1498년에 찾아온 포르투갈의 해양탐험가 바스코 다 가마는 처음 이곳을 둘러보고 나서 ‘교역의 중심 항구’라고 했다.

배의 살림을 맡아 사는 김득생은 160명의 식구들이 먹을 식량을 장만해야 했기 때문에 항구에 도착하면 늘 먹을거리가 있는 농산물시장부터 찾았다.

몸바사 전통시장에는 아프리카 전통농산물인 코코넛, 과일, 야채, 사이잘삼, 목화, 설탕, 케이폭, 상아, 서각, 진주, 향을 팔고 있었다. 인도와 아라비아에서 온 상인들은 동남아에서 가져온 은, 철, 칼, 사향, 도자기, 직물, 알로에, 후추, 향신료를 가지고 몸바사 상인들과 물물거래를 하고 있었다.

김득생은 항구에서 가장 귀한 것으로 취급되는 것이 무엇인지 알아내 배에 있는 물건으로 그곳의 값싼 특산물을 구입하는 방법으로 많은 이문을 남겼다.

김득생은 캘리코를 일부 내어 아프리카 열대과일과 교환하고 헤수스 요새를 둘러보려는데 한 여인이 불렀다.

“이리 좀 와 봐요!”

아프리카 몸바사 여자의 목소리는 다급했다.

김득생은 머뭇거렸다. 더운 열대의 기후 탓에 고쟁이만 걸치고 거의 나체 차림의 여자가 왜 자신을 부르는 것일까. 박어둔 강수가 이곳의 여자를 주의하라고 한 말이 떠올랐다.

"무슨 일이오?"

"저의 아버지가 열병으로 죽어가고 있어요. 인도에서 온 당신들은 약을 가지고 있다는 걸 알고 있어요."

김득생은 즉시 이환 의원을 불러 그 여자를 소개했다.

이환은 배에서 기닌을 챙겨 파메샤라는 이름의 그녀를 따라 나섰다.

열병이라면 배에 기닌이라는 특효약이 있다. 아프리카를 항해하기 위해서 꼭 필요한 약이라 해서 캘리컷에서 일정한 양을 구입해 놓았다.

이환이 열대나무가 줄지어 늘어선 해변을 지나 숲으로 들어가니 갈대지붕으로 덮은 파메샤의 집이 있었다. 그곳에는 많은 사람들이 몰려 있었다.

파메샤가 말했다.

"저의 아버지는 캄바족 추장이에요."

과연 추장의 집처럼 고상식에다 문과 천장에는 코끼리 상아와 코뿔소의 뿔이 장식되어 있고, 벽에는 황금 탈과 날카로운 무기류가 걸려 있다.

이환은 그중에서도 의자 뒤에는 박제한 사자가 걸려 있는 것을 눈여겨 보았다.

침상에는 추장이 거의 혼몽한 상태로 누워서 최후를 맞고 있는 것처럼 보였다.

이환은 조심스레 물에 기닌 가루를 타서 추장의 벌린 입으로 흘려 넣으면서 주변 사람들에게 말했다.

"마열병입니다. 이제는 좋아질 것입니다."

그의 말대로 추장은 열이 내리고 의식이 돌아오며 몸이 빠르게 회복되었다. 원래 말라리아 내성을 갖추고 있는 아프리카인들에겐 조금만 약을 써도 약효가 빠르게 나타났다.

추장은 침대에서 일어나 의자에 비스듬히 앉아 이환에게 말했다.

"고맙소. 당신은 아프리카 캄바족의 역사를 구한 것이오."

"예? 캄바족의 역사."

이환은 추장이 자신을 스스로 캄바족의 역사라고 말한 것은 오만한 태도가 아닌가 생각했다.

"난 추장이지만 그리오트요. 우리 부족의 역사를 모두 기억하고 있소. 우리 그리오트는 대대로 부족의 역사를 암기한 다음 그리오트에게 구술로 암기하게 합니다. 난 유일한 자식인 딸 파메샤에게 부족의 역사를 전수하던 중이었소. 마지막 100년간의 역사를 남겨 놓고 쓰러졌는데 당신 덕분에 우리 부족의 역사도 살아난 것이오."

추장의 말을 듣고 보니 이환은 그제야 왜 자신을 부족의 역사라고 한 것인지 이해할 수 있었다.

추장은 딸 파메샤에게 지난 백년 간 캄바족의 역사를 구술로 전수했다.

"1420년 우리 부족에게 역병과 기근이 들었지. 그런데 중국 명나라의 정화함대가 몸바사 항에 와서 곡식을 가져다주었고, 우리는 그 대가로 기린을 잡아 주었지."

캄바족의 추장이자 그리오트인 은구기는 최근 100년간 부족의 역사를 이야기하기 시작했다.

캄바족의 그리오트인 은구기 추장은 박어둔에게 말했다.

"정화를 만난 추장은 저의 증조할아버지였소. 당시에 주문 장군 휘하에 조선인 항해사가 있었는데 우리 집 안에 선물로 주고 간 게 있지."

은구기 추장은 상자에서 뭔가를 꺼냈다. 쥘부채였다. 부채를 펴서 보니 난초를 시원하게 치고 이름과 낙관까지 찍혀 있었다.

이름은 '이회(李薈)'라고 적혀 있었다.

"이회 말고 이곳을 다녀간 다른 조선인도 있나요?"

"우리 캄바족의 역사에 동쪽 끝나라 사람들이 몇 번 등장하지. 신라인이 이곳에 와서 살림을 하다 간 분도 있어요."

"오호, 신라인이 여길 방문했다니 아프리카는 오래 전부터 한반도와 교류가 있었군요. 헌데 여기에 사자가 살고 있소?"

맹수의 왕이라는 북청사자를 잡아오라는 왕명을 떠올리며 이환이 말했다.

"아주 많이 살고 있소. 옛날 조선인 이회가 사자가 다니는 길에 허방을 파 사자를 생포해 간 일도 있어요."

이환은 쾌재를 불렀다.

"이회가 사자를 잡았다니 대단하군요. 우리들도 사자를 생포해 조선으로 싣고 가야 해요. 어떻게 하면 사자를 잡을 수 있소?"

"나를 영약으로 살려낸 생명의 은인이니 제가 잡아드리지요."

추장의 명에 의해 부족의 젊은이들이 창과 화살과 그물을 들고 사자사냥에 나섰다. 이들이 새끼 수사자를 그물로 생포하기 위해 나갔으나 별 소득이 없이 돌아왔다. 사흘째 그들은 어미사자를 독화살로 쏴죽이고 어미 곁을 맴도는 새끼 수사자를 그물을 던져 생포하는 데 성공했다.

어린 사자는 귀여웠지만 백수의 제왕답게 기품이 늠름했다.

새끼 사자를 갑판의 울타리에 넣었다. 항해하는 도중 이 어린 사자는 점점 자라 조선에 도착할 때는 '백수의 제왕'의 자태가 드러날 것이다.

제왕만이 부릴 수 있다는 신비한 동물인 사자를 가져가면 숙종은 사자를 통해 부족한 정통성과 왕권을 강화하고 제왕의 권력을 가지고 있음을 과시할 수 있을 것이다.

눈동자는 둥글고 부리부리하며 주둥이 폭은 넓적하나 날카로운 송곳니가 솟아나 있어 앞발을 들고 포효할 때는 원숭이가 깜짝 놀라 돛대 꼭대기까지 도망갔다.

박어둔이 새끼 사자를 보며 말했다.

"제왕의 기품이 있군. 김득생이 이 사자를 책임지고 관리하는 게 좋겠다."

이환은 몸바사를 떠나기 전 추장의 공세에 시달렸다.

"자네, 나의 사위가 되어 주는 게 어떻겠나? 나의 딸이 유일한 혈육이니 나의 뒤를 이어 추장이 되면 나의 작은 왕국을 물려받는 거야."

이환은 그리오트인 캄바족의 추장 은구기의 말을 듣고 마음이 잠시 흔들렸다. 조선으로 돌아가느니 차라리 이곳에 머물며 평생을 추장으로 사는 것도 재미있을 것 같아서였다. 그의 딸 파메샤는 그 말을 듣고는 부끄러운지 얼굴이 검붉게 변했다.

그러나 이환은 곧 본연의 자세로 돌아왔다.

"추장님, 죄송합니다. 그렇게는 할 수 없습니다. 저는 배에서 의료를 담당하는 책임자로서 남은 항해를 마쳐야 할 임무가 있습니다."

"그렇다면 나의 딸과 하룻밤이라도 자 주지 않겠나? 생명의 은인인 당신의 씨앗으로 이 부족의 추장을 잇도록 하겠네."

"……."

뱃사람들은 전 세계의 항구마다 숨겨놓은 여자와 자식이 있다는 말이 있었다. 이환은 자신이 그런 뱃사람의 대열에 끼지 않겠다고 다짐을 했다. 하지만 추장의 딸 파메샤를 보며 생각을 바꾸지 않을 수 없었다.

추장의 집 옆, 야자수로 엮어진 별채에는 아라비아산 값비싼 나드 향수의 냄새가 풍겼다.

석양의 햇볕은 서늘하고 바닷바람은 시원했다.

파메샤는 미모와 몸매가 빼어나고 이마와 귀와, 목과 손목에 황금과 보석 장신구를 두르고 있어 검은 진주처럼 아름다워 보였다.

이환이 파메샤에게 물었다.

"파메샤, 정말 나의 아이를 갖고 싶소?"

이곳 몸바사는 이슬람교가 지배하고 있고, 한 번 사내를 안 여자는 평생 과부로 지내야 하는 엄격한 계율이 있었다.

파메샤는 고개를 끄덕이며 말했다.

"예, 정말 갖고 싶어요."

이환은 그녀의 어깨를 짚고 고개를 흔들며 말했다.

"아비 없이 아이를 어떻게 키울 작정이오?"

"저와 저의 아버지가 이곳의 추장으로 강하게 키우겠습니다."

"아이가 생기면 언젠가 돌아와 내 아이를 찾을 것이오."

이환은 약속하며 그녀에게 다가갔다. 여자의 풍만한 가슴과 미끈한 엉덩이가 긴 항해에 지친 이환의 몸에 부드럽게 부딪혀 왔다.

검은 피부, 낯선 체형의 여인이 그의 몸에 점점 밀착해오자 정신이 아뜩했다. 피부는 보기와는 달리 비단결처럼 부드러웠다.

파메샤는 의생 이환의 깊은 곳에 잠자고 있는 맹수를 깨워 불러내었다.

이환은 몸바사에서 캄바족 추장의 딸과 며칠을 묵으면서 차라리 피곤한 항해를 끝내고 그곳에서 추장으로 머물고 싶은 생각도 들었다.

캄바족 추장이 되면 부인 열 명과 부족인 만여 명을 거느릴 권한이 있었고, 추장의 막대한 재산도 상속받을 수 있었다. 몸바사의 음식은 인도와 안남과 달리 향이 강하지 않고 깔끔한 아라비아식이라 그의 입맛에 맞았다. 단지 더운 열대기후가 힘들었지만 그는 여름태생이라 추위보다 더위에 강했고, 해가 지면 그늘이 내려 서늘해져서 견딜 만했다.

'뭘 망설이나? 조선에 가면 중인 신분으로 평생 양반에게 천대받으며 살아야 한다. 이대로 몸바사에 추장으로 주저앉아 버리는 게 낫다'

그때 이환은 샴베르헨으로부터 들은 알렉산더 대왕의 이야기가 생각났다.

알렉산더는 가우가멜라 전투에서 페르시아왕을 물리치고 동방의 최강자가 되었다. 그가 페르시아의 대왕이 되었을 때 페르시아왕은 알렉산더의 환심을 사기 위해 페르시아 최고의 요리사를 바치겠다고 했지만, 알렉산더는 다음과 같이 말하며 일언지하에 거절했다.

"열심히 최선을 다해 땀 흘려 일하고 난 후에 먹는 음식이 최고의 요리이다."

알렉산더가 페르시아 요리사를 고용했더라면 아마도 그는 페르시아의 음식 맛에 빠져 바빌론과 이집트와 인도까지 아우르는 대제국을 건설하지 못했을 것이라고 샴베르헨은 말했다.

이환은 감히 알렉산더에 비할 바가 아니지만, 추장직에 안주하지 않고 대경호에 올랐다.

"아이가 생기면 언젠가 돌아와 내 아이를 찾을 것이오."

이환은 파메샤에게 한 약속이 부질없음을 깨닫는다.

뱃사람들은 기착하는 항구마다 만나는 사람들과 이런저런 약속을 한다. 하지만 지키지 못할 부질없는 약속이었다. 차라리 약속을 하지 말고 훌쩍 떠나는 게 좋을 텐데. 약속을 하면 지키기 위해서 노심초사하고 못 지켜서 좌불안석이고 취소할 경우 변명하느라 거짓말만 늘게 된다.

이환은 추장으로부터 받은 이회의 부채를 박어둔에게 선물했다.

"오, 정화함대의 항해사 이회의 부채라, 놀랍군."

박어둔이 왕실 서고에서 보았던 바로 그 이회였다. 이회는 세계 최초의 세계지도인 혼일강리역대국도지도를 제작했고, 정화함대의 원정에 참여해 대서양을 건너 신대륙에 간 조선인이었다. 지금 대경호도 증보된 이회의 혼일강리도를 해도로 삼아 이곳까지 오지 않았는가.

"아, 이회라는 사람이 정말 이곳 몸바사를 다녀갔군."

박어둔은 책으로만 읽었던 조선인 조상이 이곳을 다녀갔다고 생각하니 가슴이 뭉클하고 감개가 무량했다.

박어둔은 아직도 대와 종이, 난초 그림이 살아있는 부채를 부쳐보았다. 시원한 부채 바람에 아프리카의 무더위가 다 가시는 것 같았다.

박어둔은 은구기 추장을 찾아가 이환으로부터 들은 정화함대와 이회의 이야기를 다시 한 번 확인했다. 사실이었다. 박어둔은 항해에 대한 새로운 힘을 얻었다.

배가 몸바사 항을 떠나기 전 인원 점검을 하는데 석달호가 보이지 않았다. 수소문을 한 결과 석달호가 흑인 여자를 겁간해 헤수스 요새에 감금되어 있다는 것이다. 석달호는 만취한 채 흑인여자를 동의 없이 강제로 범했다. 사후에 돈을 지불하긴 했지만 흑인여자가 신고해 잡혀 들어갔다. 거대한 포르투갈 헤수스 요새에 안용복 행수가 협상하러 들어갔다. 만약 현상금이 걸린 박어둔이 가면 마닐라에서처럼 또 감금될 것이 분명했다. 다행히 아프리카까지는 일본 나가사키 봉행의 존안자료와 사무라이의 현상금 사냥 낌새가 없었다. 박어둔은 요새 감옥에 구금되어 있는 석달호를 총독에게 거액의 보석금을 치르고 빼내왔다. 모두들 석달호의 석방에 만세를 불렀으나 안용복은 태형 20대를 치고 20일 구금을 선고했다. 대경호는 몸바사를 떠나 모잠비크 해협으로 들어가 희망봉을 향했다.

아프리카 희망봉

　광활한 미지의 땅을 탐색하며 대경호는 아프리카의 최남단 희망봉을 돌아, 아프리카 서해안 해안선을 따라 북상해서, 대서양에 있는 케이프 베르데군도에 도착할 것이다.

　해안선을 따라 항해할 때 늘 만나는 것이 대(臺)와 망루이다. 특히 아프리카 해안은 높아 외적들을 감시하고 방어하기 위해서는 높은 곳에 돌로 망대를 쌓아 놓았다. 봉화를 올리는 봉수대를 쌓은 대의 문화는 아시아, 아프리카가 동일했다. 멀리 희망봉이 보이기 시작했다. 소팔라에서 희망봉으로 가는 길에 다섯 대와 망루가 있었다.

　박어둔은 부산포의 오대를 기억했다. 해운대, 태종대, 몰운대, 신선대, 오륜대인데 그중에서도 이기대가 희망봉과 닮았다.

　이기대는 장산봉에서 뻗어 나온 기기묘묘한 농바위, 치마바위 등 절경이 해안가를 따라 십 리나 펼쳐져 있었다. 어린 시절 박어둔은 수영성에 소금을 납품하러 가는 길에 자주 이기대를 들렀다. 절벽에 아슬아슬하게 매달린 잔도를 걸으면서 오륙도와 해운대를 한눈에 바라볼 수 있었다. 가는 길에 이질풀, 도깨비고비, 밀사초, 갯기름나물, 땅채송화 등 희귀 풀들과 저녁에는 하늘의 별처럼 반짝이는 대규모의 반딧불 군단을 보기도 했다.

배가 희망봉에 도착하기 전 바다에 짙은 안개가 끼었다.

박어둔이 선교의 간부들에게 말했다.

"해미다. 조심해. 이러다 배가 희망봉에 부딪칠 수 있다."

지척이 분간이 되지 않았다.

"보조선을 내려라."

측연수가 보조선을 타고 줄을 내렸다. 그러나 줄을 아무리 풀어도 측심연(測深鉛, 깊이를 재는 납)은 바닥에 닿지 않았다.

이럴 때 희망봉을 몇 번이나 여행한 경험이 있는 샴베르헨의 도움이 필요했다. 그는 메르카도르 해도와 나침반을 보고 도장장 김자신에게 침착하게 키를 잡고 바스쿠 다 가마의 항로를 따라가게 했다.

반나절 운항 끝에 마침내 푸른 하늘과 희망봉을 볼 수 있었다.

"와, 희망봉이다!"

선원들은 환호성을 질렀다.

대경호는 아프리카의 남단 희망봉에 도착했다. 희망봉이라는 이름은 조금은 잘못 번역되었다. 영어로는 'Cape of Good Hope'로 직역하면 '좋은 희망의 곳'이라는 뜻이다. 1488년 포르투갈의 항해가 바르돌로뮤 디아스가 아프리카 대륙의 남단을 확인한 후 포르투갈로 귀항하는 길에 처음으로 이 곳을 발견했다. 디아스는 바람이 험난하고 파도가 센 이 곳을 폭풍봉으로 불렀으나 포르투갈왕 주앙 2세가 지금의 희망봉으로 고쳐 불렀다.

박어둔은 선원들에게 하선 명령을 내렸다. 오랫동안 배에 갇혀 있었던 선원들은 내려가자마자 선창가 술집으로 달려가 술을 퍼마시기 시작했다. 항구에는 술집, 음식점, 교회, 성당이 세워져 있었고 포르투갈과 스페인풍의 집들이 있는 마을 가운데는 유럽인 최초로 이곳을 발견한 바르돌로뮤 디아스의 기념동상이 서 있었다.

선원들에게 인기 좋은 음식은 아프리카 전통식당에서 요리한 악어고기찜이었다. 안용복은 시장을 들러 후추와 육두구 거래를 했고, 박어둔은 정상이 평평한 테이블 산과 칼바람에 날리는 사자머리 갈기를 한 사자머리 봉에 올랐다. 풀과 낮은 관목림을 헤쳐 테이블 산 정상으로 오르는데 곳곳에 토끼인지 쥐인지 구별이 안 되는 이상한 동물들을 보았다.

사자머리 봉에서 본 바다의 모습은 장대했다. 박어둔은 좌청룡 우백호를 거느린 듯, 왼쪽에는 인도양 오른쪽에는 대서양이 한눈에 펼쳐졌다.

희망봉을 발견한 바르돌로뮤 디아스는 포르투갈 출신의 탐험가였다. 그는 아프리카의 전설적 기독교국 에티오피아를 발견하라는 포르투갈 정부의 명령을 받고 1487년 3척의 선박을 이끌고 아프리카로 떠났다. 디아스는 보자도르 곶을 넘어 기니 만에 도착하였고 계속해서 전설의 기독교국을 찾아 항해했다. 만류를 타고 서아프리카 해안선을 타고 계속 남쪽으로 항해하던 그는 아프리카 최남단, 희망봉에 최초로 도착하였다. 그는 계속하여 전설의 기독교국을 발견하려 했으나 오랜 항해로 지친 선원들이 반란을 일으키려 하자 희망봉에서 돌아가게 되었다.

디아스는 이후 희망봉을 넘어 전설의 기독교국 에티오피아와 인도항로를 발견한 바스코 다 가마의 항해에 조언을 했고 후일에는 다 가마와 동승하여 인도항로에 가기도 하였다. 디아스는 인도항로를 향해 항해하다 그가 발견한 희망봉에서 폭풍우를 만나 사망했다.

박어둔은 말했다.

"바스코 다 가마가 이곳을 지나간 것을 알고 있는가?"

"예."

"그런데 너희들은 정화 함대가 이곳을 지나 유럽으로 간 것을 믿는가?"

"저는 믿습니다. 우리도 해냈잖아요."

김가을동이 우렁우렁한 목소리로 답했다.

서화립과 김자신은 회의를 표명했고, 의원 이환은 고개를 저었다.

"250년 전 중국의 항해술로 이곳까지 오기는 무리입니다."

"조선의 항해술로는 가능했지. 강리도를 손수 제작해 탔던 항해사 이회가 배를 운행하고 있었으니까."

박어둔은 몸바사에서 조선인 이회의 흔적을 만난 것이 큰 힘이 되었다.

대서양과 인도양이 만나 합수되는 이곳은 험한 날씨와 거친 앞바다로 유명하다. 인도양에서 흘러온 모잠비크-아굴라스 난류, 남극해에서 올라오는 벵겔라 한류, 대서양에서 내려오는 난류가 부딪쳐 거친 폭풍우와 삼각파도를 만들어내고 있었다.

박어둔은 거대한 파도들이 사자머리 갈기를 하고 몰려오는 아프리카 대륙 남단 희망봉에서 소리쳤다.

"우리에게도 희망이 있다!"

스페인

대경호 선원들은 아프리카의 희망봉을 돌아 대서양의 파도를 헤치며 유럽으로 향했다.

대경호 선원들은 지금까지의 항해와 견문을 통해 세계적 수준에 도달했다. 서양의 문명을 외경할 이유가 없었다. 그들의 삶이 조금 개방적이고 합리적이며 세련될 뿐이었다. 유럽으로 향해 갈수록 두려움보다 자신감이 생겼다. 대경호는 거침없이 아프리카의 서쪽 상아해안을 지나 베르데 곶으로 올라갔다. 다행히 북동계절풍이 끝나 보자도르 곶까지 올라갔다.

항해일지

병자 5일 맑다가 흐림

대경호는 간난신고를 겪으면서 아프리카 서해안을 올라왔다. 노예해안, 황금해안, 상아해안, 후추해안 등의 이름이 붙은 곳을 지나 사막과 절벽을 넘어 보자도르 곶까지 올라왔다. 샴베르헨의 서가에 꽂혀 있는 포르투갈 항해사를 읽어보았다. 서양인들이 지중해에서 보자도르 곶을 땅 끝이라고 믿어 넘어가지 못했다. 그들이 보자도르 곶을 넘어 오 리를 나아가는데 천 년이 걸렸다. 그러나 일단 보자도르 곶을 넘어서자 백 년도 안 돼 아프리카 희망봉을 넘어 인도양과 태평양을 건너 일본으로 갔다. 미신의 힘이 얼마나 큰가를 느꼈다.

밤 자시에 김가을동, 서화립, 김득생이 오늘 아버지의 기일이라며 청명주 한 되와 육포 안주를 가져왔다. 청남당 습격 사건 때 김정대, 서충지, 김도상은 한날한시에 죽었다. 망자를 위해 음복을 하고 한동안 말이 없었다. 슬프고 참담한 사건이었다. 그때 아버지와 이들을 도척이라고 생각했다. 나 또한 아버지를 생각하니 가슴이 쓰라리다. 그나마 다행한 일은 이 셋과 김자신, 양담사리와 큰 다툼이 없다는 것이다. 나에게 건널 수 없는 마음의 강은 있겠지만 피안의 언덕에 닿기 위해 항해를 멈추지 않는다.

서화립이 무거워진 분위기를 가볍게 하기 위해 농담을 했다. 모두들 웃었으나 마음은 더욱 무거워졌다. 김득생이 술 창고에 내려가 안동소주 한 되를 더 가져왔다. 김가을동이 술주정을 하다 술에 취해 쓰러져 서화립과 김득생이 부축해 갔다. 이들은 내가 짊어져야 할 오래된 업보다. 세차게 떨어지는 운명의 낙차를 견디기 힘든 때도 있었다. 자시가 지나 달빛이 다시 창가에 들었다. 오히려 취기는 사라지고 정신이 맑아져 해도와 항해지를 뒤적이며 밤새 잠을 이루지 못했다.

강수실에서 기일의 무거운 분위기를 가볍게 하기 서화립이 우스운 얘기를 하나 했다. 서화립은 점잖게 말을 해도 다른 사람들은 재미있어 했다. 그것이 따분하고 지루한 선원생활에 활력을 주었다.

"한번은 중국이 조선을 칠 구실을 찾기 위해 사신을 보냈지요. 중국사신은 수수께끼를 낼 테니 알아 맞춰라, 못 맞추면 공녀 천 명과 쌀 천 석을 하루만에 보내야 한다고 말했지요."

술이 된 김가을동이 찍자를 붙였다.

"그런 억지가 어딨나. 하루아침에 그걸 다 어떻게 구해 바치냐? 나쁜 되놈 새끼들."

"맞아요. 못 맞추면 쳐들어오겠다는 구실이죠. 갑자기 사신이 수수께끼를 내려고 압록강을 건너온다기에 임금은 다급한 나머지 강에서 노 젓는 애꾸눈 뱃사공에게 사신을 마중하러 가도록 했습지요. 배를 타고 온 중국사신이 강 복판에서 수수께끼를 내는데 뱃사공에게 손가락 하나를 펴서 머리 위로 올렸습니다."

서화립은 이야기하면서 실제로 손가락 하나를 내밀었다.

"압록강 이편의 조선 관리들은 이게 무슨 뜻일까 궁금했는데 뱃사공은 거침없이 손가락 두 개를 펴서 올렸습니다. 중국사신이 다시 세 개를 올렸습니다. 뱃사공은 다섯 손가락 전부를 힘차게 쳐들었습니다. 중국 사신은 뱃사공에게 존경의 염을 표하고 압록강을 건너가 다시는 나타나지 않더랍니다."

서화립의 이야기를 듣던 사람들이 궁금해 했다.

김득생이 손가락을 차례대로 펴며 말했다.

"한 개, 두 개, 세 개, 다섯 개? 이게 무슨 뜻이야?"

"실은 수수께끼가 좀 어렵다네. 우리 박어둔 강수님의 전문 분야인데 아시겠습니까?"

"허허, 난 도무지 짐작조차 가지 않네. 무슨 뜻인지 말해보게."

"그럼 말하지요. 중국사신은 손가락 하나를 올리면서 '우주의 근원인 태극은 하나다.'라고 말했지요. 그러자 뱃사공이 손가락 두 개를 올리면서 '태극에서 나온 음양은 두 개다'라고 하는 겁니다. 놀란 중국사신이 다시 손가락 세 개를 펴 올리면서 '삼강을 아느냐?'고 묻자 뱃사공이 손가락 다섯 개를 펴며 '오륜도 안다.'고 답하자 중국사신은 '아, 조선에는 하찮은 뱃사공까지 태극과 음양의 이치와 삼강오륜의 도를 알고 있는데 하물며 다른 사람들은 어떻겠는가. 조선은 함부로 침략할 수 없는 나라다'하고 돌아갔다는 겁니다."

김가을동이 말했다.

"그렇게 깊은 뜻이 있었나. 그런데 뱃사공은 그렇게 생각하지 않았겠지."

"당연하지. 임금은 뱃사공이 중국사신의 수수께끼를 풀어내고 나라의 위기를 구한 공을 인정해 상을 내리며 물었지요. '이보게, 뱃사공. 그 어려운 수수께끼를 어떻게 그리 쉽게 풀었나?' 뱃사공이 말하길 그 사람 별 시러배아 같은 자더군요. 애꾸눈인 저에게 손가락 하나를 내밀며 '네 눈깔이 하나지?'라고 놀리기에 '잘났다 그래. 네 눈깔이는 두 개다.'라고 받아쳤죠. 그러자 이놈이 손가락 세 개를 쳐들고는 '니 눈깔이 한 개, 내 눈깔이 두 개, 합해서 세 개다'고 또 놀리기에 화가 나서 '짜석아, 뺨따귀 한 대 맞을래?'하고 손바닥을 쳐든 것뿐입니다. 그런데 저에게 이렇게 과분한 상을 주시다니 황송할 뿐이옵니다."

서화립의 우스갯소리를 들은 세 사람은 평소 같으면 배를 잡고 웃겠지만 날이 날인 만큼 픽 웃고는 술만 마셨다.

"한 개 더 할까요?"

"고마해, 화립이. 만구 쓸데없는 없는 이바구."

그날 술이 많이 된 김가을동을 서화립과 김득생이 부축해 갔다.

네덜란드 암스테르담

아프리카 서해안의 뱃길을 오랫동안 항해한 끝에 마침내 유럽의 관문인 스페인의 등대를 보았다.

박어둔은 지중해를 들어가기 전에 먼저 네덜란드로 가기로 했다. 네덜란드에는 내려야 할 사람들이 많았다. 하영, 동웨이, 샴베르헨을 비롯해 각 항구마다 네덜란드인들이 십여 명이 승하선을 거듭했고 지금은 암스테르담에 하선할 사람이 이십 명이 넘었다. 아시아의 항로를 네덜란드인들이 장악하고 있다는 증거이기도 했다.

하멜의 딸 하영은 네덜란드인들 중에서도 단연 화제의 인물이었다. 그녀는 많은 질문을 받았고, 개중에는 청혼까지 하는 청년들도 있었다.

배는 포르투갈과 영국해협을 지나 네덜란드에 들어갔다.

낯선 조선의 배가 암스텔담 항에 들어가자 소문은 순식간에 네덜란드 전역으로 퍼졌다.

"하멜이 갔던 조선나라의 배가 들어왔다."

"조선인들이 하멜을 찾고 있다."

그러나 하영과 안용복은 안타깝게도 하멜과 상봉할 수 없었다. 하멜은 그들이 도착하기 불과 3년 전에 사망했다는 것이다.

하멜은 죽었으나 '하멜표류기'의 성공으로 인해 네덜란드에서 유명인사가 되어 있었다. '하멜표류기'가 출판되자 책은 선풍적인 인기를 얻고 네덜란드와 유럽에서 하멜이 유명인사가 되었다. 하멜표류기를 통해 전혀 알려지지 않았던 조선과 조선의 문명이 유럽에 알려졌고, 일본과 중국 또한 재조명되었다.

일본은 조선과의 독점 무역에서 많은 이익을 얻고 있다는 사실도 알게 되어 네덜란드 동인도회사는 조선과 직접 교역을 하기 위해 천 톤급의 선박인 코레아호를 건조했다. 코레아호는 일본 나가사키까지 갔으나 일본 막부의 반대로 조선으로 항해하지 못했다.

하멜은 조선에 두고 온 송이와 하영 모녀의 인연을 그리워 한 때문인지 평생 독신으로 살다 1692년 2월 12일 사망했다.

하멜은 고향인 호린험에서 묻혀 있었다.

하영은 아버지의 고향으로 가서 무덤 앞에서 말했다.

"아버지, 사랑하던 당신의 딸이 조선에서 돌아왔습니다. 이제 편히 쉬십시오."

하멜은 조선을 떠나면서 '딸과 함께 네덜란드에 와 달라'고 하멜에게 부탁했다. 안용복은 이제 큰 숙제를 하나 끝냈다는 생각에 한결 마음이 가벼워졌다.

조선호 선원들은 암스테르담과 로테르담을 오가면서 관광과 여행을 했다.

조선인 선원들은 말로만 들었던, 바다를 댐으로 막아 육지로 만든 땅과 풍차와 튤립의 나라 네덜란드를 보면서 감탄했다.

조선배의 입항 소식을 듣고 하멜과 함께 표류했다는 에어보켄이라는 자가 찾아와 하영을 잡고 펑펑 울었다.

"네가 하멜의 딸이었구나."

에어보켄은 안용복을 보고 말했다.

"안공, 당신 덕분에 우리가 귀국할 수 있었소."

"살아 있으니 이렇게 만나는군요."

"평생 당신에게 빚진 마음이었는데, 자, 내 사무실로 갑시다."

에어보켄의 사무실은 댐 스퀘어광장에 있었다.

에어보켄은 하멜과 함께 천신만고 끝에 귀국한 후 옛날 하던 증권업에 다시 손을 대어 큰 돈을 벌었다. 증권거래소는 1600년 초에 네덜란드에서 세계 최초로 생겼다. 무역현장에서 실제로 경험을 쌓았던 그는 증권투자에 성공해 증권거래소의 큰손이 되었다.

에어보켄이 안용복에게 말했다.

"자, 내가 자네에게 1000 휠덴을 주겠네. 이것은 내가 조선에 표류한 우리 선원들을 대표해 자네에게 고마움의 표시로 주는 것이네. 여기에 내 여비서를 보내줄 테니 함께 증권거래에 뛰어들어보게."

에어보켄은 안용복이 조선을 탈출케 한 은인이었을 뿐 아니라 젊은 시절 무역상이었던 자신의 모습을 보는 듯해서 안용복에게 호의와 신뢰를 가졌다.

알렉산드라가 안용복에게 말했다.

"고기 한 마리를 받는 것보다 고기 잡는 법을 배우는 게 낫지요. 자, 저와 함께 증권거래소로 가요."

댐 광장 에어보켄의 사무실 맞은편에는 커다란 증권거래소가 있었다. 담배연기와 커피향이 자욱한 이곳에는 수염을 기른 네덜란드와 유대인 중개인이 큰소리로 설탕 경매를 하고 있었다.

"설탕 1톤에 500휠덴!"

휠덴은 영어로 굴덴으로 불리고 있는데 골드에서 나온 네덜란드 화폐단위였다.

500휠덴에서 700휠덴, 800휠덴으로 가격이 오르자 사람들이 소리를 질렀다.

"지금 설탕이 대세예요."

"흠, 신대륙의 설탕이 아시아 시장으로 흘러가고 있지."

"네덜란드가 아시아 설탕시장을 장악하고 있어요."

설탕의 선물거래가 끝나고 커피 차례가 오자 중개인이 외쳤다.

"4분의 1톤당 500휠덴!"

그러자 커피 선물가격이 700휠덴, 1000휠덴, 1500휠덴으로 가격이 치솟았다. 안용복은 그동안 수많은 항구에서 매매와 물물교환을 해 큰 이익을 남겼다. 그 중심에는 환차익이 있었다. 그는 중국과 인도, 인도와 유럽의 금은 교환비율이 다른 것에 주목했다. 중국에서 은을 가장 높게 쳐주고 그 다음 인도, 유럽 순으로 상대적으로 은의 가치가 낮아지고 반대로 금의 가치는 높아진다는 것을 알았다. 안용복은 일본의 값싼 경장 은을 대량으로 사서 중국에서 은을 지불하고 금으로 받았다. 은과 금의 교환에서만 두 배 이상 환차익이 남는다는 걸 알았다. 안용복이 지금까지 거래한 것은 상품이든 금은이든 모든 것이 눈에 보이는 현물이었다. 지금은 눈에 보이지 않는 선물(先物)에 투자를 하는 것이다. 그만큼 긴장될 수밖에 없었다.

안용복은 먼저 알렉산드라와 더치커피를 한 잔 마신 뒤 돈을 걸었다.

"커피 값 4분의 1톤당 100휠덴까지 내려가는 데 1,000휠덴을 걸겠소!"

"오우!"

투자자들과 중개인들이 일제히 소리를 질렀다. 사람들이 소리를 지른 데는 이유가 있었다. 모두들 가격 상승예측을 하고 커피 주식을 매집하고 있는데 그만 홀로 하강예측에 1,000휠덴을 걸었기 때문이다. 현재 커피 값은 상승세 장이었다. 커피를 현지에서 생산해서 암스테르담 항구로 운반해 오기까지 기일이 3개월이나 남았고, 지난해 커피 최대산지인 아시아 작황도 좋지 않아 커피값이 뛸 것이라고 누구나 예상하고 있었다. 더욱이 지금은 대서양과 인도양에 폭풍이 이는 시기여서 아시아에서 선적한 커피가 대서양까지 무사히 들어오리라는 보장조차 없었다.

"안 행수님, 무리하는 거 아니에요?"

알렉산드라는 더치 대신 에스프레소에 독한 와인을 따라 마시며 말했다.

안용복이 알렉산드라에게 말했다.

"감으로 지른 건 아냐."

어린 시절부터 내상을 따라다니며 평생을 무역에 종사해온 안용복이었다.

"지난 해 작황이 안 좋은 것은 질 낮은 아시아 남부 커피이지 신대륙과 아프리카는 아냐. 커피농장은 아시아에서 점차 신대륙과 아프리카로 이동하고 있지. 질이 좋은 신생 대륙과 아프리카에서는 대풍작이라는 소식이야. 올해부터 유럽시장의 커피값은 폭락할 거야."

에어보켄이 투자자금으로 준 돈 천 휠덴은 작은 돈이 아니다. 조선에서 쌀 오백 석의 돈이다. 잘못하면 한꺼번에 그 큰돈이 휴지조각으로 날아가 버릴 수 있었다.

드디어 턱수염을 기른 유태인 중개인의 현물 커피 거래가 시작되었다. 네덜란드에서는 공공연히 유태인 상인 이외에는 증권거래 중개 업무를 하지 못하도록 금지했다. 일찍 주식과 금융, 선물거래에 뛰어들어 이 업종을 독점한 사람들이 유태인들이었다. 셰익스피어의 『베니스의 상인』에 등장하는 유대인 고리업자 샤일록에서 알 수 있듯이 유태인들은 심장 근처 살을 파내서라도 자기들의 이익을 지키려고 했다.

"커피 생두 1/4톤 1,000휠덴!"

그러나 생두 대신 현지에서 가공한 값싼 봉지커피를 산더미처럼 실은 무역선이 잇달아 네덜란드로 들어왔다는 소식이 사실로 확인되자 사람들은 생두를 거들떠보지도 않았다.

"800휠덴!"

중개인의 큰소리에도 불구하고, 거래가 이뤄지지 않았다. 주위에서 가격 떨어지는 소리가 들리자 투자자들의 숨까지 거칠어졌다. 마침내 500휠덴으로 가격이 떨어지더니 그 다음에는 300휠덴, 200휠덴으로 곤두박질쳤고 마침내 커피값은 100휠덴에 바닥을 쳤다.

"알렉산드라, 내가 이겼어!"

안용복은 10배의 배당을 받는 영수증을 들고 소리를 쳤다. 알렉산드라가 축하의 뜻으로 와인을 탄 독한 에스프레소 잔을 건넸다. 에스프레소가 목젖을 타 넘어가면서 온몸을 자극했다. 에스프레소는 영어 익스프레스와 같은 어원으로 높은 압력에서 빠르게 추출한 커피라고 해서 이런 이름이 붙여졌다.

빠르게 중추신경계를 흥분시킨다는 점에서도 에스프레소였다.

양귀비 물 같이 검고 진한 액체가 안용복을 진저리치게 만들었다. 커피값의 폭락으로 콜로세움 선물 거래소는 초상집이 되었다. 절망과 분노에 빠진 투자자들은 의자를 차고 탁자를 쳤다. 휴지가 된 증권이 공중을 날아다녔다.

가격 폭락에 돈을 건 안용복만이 유일하게 10배의 고배당 수익을 올렸다.

안용복은 딱 알맞은 순간에 팔았다. 몇 초만 늦었어도 수백 휠덴을 손해볼 뻔했다. 그는 건곤일척의 승부를 즐기면서 주식거래, 선물거래의 작동원리를 알 수 있었다.

안용복이 알렉산드라에게 말했다.

"향기가 온몸을 자극시키는군."

"커피 향기? 아니면 내 몸에서 나는 향기?"

"둘 다."

안용복은 지금 막 10배의 배당을 딴 흥분을 알렉산드라와 나누고 싶었다.

"여기서 나가요."

둘은 증권거래소를 빠져나갔다.

안용복은 알렉산드라에게 귀국 계획을 말했다.

"이 돈으로 배부터 수리해야겠어."

지구를 반 바퀴 돌아온 대경호는 손 볼 곳이 많았다. 고물 키가 부서지고 배 밑창이 뚫려 물이 솟아올랐다.

안용복은 이미 해상무역 최대 강국인 네덜란드산 선소를 알아보았다. 네덜란드 선박회사는 특히 원양선박을 많이 제작하고 수리했다. 네덜란드 동인도회사는 일본, 대만, 인도 등에 상관을 설치해 배로 원거리 무역을 했다.

네덜란드 선박회사 사장은 안용복을 보고 반가이 맞이했다.

"조선이라면 우리 네덜란드인이 관심이 많습니다."

"하멜 때문이겠죠."

"그렇습니다. 우리 회사에서 코레아호를 건조하기도 했지요."

그는 먼저 동인도회사의 자료집을 하나 들고 나왔다.

"여기 보십시오."

그곳에는 1669년 3월 네덜란드에서 건조된 '코레아'라는 이름의 선박을 발견할 수 있다. 길이 약 25미터, 20명 정도가 탑승할 수 있는 배였다.

하멜표류기가 발간이 되고 나자 네덜란드에서는 조선에 대한 관심이 높아졌다. 유럽에서 첫 깃발을 든 코레아호는 '조선과 통교하라'는 왕으로부터 특별 임무를 부여받고 출항했다.

네덜란드는 그보다 30년 전에도 조선에 가기 위해 1639년 '보물섬 원정대' 라는 탐사대를 꾸렸다. 중국, 일본의 중계무역기지로 조선을 선택한 네덜란드는 조선 진출에 열을 올리고 있었다. '보물섬 원정대' 는 태평양까지 진출했으나 시암 앞바다에서 풍파를 만나 실패했다.

네덜란드와 치열한 무역 경쟁을 벌이고 있던 영국의 동인도 회사도 조선에 눈독을 들였다. 영국 동인도 회사는 조선과 교역을 요청했으나 거부당한 적이 있었다.

거절당한 영국의 요청으로 조선, 영국, 네덜란드의 사신과 외교관들이 일본 후시미성에 모이기로 했다. 조선의 관료를 눈앞에서 볼 기회가 생긴 영국과 네덜란드는 기대감이 부풀었다. 마침 조선통신사로 와 있던 정사가 그 자리에 나오기로 했다. 그는 한국과 일본, 중국을 오가면서 세상을 보는 안목이 넓어졌다. 그는 조선을 소중하게 여기면서도 한편으로는 일본처럼 개방해야 한다는 생각이 있었다.

그러나 조선통신사의 안내를 맡고 있던 쓰시마 번주는 영국과 네덜란드 두 외교관에게 말했다.

"조선은 귀국들과 교역을 원하지 않기 때문에 이 자리에 올 수 없다고 합니다."

네덜란드 상관장이 말했다.

"왜요? 우리가 보기에 대마도 도주인 당신이 원하지 않는 것 같은데 왜관을 통한 무역 독점권을 빼앗길까봐 그러는 거지요?"

쓰시마 번주는 말했다.

"천만에. 조선은 당신들 나라와 무역할 만한 게 전혀 없는 가난한 나라이기 때문이오."

조선은 가난한 농업국가로 교역물품이 적고, 방금으로 외국과 어떠한 통교도 원치 않으며 한편 일본 막부의 반대도 있기 때문에 나오지 못했다고 말했다. 결국 영국과 네덜란드와의 교섭 협상은 일본 대마도 도주의 방해로 무산되었다. 코레아호도 조선 땅에 들어가지도 못한 채 아시아 무역에 종사하다 출항한 지 10년 뒤인 1679년 11월 15일 폐선했다.

대경호가 네덜란드 선박회사에서 새롭게 단장되는 동안, 대경호 선원들은 네덜란드와 이웃나라로 관광을 하고 있었다.

프랑스 파리

대경호 선원들 중 가장 키가 크고 서구적인 용모인 사람은 서화립이었다. 얼굴이 갸름하고 눈과 코와 입이 시원스럽게 컸다. 서화립은 옷도 잘 입어 항구의 여자들에게 인기가 좋았다.

그는 조선 한복과 상투만 고집하는 사람들에게 말했다.

"옷을 입을 때마다 우리의 생각도 동시에 옷을 입게 되는 법, 낡고 고루한 생각을 버리려면 베장삼과 핫바지부터 벗어던져야 하네."

네덜란드에서 대경호를 수리하는 동안, 그는 프랑스로 들어갔다. 예술과 사교의 도시 파리를 보고 싶었기 때문이다.

서화립은 어릴 때부터 역마살이 끼었는지 자꾸만 천리원방으로 떠돌아다녔다. 언젠가 서화립이 종로 육의전 앞에서 점을 쳤는데 점쟁이가 이렇게 말했다.

"당신은 바람처럼 움직여야 존재감이 드러나는 팔자야."

"그게 무슨 말씀이죠?"

"움직이지 않으면 죽은 존재야. 누구도 느끼지 못해."

움직이지 않으면 희미한 존재가 되지만 움직이면 비구름을 몰고 오는 풍운아가 된다. 하긴 그는 가는 곳마다 사건이 터졌다. 대경호의 포사수가 되어 왜적과 만주인, 스페인과 포르투갈인을 물리쳤고, 권총으로 위기에서 벗어났다. 사건을 겪으면서 자기를 쇄신했고 성장시켰다. 그가 평소에 동경하던 유럽은 견문을 넓히기에 좋은 땅이었다. 낯선 땅에서 이국인들과 부딪히며 인생과 사랑, 서구의 문명에 대해 이야기할 때 행복했다.

그는 파리에 들어가 멀리서 베르사이유 궁전을 구경했다.

베르사이유 궁전은 태양왕 루이14세의 명에 의해 지어져 30년 만에 막 완성된 상태였다. 그는 왕궁에 들어가 보고 싶은 충동으로 정문으로 들어갔으나 호위병에게 제지당한 뒤 돌아섰다.

그때 뒤에서 여인의 목소리가 들렸다.

"당신, 일본인이세요?"

그는 유럽에 와서 일본이라는 나라의 존재감을 알았다. 조선과 중국에서는 야만인 취급받는 일본인들이 유럽에서는 꽤나 알려져 있었다. 일찍 문호를 개방한 탓이다.

"아니오. 일본 위에 있는 나라, 조선에서 왔소."

"헌데 왜 들어가지 않고 정문에서 서성거리고 있죠?"

"저기 호위병 때문이죠."

"날 따라 오세요."

마리는 31세, 귀족 출신이었다. 결혼하고 얼마 안 되어 남편이 죽자 혼자 살았다. 마리의 아버지는 사위가 죽자 가업인 파리근교 포도농장을 딸에게 맡겼다. 아름다운 미모와 귀족의 작위, 와인으로 축적한 막대한 부와 사교술까지 갖추었다. 그녀가 순간적으로 서화립에게 손을 내민 것은 신비한 동양인을 데려가면 뭇사람들의 주목을 받을 수 있으리라 생각해서일 것이다.

그녀가 서화립의 손을 잡고 들어가자 방금 전까지 막아섰던 호위병이 길을 비켰다. 둘은 오히려 호위병의 안내를 받으며 베르사이유 궁전에 들어갔다.

마리는 정장 차림에 화장을 한 얼굴로 궁정 파티에 가고 있었다. 베르사이유는 아치 복도부터 웅장하고 화려했다. 곳곳에 명화와 조각이 있었다. 다빈치의 모나리자, 밀로의 비너스, 승리의 여신 니케아상이 그를 맞아주었다.

마리가 말했다.

"베르사유를 다 보려면 6개월로도 모자라죠."

파티가 벌어지고 있는 거울방이 나타났다.

거울방은 베르사유 궁전 안에서 가장 화려한 공간이다. 마리를 따라 거울방에 들어간 서화립은 화려한 샹들리에 불빛에 압도당했다. 불빛은 사방에 배치된 거울벽에 반사되어 더욱 화려하게 비쳤다.

루이 14세의 업적을 그린 천장화는 화려함이 극에 달했다. 신하들과 각국 대사들은 이 거울방에서 프랑스왕을 알현했고, 왕족과 귀족들은 결혼식을 올렸다.

음악연주의 시작과 함께 무도회가 시작되었다. 화려한 드레스를 입고 파티에 참석한 사람들은 쌍쌍이 어울려 춤을 추었다. 마리와 서화립은 댄스파티에 참가한 사람들 중에 최고의 관심사를 받은 한 쌍이었다. 마리의 춤은 단연 군계일학이었다. 파티 현장에서 우아한 몸매와 춤 솜씨, 발랄한 매력을 뽐내 참석자들의 눈길을 사로잡았다.

서화립에게 마리가 다가왔다.

"저랑 추실래요?"

"난 춤을 잘 추지 못해요."

"저만 따라하면 돼요."

마리는 서화립의 손을 잡고 플로어로 나갔다.

다행히 음악의 템포는 느리고, 춤은 비교적 단순했다. 서화립은 마리의 능숙한 리드에 맞춰 블루스를 췄다.

마리가 귀에다 속삭였다.

"당신은 오늘 행운아예요."

"글쎄, 그런 것 같군요."

서화립은 유럽에서도 가장 화려한 베르사유 궁전의 거울방에서 사교계의 여왕, 마리와 함께 춤을 추리라곤 상상조차도 못했다.

하지만 서화립도 촌뜨기는 아니었다. 그는 그동안 많은 시행착오를 거쳐 유럽의 문물과 관습을 익혔다. 어디에 가도 조선인의 의연한 몸 사위를 유지했다. 당당함과 자신감도 잃지 않았다. 하나의 개인이 아니라 조선에서 온 조선인의 대표라고 생각했다. 더 나아가 아시아의 대표라는 걸 은연중에 인식하고 있었다.

"생각보다 잘 추시네요."

마리는 서화립의 움직임에 만족감을 표시했다.

"잘 이끌어주니까."

샹들리에 불빛이 펼쳐진 무도회에서 두 사람의 몸이 엉키듯 풀리고 있었다.

마리가 말했다.

"베르사유 왕궁은 정말 대단하지요?"

"중국의 자금성에 비하면 작은 별궁에 불과하지요."

서화립은 연행사로 중국 북경 자금성에 간 적이 있었다.

자금성은 전, 궁, 루, 재, 헌, 각 모두를 합쳐서 방이 9,999개이다. 만 개 이상을 만들 수도 있었지만 만은 신을 의미하므로 하나를 뺀 것이다. 명의 영락제는 자금성에 따로 담장을 친 2,000개의 방에 남자를 모르는 처녀 궁녀들로 가득 채웠다.

유럽에서 가장 호화롭다는 베르사유 궁전의 방수는 고작 700개에 불과하다. 더욱이 루이14세가 거느린 여자는 공식적으로는 4명에 불과했다. 중국의 눈으로 보면 태양왕 루이14세는 일개 군현의 태수보다 못한 처지였다.

하지만 서양이 동양에 조금 앞서 있는 것은 과학문명이라고 생각했다. 그들의 포술과 배의 건조실력, 건축술과 의술 등 몇 개뿐이었다.

서화립은 나비처럼 사뿐사뿐 마리와 춤을 췄다. 춤은 절정을 지나 박수와 함께 댄스파티가 끝나고 쌍쌍이 흩어졌다. 왕족과 귀족들은 손을 잡고 거울 앞에서 포즈를 취했다. 테이블 위에 놓인 프랑스 와인을 마시며 담소를 나누기도 했다. 성급한 연인들은 방으로 사라졌다.

서화립은 프랑스 와인에 올리브에 볶은 닭과 달팽이 요리를 먹었다. 프랑스인을 비아냥거릴 때 닭과 달팽이에 비유하곤 하는데 와인과 달팽이 요리 맛은 최고였다.

서화립은 특별히 고안된 집게와 포크로 달팽이를 까먹으며 말했다.

"쫄깃하고 고소하군요."

"와인 향은요?"

"그윽해요. 당신처럼."

"작업하는 거죠?"

"사실대로 말하는 거요."

둘은 거울을 보듯 서로를 향해 웃었다.

식사가 끝나고 마리가 말했다.

"우리도 여기서 나가죠."

회랑을 지나 궁정 옆방에는 거대한 방들이 있었다. 방들마다 육욕의 향연이 벌어지고 있었다. 웅장한 바로크양식의 건물, 내부의 장엄한 기둥과 공간과 촛불이 만들어내는 신비한 어둠. 둘은 그 어둠 속으로 걸어가 하얀 모슬린이 드리운 황금빛 침대에 나란히 걸터앉았다. 아직도 궁정악단이 연주하는 감미로운 음악 소리가 들렸다. 둘은 거룩하고 존엄한 왕과 여왕이 된 듯했다.

매일 밤 벌어지는 귀족들의 향연과 무도회가 나라의 적폐가 되고 있었다. 음탕과 방탕이 귀족들의 특권으로 인식되고 있었다.

베르사유 궁전의 방은 호사의 극치를 보여주었다.

마리가 뒷머리를 쓸어 올려 묶으며 서화립에게 말했다.

"이곳이 비너스의 방이에요."

"방 입구에는 비너스상 대신 군인 조각상이었잖아."

"조각상의 주인공이 이 방과 궁전 전체를 만든 루이14세죠."

루이14세는 자신이 세상의 중심이라고 생각했다. 스스로 태양왕이라고 불렀고, '나는 국가다'라고 선언했다.

"그런데 왜 이 방이 비너스방이지."

"천장을 봐요."

"음."

그는 천장에 그린 천장화를 보고 신음소리를 내었다. 천장 한가운데는 반라의 아름다운 비너스가 그려져 있었다.

"베르사유 궁전의 천정화 중 가장 으뜸이죠."

이탈리아 베네치아 출신의 화가 베로네제의 작품이었다. 프랑스와 베네치아의 동맹을 공고히 하기 위해 베르사유 천장화를 그릴 위대한 화가를 보낸 것이다.

그림이 유난히 아름답게 느껴진 것은 비너스가 세 여신으로부터 축복 받는 사랑스러운 장면이기 때문인가? 꽃과 구름 위에서 모두 평화롭고 즐거운 표정들이다. 이 삼미신(三美神)의 이름은 프로쉬네(기쁨), 탈리아(꽃의 만발), 이글라이아(빛남)이다. 기쁨과 만발한 꽃과 빛남의 축복이라니 이보다 더 즐거울 수는 없지 않은가.

"루이14세는 이 방에서 자주 파티를 벌였다고 해요."

왕은 여자들을 초청해 저 천장화의 그림처럼 반라의 몸으로 술을 따르게 했다.

비너스방에서 파티를 벌이는 사람은 넷, 루이14세와 왕비 마리 테레즈와 세 연인들이었다. 세 연인이 바로 루이14세에게 기쁨과 꽃의 만발, 빛남을 주는 삼미신으로 이름은 발리에르, 몽테스팡, 퐁탕주였다. 첫 번째 발리에르는 순수한 미모의 여인으로 왕의 자식을 셋이나 낳아 기쁨을 주었다. 공작부인인 몽테스팡은 만발한 꽃처럼 육감적이고 농염했다. 그리고 마지막 퐁탕주는 천사와 같은 빛나는 미모를 자랑했다. 루이14세가 정략 결혼한 왕비 마리 테레즈는 스페인 합스부르크왕가의 딸로 권력의 상징이었으나 못 생긴 여인이었다. 테레즈는 삼미신을 질투했으나 루이14세는 공식 연인이 삼미신 외에도 매력적인 여자들을 베르사유 궁전으로 끌어들여 향연을 즐겨 왕비를 힘들게 했다. 삼미신은 모두 자신들의 이름으로 베르사유에 방을 하나씩 가지고 있다. 루이14세는 삼미신과 연인들 사이에서 낳은 자식들에게 모두 귀족의 작위와 영지를 주었다.

"저도 그중에 하나죠. 제 몸에도 루이 14세의 피가 몇 방울 튀어 있을 거예요."

마리는 대수롭지 않게 말하며 담배를 물었다.

"저의 어머니는 삼미신은 아니었지만 천장화 어느 곳에서 굽어보고 있겠지요."

서화립은 고개를 쳐들고 천장화를 보고 있으니 뒷목이 아팠다.

"옷을 좀 벗겨주세요. 숨이 막힐 것 같아요."

서화립은 그녀의 허리와 엉덩이를 단단히 졸라맨 하얀 코르셋을 벗겼다.

옷을 벗기며 손길이 가슴을 스치자 누구나 알아듣는 만국 공통어가 나왔다.

서화립이 빠르게 마리와 사귈 수 있었던 것은 파리의 개방된 성문화 덕분이다.

하지만 서화립의 이국적 매력도 한몫했다. 그는 서양인에 비해 결코 뒤지지 않은 훤칠한 키와 옥골선풍의 풍모를 가지고 있었다. 친절하고 겸손한 매너에 서양여자들도 호기심을 갖고 접근했다.

사교계의 여왕은 얼굴이 예쁘고 춤만 잘 춘다고 되는 것은 아니다. 파리의 살롱에서 풀어낼 지식과 말솜씨가 있어야 한다. 그런 면에서 마리는 충분한 자격이 있다.

"이탈리아의 천재화가 레오나르도 다빈치의 대표작이죠."

"눈썹이 없군."

"그것 때문에 더욱 미소가 신비롭죠. 다빈치가 유일하게 15년간 침실에 걸어놓고 동거했던 수수께끼의 여인이랍니다."

서화립은 그날 밤을 마리와 함께 베르사유 비너스방에서 보냈다.

다음날 아침 베르사유 궁전 내부의 화려함을 겪은 뒤라 그런지 바깥하늘이 밋밋하게 보였다. 베르사유 궁전에서 보낸 하루가 백일몽처럼 느껴지고 세상이 전에처럼 유쾌하게 느껴지지 않았다.

'이 화려함에서 벗어나 일상으로 돌아갈 수 있을까.'

파리에서 암스테르담으로 가는 길이 아득하게 멀었다.

암스테르담 항구에는 전송하고 보내는 사람들로 북적거렸다.

샴베르헨과 동웨이를 비롯해 많은 사람들이 손을 흔들고 있었다. 박어둔은 김자신과 하영이가 흔드는 손을 보고 아쉬워하며 손을 흔들었다. 둘은 배 안에서 순수하고 조용한 사랑을 엮어오다 네덜란드에서 결실을 맺은 것이다. 박어둔은 둘에게 대경호에서 도장장과 조리장으로 기여한 일에 대한 몫과 축의금, 배당금을 충분하게 주었다.

아버지와의 만남

대경호는 다시 내려와 지브롤터 해협으로 들어가자 오른쪽에는 모로코의 탕혜르 항이 왼쪽에는 스페인의 타리파 항구가 나타났다.

아프리카의 탕혜르와 유럽의 타리파는 불과 십 오리로 맑은 날이면 서로의 등대가 보인다.

박어둔은 왼쪽의 아프리카 땅을 보았다. 아프리카의 어원은 이집트어 'af-rui-ka'에서 나왔다. 카는 자궁을 뜻하고, 아프루이는 열린다는 뜻이다. 아프리카는 자궁이 열린다는 뜻으로 출생을 의미한다. 아프리카란 자궁을 열어 인류를 낳은 고향으로 인류의 어머니 땅이다.

유럽은 페니키아어 'ereb'에서 나온 말로 '해지는 곳'이라는 뜻이고 이후 그리스신화에 나오는 처녀 에우로페의 인연담이 보충되었다. 페니키아왕 아게노르의 딸 에우로페는 매우 아름다운 처녀였다. 제우스는 이 처녀를 유혹하기 위해 흰 소로 변해 다가갔고, 에우로페가 멋도 모르고 흰 소의 등에 타자 흰 소는 바다를 건너 크레타 섬으로 갔다. 그녀는 크레타에서 아이들을 낳고 아이들은 나라를 세워 유럽을 만들었다.

원래 유럽과 아프리카가 하나의 높은 산맥으로 이어진 것을 천하장사인 헤라클레스가 두 팔로 찢어서 유럽과 아프리카로 분리해 놓았으며 그 양안에 있는 높은 산이 헤라클레스의 두 기둥이다.

박어둔은 배로 지브롤터 해협을 지날 때 유럽의 신화 속으로 들어가는 듯했다.

대경호는 두칼레를 지나 물의 도시 베네치아 항으로 들어갔다. 베네치아 항은 수백 년 동안 지중해의 수도로 번성기를 누린 항구도시답게 화려했다.

베네치아가 물의 도시가 된 이유는 훈족의 침입 때문이었다. 훈족은 기마민족으로 수전에 약하기 때문에 이탈리아인들은 동해 바다를 건너가 갯벌에 말뚝을 박고 집을 지었다. 처음에는 바다를 건너간 사람 몇몇이 임시방편으로 갯벌에 말뚝을 박고 그 위에 터를 다져 수상가옥을 짓고 살았다. 그런데 잇따른 전란으로 베네치아에 피난민들이 점점 많이 모이게 됨으로써 지금은 총 수백 개의 섬으로 이루어진 거대한 물의 도시 베네치아가 되었다.

대경호는 베네치아 중심 대수로로 들어갔다. 수로가 미로처럼 얽혀 있었고 좌우로는 물에 잠긴 하얀 수상가옥들이 늘어서 있었다.

대경호는 밀물이면 물길이 된다는 베네치아의 중심 섬인 쿠오타항에 닻을 내렸다.

박어둔은 베네치아 총독을 접견하고 조선왕의 친선과 교류의 희망을 전했다.

베네치아 총독은 조선에서 왔다는 사실에 놀라며 말했다.

"극동에 있는 조선을 말하는군요. 그 먼 곳에서 우리 공화국을 찾아오다니 반갑소!"

"여기 베네치아에도 조선인 몇 사람이 살고 있습니다. 코리아 무역상사 사장의 이름이 페드로 코레아인데 아는 분인지 모르겠습니다."

아버지가 보낸 서신 속의 이름과 일치했다.

"어떻게 하면 만날 수 있겠습니까?"

박어둔은 마침내 아버지를 찾았다는 생각에 가슴이 두근거렸다.

"바로 옆 산 마르코 광장을 지나면 유리공방들이 있습니다. 스키아본이라고 유명한 공방이 있는데 그곳에 가면 안내해줄 겁니다."

"고맙습니다."

수십 년 전에 쓴 아버지의 서신은 정확했다.

박어둔은 총독관저를 나와 아버지의 서신과 작은 초상화, 어머니의 비취옥비녀, 대금과 선물로 인삼 한 상자를 챙겼다. 박어둔은 산 마르코 광장을 지나, 불어서 유리제품을 만드는 전통수공업 유리공방의 골목으로 갔다. 가게마다 유리 제조 마이스터와 도제들이 각종 유리병을 제조하고 있는 공정을 가게밖에서도 볼 수 있도록 하였다.

'대경호의 선창을 모두 이 유리창으로 교체해야겠군.'

유럽에서 온 네덜란드와 영국, 프랑스 선박들은 모두 선창이 유리창이었다.

박어둔은 스카이본 공방을 찾았다.

붉은 옷을 입은 마이스터가 불속에서 젤 상태의 유리를 꺼내어 굳기 전에 재빨리 불어서 속을 넓혔다. 그것을 쇠틀에 넣어 무늬를 찍은 뒤 마지막으로 손잡이까지 멋지게 쭉 뽑아 유리병을 만드는 일련의 작업은 예술 그 자체였다.

박어둔은 마이스터에게 아버지 박기산, 코레아의 행방을 물어보았다.

"코레아를 찾아서 왔다구요? 그분은 바로 우리 제품을 납품하는 무역상회의 사장이십니다."

마이스터는 방금 자신이 입으로 불어서 만든 유리병에 이탈리아 포도주를 부어주며 말했다.

유리공예의 마이스터 안젤로 스카이본이 병에 부은 술은 이탈리아 전통 포도주 키안티였다.

박어둔은 설레는 마음으로 물었다.

"그럼, 페드로 코레아 씨는 지금 어디에 계십니까?"

"조금 기다리면 모시고 갈 분이 오실 거예요. 우선 포도주를 한 잔 드시죠."

"고맙습니다."

"이 유리공예와 포도주는 우리 이탈리아의 자랑이죠."

박어둔은 마음이 조급했다. 아버지 페드로 코레아가 있는 곳으로 빨리 가서 만나고 싶었다.

안젤로는 유리공예에 대해 이야기했다.

"저희 가문이 이 무라노 섬에 유리공예를 처음 들여온 스키아본 가문이죠. 단순히 실용적인 병이나 그릇만을 만드는 것이 아닙니다. 저기 진열된 작품을 보세요."

말과 해파리, 악사와 무희를 빚은 유리공예품은 유리공예의 달인 안젤로의 예술 세계를 한눈에 감상할 수 있도록 진열대에 잘 전시되어 있었다.

"눈부시군요."

박어둔은 정교하게 세공된 유리 작품들을 보며 감탄했지만 감상할 만한 마음의 여유는 없었다.

"우리 스키아본 가문 외에는 누구도 이런 빛깔을 낼 수 없죠. 구리와 희귀 광물질을 유리와 어떻게 혼합하느냐에 따라 반짝이는 질감이 달라지죠."

안젤로는 화제를 포도주로 옮겼다.

"이 포도주는 이탈리아가 자랑하는 키안티입니다. 프랑스 와인을 많이 이야기합니다만 사실 포도주의 원조는 우리 이탈리아죠. 로마 시대 이탈리아 병사가 포도나무 종자를 들고 프랑스로 가서 심어서 만든 포도주가 프랑스 와인입니다. 하지만 이탈리아의 태양과 시원한 바람, 열정의 손맛이 없는 프랑스 와인은 싸구려죠."

"그렇군요. 그런데 안내해 줄 사람은 언제 오죠?"

"오, 저기 오시네요. 베로니카님, 멀리서 코레아 사장님을 찾아오셨다네요."

가게 안에서 들어온 베로니카는 첫눈에 입이 벌어질 만한 미인이었다.

박어둔은 베로니카를 따라 유리공방에서 수로로 나왔다.

작은 카누와 같은 배가 있었다. 바닥이 납작하고 앞뒤가 버선코처럼 좁아지는 긴 배였다.

"타세요."

"배가 귀엽군. 이 배의 이름이 뭐지?"

"곤돌라예요. 거미줄처럼 얽힌 베네치아의 수로를 운항하죠. 육지의 마차와 같은 역할을 합니다."

베로니카는 배의 고물 오른쪽에 서서 노를 한 번 크게 저으며 나아갔다. 이물에는 황금사자 모양의 쇠 조각이 장식되어 있었다. 수로를 지나가는 다른 곤돌라들도 색깔이 한결 같이 검었다.

"왜 배의 색깔이 검지?"

"얼마 전 총독이 사치금지법을 내려 모든 곤돌라는 검은색으로 통일되었죠. 저기 황금사자머리를 보면 알 수 있듯이 그 전까지는 곤돌라 전체를 금박으로 칠한 것도 있었죠."

"흠, 그런데 아가씨는 배를 곧잘 젓는데 솜씨가 놀랍군."

근육이 잡힌 팔뚝과 팽팽한 종아리며 노 젓는 자세가 예사롭지 않았다. 하얀 드레스에 진주 목걸이와 금팔찌며 부잣집 처녀 같은데 스스럼없이 노를 젓는 모습이 신기했다.

"매년 열리는 곤돌라 경주대회가 있어요. 우승은 못했지만 여자부문에서 입상한 적이 있지요. 베네치아에선 곤돌라를 운항하지 못하면 아무데도 갈 수 없죠."

"헌데 대체 페드로 코레아 씨는 어디에 있는 건가?"

"보통은 코레아 무역회사가 있는 사무실에 계시는데 지금은 다른 곳에 있습니다. 무슨 무역을 하시죠?"

"음, 후추에서 비단과 도자기까지 모든 물건을 다 취급하지."

"아시아 끝에서 아프리카를 돌아 이곳 베네치아까지 오셨죠? 나도 일본과 중국에 한 번 가고 싶어요."

"난 일본이 아니라 조선에서 왔어."

"그래요? 조선이란 나라도 있어요?"

"일본 바로 위에 있지."

"얼마나 걸려요?"

베로니카는 당돌했다.

"난 지금 좀 조용히 가고 싶은데……."

"……."

곤돌라는 베네치아를 관통하는 S자 모양의 대수로를 거침없이 통과했다. 곤돌라의 통행량이 많았다. 붉은 해는 수평선으로 넘어가고 곤돌라가 미끄러지는 수로와 하얀 대리석 집들이 아름답게 보였다.

박어둔은 아버지를 만나면 무슨 말을 할까 고민 중이었다.

첫 말은 아무래도 '아버지!'라고 불러야 할 것 같았다. 나에겐 희노애락애오욕과 세상의 모든 감정이 다 담겨 있는 말, 아버지. 평생을 아버지만 그리며 살았던 어머니의 소식도 전해야지.

마침내 곤돌라는 정원이 있는 5층집에 도착했다.

"이 집이에요. 토스카나 공작의 저택이죠."

'토스카나 공작의 저택?'

베네치아에서는 나무가 귀한데 정원에 우산소나무가 심어져 있었다.

베로니카가 앞장서서 들어갔다.

토스카나 공작의 저택에 들어갔다. 하얀 대리석으로 꾸며진 오층은 아예 하나의 방으로 넓게 꾸며졌다. 샹들리에에 켠 촛불이 황금 천장에 박힌 에메랄드 보석을 별처럼 반짝이게 했다.

그곳에서 한 동양인 남자가 나왔다. 얼굴은 늙었지만 서신과 함께 동봉된 초상화의 얼굴, 아버지가 분명했다.

박어둔이 아버지에게 '아버지'라고 부르려고 했다.

"아버지!"

"오, 베로니카. 함께 오신 분은 누구냐?"

"웬 동양인 손님이 유리공방으로 아버지를 찾아왔어요."

"누구신지?"

"예, 저 조선에서 아버지를 찾아온 박어둔입니다."

"아니, 너가 설마 내 아들이 맞단 말이냐?"

"아, 네가 정녕 내 아들 박어둔이란 말이냐?"

"그렇습니다. 아버지!"

"내가 떠날 때 아들은 어미 배 안에 있었다. 어떻게 아들임을 증명하느냐?"

"아버지가 어머니에게 보낸 서신과 초상화입니다."

페드로 코레아는 박어둔이 준 편지를 읽어보았다.

사랑하는 아버에게

그동안 잘 지내고 있는지 궁금하오. 나는 고향이 조선 울산부 박기산이고 아버 윤보향의 지아비이오. 이탈리아 이름으로는 페드로 코레아라고 하오. 나는 역적의 누명을 쓰고 원수를 갚기 위해 활동하다 고향 울산을 떠나게 되었소. 일본 나가사키에서 이탈리아 상인 포를란을 따라 지구 반대편인 먼 이탈리아까지 오게 되었소. 이곳에서 유리세공 기술을 배웠고, 지금은 베네치아 중심가에서 멋진 유리 공방도 차리고 있소.

내가 천막개에 의해 역적으로 몰려 가옥과 전답을 모두 빼앗기고 당신 보향은 종의 신분으로 떨어질 때 회임 중이었소. 난 당신의 아이가 유산되고 당신마저 기생이 되었다는 소식을 듣고 청남당 종갓집으로 천막개를 죽이러 쳐들어갔소. 나와 맞닥뜨린 아이가 천막개의 아들인 줄 알고 죽이려고 했지만 본능적으로 나의 핏줄인 것 같아서 죽이지 못했소. 복수에 실패하고 조선을 떠나기 전 아이를 만나 내가 아끼던 대금을 주고 일본을 거쳐 아시아 항로를 타고 유럽으로 들어왔소. 만약 천막개의 아들 어둔이가 내 아이가 맞으면 그 아이에게 천막개가 아비가 아니라 나 박기산이 아들인 것을 분명히 알려주시오. 그리고 그 아이를 이곳 이탈리아 베네치아로 보내서 코레아 유리공방의 주인 페드로 코레아를 찾으라고 하시오. 내 핏줄을 타고 난 아이라면 이역만리 떨어져 있어도 능히 날 찾아올 수 있을 것이오. 일본으로 가는 네덜란드 상단을 통해 이 편지를 보내오.

내가 예전에 이탈리아의 유명화가를 통해 그린 초상화가 몇 장 있는데 그중에 조선옷을 입고 그린 그림 한 장을 함께 보내오. 보향이, 사랑하오. 저승에서 만날 때 날 모른 척 하지 마오.

이탈리아 베네치아에서 박기산

박기산은 자신이 쓴 편지를 읽고 박어둔을 살펴보았다.

"내 아들이 맞구나."

감격적인 포옹으로 아들을 맞을 줄 알았던 아버지는 의외로 조용했다.

부자간의 상봉이란 걸 알아차린 베로니카는 얼음처럼 서 있었다.

조금 있으니 화려한 성장을 한 토스카나 공작부인이 계단으로 내려왔다.

"여보, 오늘은 어디에서 손님이 오셨나요?"

"음, 멀리 조선에서 왔어."

"조선이면 당신이 태어난 나라 아니에요?"

"실은 조선에서 유복자로 두고 온 내 아들이 찾아왔어."

"그래요? 난 전혀 몰랐네요. 하지만 아주 멋있는 아들을 두셨네요."

"안녕하세요. 박어둔입니다."

"전 토스카나 공작의 미망인이에요. 지금은 페드로 코레아씨의 부인이고요. 베로니카는."

박기산이 말했다.

"내 전처의 딸이지. 둘은 이복남매 간이군. 베로니카, 인사해."

"안녕. 오빠."

"안녕. 동생."

박기산이 조금은 난감한 표정으로 말했다.

"식사를 하면서 그간의 사정을 이야기하지."

그러자 토스카나 공작부인이 말했다.

"전 오늘 파티가 있어요. 아무래도 내가 낄 자리가 아닌 것 같으니까 서로 편하게 식사해요."

토스카나 공작부인이 나가자 조금 숨통이 트이는 듯했다.

셋은 가까운 다 빈치 레스토랑으로 가 스파게티와 스테이크를 시켰다.

베로니카가 스파게티를 포크로 말아 한 입 먹더니 엄지를 쳐들며 말했다.

"오빠, 장하다. 조선에서 이곳까지 아버지를 찾아오다니!"

"그래, 아들. 여기까지 온다고 고생했다."

박어둔이 말했다.

"유복자로 태어났지만 전 아버지를 두 번 뵌 적이 있습니다. 한 번은 울산 종갓집에 칼을 들고 들어왔을 때입니다."

"그때 넌 어린아이였지. 천막개의 아들인 줄 알고 그때 널 죽이려고 했단다."

박기산은 그때의 상황이 머리에 선명하게 각인되어 있었다.

박기산은 복수심과 분노로 종갓집을 쳐들어가 닥치는 대로 베었다. 핏물이 어둠을 적셨다. 어린아이 하나가 앉아 있었다. 천막개의 아들이 분명했다. 베려고 칼을 쳐들었으나 이상한 기운이 팔목을 잡아당겨 내려치지 못했다.

박기산은 칼로 스테이크를 썰면서 말했다.

"그때 만약 내가 너를 베었더라면 오늘이 있을 수 없었을 것이다. 두 번째 만났을 때는 태화강 언덕에서였지. 아들아, 내가 불어준 대금의 소리를 기억하고 있니?"

"아버지, 태화강 언덕에서 대금을 불어주고 간 뒤 저도 외로울 때마다 대금을 불었습니다."

박어둔은 품속에서 대금을 꺼내 보여주며 말했다.

"울릉도 향죽으로 만든 그 대금이 맞군. 외로움을 달래는 데는 이만한 악기는 없지."

박어둔은 그동안 살아온 이야기를 간략하게 핵심적인 것만을 이야기했다.

"결국 천막개는 종으로 다시 돌아가고 모든 것을 원상회복했구만."

"예, 어머니는 지금 울산 청남당 종갓집에 계십니다. 이걸 아버지께 전해드리라고 하시더군요."

박어둔은 비취옥비녀를 아버지에게 전했다.

"몸은 못 오지만 어머니의 인생이 오롯이 담겨 있는 이 비녀를 본다면 어머니를 본 것이나 다름없다고 하시더군요."

박기산은 비취옥비녀를 받아 만지며 추억에 잠긴 듯 말했다.

"해남 윤씨 명문가정에서 나한테 시집와 죽을 고생만 하고, 네 엄마에게 면목이 없구나."

"아버지는 여기서 베로니카의 어머니와 재혼을 하셨겠네요."

"그래, 애엄마가 유리공방 주인의 외동딸이었지. 베로니카를 남겨놓고 2년 전에 죽었지. 공작부인 미망인과 재혼을 했는데 귀족적 자존심이 있어서 그렇지 나쁜 사람은 아니야."

박기산은 청남당 습격사건 후 개운포에서 일본 나가사키로 밀항했다. 그곳에서 작은 예수회 선교사 포를란을 따라 아시아 바다 비단길을 통해 이곳 베네치아까지 왔다. 유리공방에서 도제로 일하다 주인의 딸과 결혼해 장인으로부터 유리공방을 물려받았다. 유리공방으로 돈을 벌어 배 몇 척을 사서 무역회사를 차렸다. 하지만 증권과 선물거래에 손을 댔다 한꺼번에 날린 뒤 고향에 가기 위해 코레아호를 탔다.

"코레아호 선장은 날 조선에 꼭 데려준다고 약속했는데 일본의 방해로 결국 들어가지 못하고 서신과 초상화만 왜관가는 사람을 통해 보냈지."

그런데 돌아오는 길에 박기산은 대박을 만났다. 바타비아에서 헐은 값에 산 향신료 육두구가 그해 품귀현상을 빚어 200배로 뛴 것이다. 그 돈으로 베네치아에서 다시 코레아 무역회사를 차렸는데 이후 승승장구하여 큰돈을 벌었고 토스카나 공작의 미망인과 결혼해 자연스레 귀족과 인맥을 맺을 수 있게 되었다.

"아들, 이곳에서는 얼마나 지낼 거냐?"

"일주일 뒤에 로마로 가서 교황을 알현해 친서를 받아야 합니다."

"왕명을 받았다고 했던가? 내가 로마의 알폰소 공작에게 소개장을 써주지. 교황을 만나려면 그 사람을 통하면 돼. 교황의 강력한 후원자였으니까."

"고맙습니다."

박기산과 박어둔과 베로니카는 다 빈치 레스토랑에서 식사한 뒤 토스카나 대공 저택에 들렀다. 하얀 대리석으로 꾸며진 오층은 아예 하나의 방으로 넓게 꾸며졌다. 샹들리에에 켠 촛불이 황금 천장에 박힌 에메랄드 보석을 별처럼 반짝이게 했다.

박어둔이 아버지에게 말했다.

"방이 화려하군요."

"이 집은 토스카나 대공의 미망인 소유로 되어 있고, 토스카나 대공이 베네치아를 방문할 때 머무는 곳이야. 베네치아에서 총독관저 다음으로 화려한 곳이지."

창밖 수로에는 연인들이 등불을 켠 곤돌라에 몸을 싣고서 대화와 사랑을 나누고 있었다. 평화롭고 고즈넉한 풍경이었다. 거실 가운데 둥근 흑단목 탁자 위에는 와인 키안티 리제르바와 치즈, 과일이 놓여 있었다. 리제르바는 3년 6개월 이상 숙성시킨 와인을 말한다.

박기산은 익숙한 손놀림으로 와인의 코르크 마개를 뽑고 와인잔에 따랐다.

"포도주는 이탈리아가 원조라는 말 들었지?"

"유리공방에서 들었습니다."

셋은 배가 나온 와인글라스를 부딪쳤다. 쨍 하고 통랑한 소리가 들렸다.

옛날 토스카나 대공이 머물렀다는 호텔의 침실에는 다빈치를 비롯한 보티첼리, 라파엘로 등 르네상스를 이끌었던 화가들의 그림이 걸려 있고, 넓은 거실에는 미켈란젤로의 대리석 조각이 비치되어 있었다. 바닥은 금실로 짠 페르시아 융단이 깔려 있고 돔 양식의 천장에는 로마교황이 있는 바티칸에서나 가능한 화려한 천장화가 그려져 있었다.

박어둔과 박기산은 그림들을 감상했다.

"르네상스는 천재들의 창조적 에너지가 극적으로 분출한 기간이었지."

"우리 조선에서도 르네상스가 있었지 않습니까."

박어둔은 와인과 르네상스 예찬에서 보듯이 아버지가 많이 유럽화된 느낌이었다.

"조선에서도 르네상스가 일어났다고? 금시초문이다."

"세종대왕 시절 우리도 인문학과 과학이 벚꽃처럼 한꺼번에 만발하지 않았습니까. 가히 조선의 르네상스라고 말할 수 있다고 생각합니다만."

세종대에 조선의 세계적인 발명은 한글과 측우기 등 29건이었는데 중국은 5건, 일본은 단 한 건도 없었다. 세종조에 위대한 발명들이 얼마나 많이 나왔는지 새로 나온 발명 건수만 무려 5천 건에 달했다.

"헌데 저 일련의 그림들은 좀 이상하군요."

박어둔은 연필로 그린 담채색의 그림을 보고 말했다.

"저 그림들은 르네상스기 그림이 아니고 그 이후인 지금부터 50년 전에 루벤스가 연필로 베네치아인들의 일상생활을 연속적으로 화폭에 담아낸 것이다."

그림 속 물의 도시 베네치아 거리는 흥청대고 있었다. 베네치아인들은 시장에서 물건을 흥정하고 있고 미로 같은 수로 위로는 곤돌라가 지나가고, 시설이 잘된 목욕탕에는 베네치아 여자들이 목욕을 하는 모습이 관능적으로 그려져 있다.

창녀의 집에서는 남녀의 교합소리가 들려오는 듯한 다양한 체위의 그림이 그려져 있다. 트임새가 많은 옷을 입은 창녀들이 앉아 있고 옆방 대기실에는 손님들이 대기 번호표를 뽑아 차례를 기다리고 있다. 그 얼굴들의 모습이 부끄러움과 호기심과 기대감, 죄의식 등이 어우러진 절묘한 표정들이다. 손님 얼굴 중에 화가인 루벤스의 초상도 들어 있지 않나 생각이 들었다.

"이곳에서는 남녀 간의 사랑을 심장에 화살을 꽂는 것으로 그리는데 저 창녀의 집 간판을 보렴. 심장이 아니라 바로 여자의 엉덩이 아닌가? 심장이나 엉덩이에 박힌 화살은 남근을 상징할 수 있겠지. 루벤스는 호기심이 많은 작가였나보다. 저기 건넌방에 조선인을 그린 그림도 하나 있지."

옆방에는 루벤스가 그린 초상화 한 폭이 걸려 있었다. 그림 속의 남자는 유럽의 의상이 아니라 한복을 입고 있었다. 완전하게 채색되지 않은 드로잉 작품에 불과했지만 대가의 솜씨와 위엄이 느껴지는 작품이었다.

아버지는 이 그림을 보여주기 위해 여기로 온 것이다.

"이 사람이 안토니오 코레아다. 우리보다 한 세대 일찍 이곳으로 온 분이지."

그림은 크지 않지만 연필로 그린 드로잉화로 세밀한 선과 동양적인 얼굴 윤곽선이 뚜렷하게 나타나 있었다.

안토니오 코레아는 조선 동래부 내상 출신으로 조선이름은 안돈오이다. 안돈오는 정유재란 때 어린 나이로 일본에 포로로 끌려가서 그곳에서 이탈리아 상인 카를레티를 만났다. 그를 따라 이탈리아 베네치아에 와 가톨릭에 입문하고 세례명으로 안토니오를 받고 성을 코레아 했다. 안토니오 코레아는 카를레티의 동업자가 되어 아시아 바다를 떠돌아다니다 이탈리아로 돌아가 베네치아에 정착하게 되었다. 베네치아에서 유리세공 기술을 배워 공방을 차려 번 돈으로 무역회사인 베네치아 극동회사를 설립해 아시아를 상대로 무역을 하여 큰돈을 벌었다.

조선인 안토니오 코레아가 운영하는 베네치아 극동상단은 한때 이탈리아 베네치아를 출발해 아프리카를 돌아 아라비아 아덴, 인도 캘리컷, 말라카 해협을 지나 동남아 팔렘방, 중국의 양주, 대만의 안핑, 일본의 나가사키까지 운행했다. 안토니오는 정지룡, 정성공 부자와 절친한 사이였고, 조선의 소금장수 박기산과도 교분을 나눴다.

"나의 대부였고 사업적인 조언을 많이 해주신 분인데 안타깝게도 얼마 전에 돌아가셨다."

"저도 여기까지 오면서 그분의 행적에 관한 이야기는 몇 차례 들었습니다."

"아들아, 옥상으로 올라가자."

"여기가 울산의 태화강 언덕 높이만큼 되겠는데요."

"앞에 강처럼 대수로도 있고 날도 어스름한 게 꼭 그날 같다."

마치 둘이 약속이나 한 듯 대금을 꺼냈다.

태화강 언덕에서 대금소리를 들은 이후 박어둔은 신비한 대금소리에 매료되어 울산의 대금 명인을 찾아 대금을 배웠다.

아버지가 말했다.

"객지에서 외로움을 달래는 데는 이만한 악기는 없지?"

"그렇죠."

둘은 대금합주를 했다. 지구 반대편에 떨어져 있어도 음악은 하나인 것인가. 말이 필요없었다. 별리의 한과 상봉의 기쁨을 둘은 대금소리로서 서로 주고받았다.

대금 연주가 끝난 뒤 박기산이 박어둔에게 말했다.

"난 외로울 때 여기서 대금을 불었지. 대금 소리를 실은 베네치아 수로의 물이 지중해, 대서양, 인도양, 태평양, 동해의 태화강으로 거슬러 올라가 울산 청남당 종가집에 닿을 거라 생각하며 대금을 불었지."

"바닷물은 아무리 멀어도 하나로 연결되어 있지요."

"같은 핏줄은 아무리 떨어져 있어도 서로 통하지."

"어떻게 그것을 알 수 있어요?"

"내가 태몽으로 꾼 고래가 대경호의 깃발에 그려져 있는 것만으로 알 수 있지."

배네치아의 대수로에는 배와 곤돌라들이 끊임없이 오르내리고 부자간의 대화도 끝이 없었다.

다음 날 박어둔은 코리아무역회사로 고향사람들을 데려가 아버지에게 인사시켰다.

"여기, 대경호 행수 안용복은 김도상의 조카입니다. 이쪽은 양비의 아들 부선장 양담사리고, 여기 털이 많은 사람은 김정대의 아들 일등항해사 김가을동입니다. 김도상의 아들, 갑판장 김득생, 이달의 아들, 의생 이환입니다. 이들은 모두 뛰어난 인재들이자 뱃사람으로, 대경호가 이곳까지 오는데 큰 역할을 했습니다."

"오, 정말 반가운 얼굴들이군. 먼 길을 오느라 수고들 많았소. 헌데 혹시 울산에 옥동공방을 한 서충지의 아들은 오지 않았는가?"

김가을동이 말했다.

"아버님, 서충지의 아들은 사수장 서화립인데 지금 몸 상태가 좋지 않아 치료를 받는 중이라서 오지 못했습니다. 아버님께 꼭 안부 전해달라고 부탁하더군요."

"그래. 모두들 우리 아들 따라 이곳을 오느라 얼마나 고생이 많았나. 오늘은 내가 한 턱을 낼 테니 마음껏 드시게."

박기산은 산 마르코광장의 레스토랑으로 데려가 스테이크, 스파게티, 피자에 고급 프랑스 와인 보르도 블랑을 주문해 대접했다.

베네치아에서 일주일이 번개가 스치듯 빠르게 지나갔다. 안용복은 그동안 아시아에서 구입한 물품을 평균 30배의 가격으로 팔았으며 그 수익금으로 아시아에 필요한 물품을 사서 선적했다. 베네치아에서 판 물건은 후추, 향신료, 면직물, 비단, 도자기, 설탕, 차, 약재, 염료, 초석, 철, 구리였고, 베네치아에서 산 물건은 은, 유리제품, 보석, 향수, 귀금속, 대포, 소총, 화약, 나침반, 모래시계 등 항해 도구였다. 박어둔의 지시로 배의 선창을 모두 강화 유리창으로 바꾸었다.

박어둔은 아버지 박기산에게 말했다.

"아버지, 저는 귀국하려고 합니다."

"일주일이 하루처럼 느껴지는구나."

"아버지는 저와 함께 조선으로 가시지 않겠습니까?"

박기산은 머리를 흔들며 말했다.

"네가 더 잘 알 거야. 이 애비는 이곳에서 세례를 받고 두 번이나 결혼하고 딸까지 낳았다. 나에게 새로운 조국이 생긴 거지."

조국을 배반했다고 단정할 수 없었다.

"알겠습니다."

"조선으로 돌아가는 너에게 마지막 부탁이 있다."

"뭡니까?"

"세례를 받고 떠나거라."

"세례를 받으라고요?"

종교문제로 아버지와 한 번은 부딪힐 거라고 생각은 했다. 그런데 이렇게 단도직입적으로 나오리라고는 생각하지 못했다.

박어둔은 아버지의 충격적인 제안에 조용하게 답했다.

"아버지, 전 공맹을 신봉하는 유자입니다. 어찌 기독교인이 되라

하십니까?"

"기독교는 큰 종교다. 나는 하나님의 특별한 은총의 빛 속에서 행복하게 살고 있다. 하지만 유교는 양반과 상놈, 남자와 여자로 나눠 사람을 차별하고, 조상귀신을 섬기는 제사와 허례허식을 강조한다. 공허한 이기논쟁과 형식적인 예송논쟁에 빠져 백성의 민생은 돌보지도 않는다. 그게 무슨 종교라 할 수 있겠는가."

"아버지, 제가 많은 나라를 돌아보았지만 부모와 노인을 공경하고, 법과 질서를 준수하며, 매일 자기를 성찰하는 데는 조선의 유가만한 사상이 없었습니다. 제가 부모를 공경하는 유가적 생각이 없었다면 이곳까지 아버지를 찾지 않았을 겁니다."

아버지의 신념은 확고했다. 그는 하나님의 특별한 은총의 빛 속에서 살아가고 있다고 말했다.

"아들아, 난 너의 육신의 아비뿐만 아니라 영적인 아버지가 되고 싶다."

아버지는 간곡한 눈빛으로 말했다.

박어둔은 앞으로 다시는 못 볼 아버지의 유언 같은 말씀을 거역할 수 없었다.

"알겠습니다. 세례는 받겠지만 제 신앙은 별개입니다."

"그것만으로도 족하다."

박기산은 아들 박어둔을 베네치아의 산 마르코성당으로 데리고 갔다.

산 마르코성당은 유럽의 성당 중 유일하게 비잔틴 양식으로 지어진 건물이다. 원래 화려한 모자이크로 만든 비잔틴 양식은 악마적인 이슬람 양식으로 규정돼 로마 교황청이 금지한 건축양식이다. 베네치아인들이 산 마르코성당을 비잔틴 양식으로 지을 수 있었던 것은 베네치아가 교황의 검은 돈을 세탁해주는 돈줄이었기에 가능했다.

"이 땅은 밀물 때면 바닷물로 적시게 되지. 허긴 죄 많은 베네치아 거리는 매일 세례를 받아야 하지"

부자는 산 마르코성당으로 들어갔다. 성당건물은 대리석이고 벽화와 천장화는 황금 모자이크로 입혀 장관이었다. 거대한 열주들과 아치형 회랑, 그리고 합창단의 장엄한 음악이 울리는 궁륭.

그곳에는 돈 카를로 신부와 그의 대부인 베네치아 총독이 미리 와 있었다.

웅장한 성당에서 세례식이 거행되었다.

몇 가지 신앙에 관한 질문이 있었다. 박어둔은 자신의 신앙과 관계없이 아멘으로 대답했다. 아버지의 소원을 들어주기 위한 효도에 의문을 달고 싶지 않았다.

돈 카를로 신부는 만족한 얼굴로 물잔을 박어둔의 머리에 쏟으며 세례를 베풀었다.

"프란체스코 박어둔, 그대에게 성부와 성자와 성령의 이름으로 세례를 주노라."

박어둔은 물의 찬 기운인지 성령의 기운인지 몰라도 온몸에 전율이 일며 모골이 송연했다.

박어둔은 베네치아의 산 마르코성당에서 프란체스코란 이름으로 세례를 받았다.

세례가 끝나자 박기산이 박어둔에게 말했다.

"마가의 뼈가 묻힌 이 성당에서 세례를 받은 것을 축하한다."

마가는 예수의 열두 제자 중 하나였다. 예수가 체포될 때 위기가 닥치자 홑이불을 던져버리고 알몸으로 도망갔다. 삼촌 바나바와 바울의 도움으로 다시 용기를 얻은 마가는 지중해 선교에 삼촌과 함께 하기도 했다. 마가는 바울의 죽음을 지켰고, 제2복음서인 마가복음을 기록했다. 말년에는 알렉산드리아 교회를 세웠고, 알렉산드리아에서 선교활동을 하다 순교했다. 마가의 뼈를 베니스 상인들이 알렉산드리아에서 가져와 이곳에 마가를 기념하는 교회를 세운 것이다.

박어둔은 세례를 받은 뒤 성서 마가복음을 뒤적이며 읽어보았다. 이해가 가지 않은 대목도 있었지만 대체로 심금을 울리는 말들이 많이 기록되어 있었다.

'심령이 가난한 자는 복이 있다. 천국이 저희 것이다.'

'원수를 사랑하라. 누가 네 오른뺨을 때리거든 왼뺨도 내밀어라'

'수고하고 무거운 짐진 자들아. 다 내게로 오라. 내가 너희를 쉬게 하리라.'

죽었다가 사흘만에 부활했다는 예수가 한 마지막 말이 의미심장했다.

"너희들은 모든 종족을 네 제자로 삼고 땅 끝까지 이르러 내 증인이 되라."

이 마지막 구절 때문에 기독교인들이 땅끝으로 생각하는 아시아로 아메리카로 해외선교에 목숨을 걸고 나서는 듯했다.

아버지 박기산의 권유에 의해 세례를 받은 박어둔은 조선으로 돌아가는 배에 올랐다.

"네 어머니에게 안부를 전해줘."

그 말을 할 때 아버지 박기산의 눈에 이슬이 비쳤다. 다시 만날 기약 없이 떠나는 박어둔의 심정도 마찬가지였다. 출항일, 비마저 부슬부슬 내려 마음이 아프고 안타까웠다. 박어둔은 항구에서 아버지에게 마지막으로 큰절을 올리고 배에 올랐다.

베네치아에서 흩어진 조선인들은 다시 모였다. 167명이 출발했고 베네치아에 들어왔을 때 180명이었다. 그런데 지금 승선한 사람은 120명이었다.

이치로와 월희 부부는 베네치아에서 아이를 낳고 이곳에서 정착하기로 했다. 이런 저런 이유로 60명이 베네치아에서 어디론가 흩어져 돌아오지 않았다. 배에는 뜻밖에도 당돌한 처녀 베로니카가 타고 있었다.

박어둔이 베로니카에게 말했다.

"아버지의 허락을 받았어?"

"내가 아버지의 고향 조선으로 간다고 말씀드리니까 '나 대신 가라'고 기꺼이 허락했어요."

"여행이 힘들 텐데. 로마에 갈 때까지 다시 한 번 생각해봐."

"해가 동쪽에서 뜨는 한 내 마음은 바뀌지 않을 거예요."

대경호는 베네치아를 떠나 로마의 입구 티베르 강으로 거슬러 올라갔다.

강 좌우로 난 나즈막한 소나무산과 벼가 심어진 들의 풍경은 조선의 땅과 크게 다를 바 없는 풍경으로 친숙하고 다정하게 다가왔다. 산자락마다 집들이 드문드문 외롭게 지어져 있다. 아름다운 고성들과 집들이 많이 보였다. 박어둔은 올리브농장과 포도농장을 지나 걷다가 날이 어두워지면 농가에 머물렀다. 길가 곳곳에 우산소나무와 포도나무가 심어져 있었다. 우산소나무는 행군하는 길에 심어 그늘을 만들어 쉬고, 포도나무는 현지에서 심어 포도주를 만들어 먹었다고 했던가.

교황과의 만남

대경호는 티베르 강 선착장에 정박하고, 검역을 통과한 뒤 선원들은 각각 로마관광에 나섰다. 박어둔은 베로니카를 따라 알폰소 공작을 만나러 가고 있었다. 베로니카가 안내한 곳은 로마의 일곱 개 구릉 중 가장 오래되고 중심에 있는 코르소 거리였다. 코르소에는 철학왕 마르쿠스 아우렐리우스가 도나우 강 연안의 부족들을 쳐부수는 장면이 높은 기둥에 돋을새김이 되어 세워져 있었다. 이교도적 문양의 기둥이 그리스도교도들의 약탈 속에서도 온전히 보존된 이유는 이 기둥이 교황청 재산이었기 때문이란다.

베로니카는 마르쿠스 아우렐리우스 기둥을 지나 바로크 양식의 웅장한 팔라초 궁전으로 들어갔다.

박어둔이 베로니카에게 물었다.

"여기가 로마를 통치하는 알폰소 공작의 저택인가?"

"맞아요. 그는 로마 교황의 후원자이기도 하지요."

박어둔은 아버지의 소개로 팔라초 궁전에서 알폰소 공작을 만났고 알폰소 공작은 흔쾌히 박어둔과 함께 바티칸에 들어가기로 했다.

로마 교황이 머물고 있는 바티칸 궁전은 전 세계 가톨릭 신자를 결집시키고, 그들의 지지를 받는 강력한 신앙의 구심체일 뿐만 아니라 실질적으로 이탈리아, 프랑스, 스페인, 포르투갈과 유럽을 통치하는 중국의 황제와 같은 위치였다.

박어둔은 알폰소 공작과 성 베드로 성당을 걸어가면서 유럽을 실질적으로 지배하고 있는 교황청의 위엄을 바티칸 입구에서부터 느꼈다. 성 베드로 성당의 거대한 열주와 높은 천장은 박어둔을 왜소하게 만들었다. 기둥 하나를 깎아 만드는데 70년이 걸린다는데 그 거대한 기둥을 수백 개의 열주로 세워놓았다.

수많은 대가들의 걸작들이 통로의 바닥과 벽과 천장에 도배되어 있어 박어둔은 마치 몽환포영(夢幻泡影) 속을 걷는 듯한 느낌이었다.

알폰소 공작이 시스티네 성당의 천장화를 가리키며 말했다.

"수많은 명작들 중에서도 미켈란젤로의 이 천장화가 단연 압권입니다. 보면 볼수록 마치 하늘 속으로 깊이 빨려 들어가 천지창조와 최후의 심판에 동참하는 느낌이 들지요."

"그렇군요."

"웅장하면서 과장되지 않는 차분한 청색 아닙니까? 전체구도에 이렇게 적절하게 그린 그림은 미켈란젤로밖에 없지요."

알폰소는 또 다른 미켈란젤로의 작품인 피에타를 소개했다. 종교성이 없는 박어둔이 봐도 한눈에 명작임을 알아보았다. 예수의 죽음 앞에 눈물 흐르듯 흘러내리는 부드러운 대리석, 아들보다 젊어 보이는 어머니 소녀 마리아의 비통함이 느껴졌다.

거대한 바티칸의 위용에 충격을 받고 교황실로 들어갔다. 많이 걸어서인지 모르겠지만 무릎에 힘이 빠지고 정신은 흐느적거리고 있었다. 거대한 규모의 궁전과 어마어마한 예술적 성취, 무한히 뻗쳐오르는 인간의 창작적 능력, 이런 것에 비하면 자신이 얼마나 모래알만큼 작은지 몰랐다. 알현 전에 이토록 사람의 혼을 빼놓은 것이 어쩌면 교황의 노림수일지도 모른다.

박어둔은 알폰소와 함께 교황실로 들어갔다. 박어둔은 교황 인노첸시오 12세를 보고 놀랐다. 박어둔이 생각한 권위적인 모습의 교황이 아니었다. 머리에는 왕관 대신 남바위 같은 모자를 썼으며 옷도 양반 대갓집의 두루마기보다 나은 것도 없었다.

박어둔은 베드로 어부의 의자에 앉아 있는 교황에게 큰절을 했다.

"조선에서 온 박어둔이라고 합니다."

교황이 의자에서 일어나 팔을 벌리며 다가와 안으며 말했다.

"형제여, 먼 곳에서 오느라 고생 많았지요."

"아닙니다. 교황 성하를 뵙겠다는 일념으로 피곤한 줄 모르고 달려왔습니다."

"조선왕의 친서를 가지고 왔다고요?"

"예, 조선국왕이 교황님과 친선과 교역을 하기 원하는 친서이옵니다.”

박어둔은 교황에게 조선왕의 친서를 바치고 강리도와 앙부일구를 선물했다.

“조선의 지도와 시계군요. 고맙소. 조선이 동방의 문명국이라는 걸 나도 일찍이 들어 알고 있소. 알폰소 공작으로부터도 얘기를 들었소. 헌데 박어둔 선장은 소현세자를 아오?”

“예, 알고 있습니다. 중국에서 예수회 선교사인 아담 샬과 교류하면서 천구의와 천문서, 천주상을 들고 귀국했으나 병으로 일찍 죽어 왕이 되지 못했습니다.”

“우리 로마 교황청으로서는 참으로 아까운 인물이오. 아담 샬은 소현세자를 조선인이 가장 존경하는 세종대왕과 같은 인물이 될 것이라고 말했소. 그가 왕이 되었으면 우리 교황청과 조선 모두에게 좋았을 텐데.”

교황은 전 세계 가톨릭 신자의 구심점답게 극동의 일까지 두루 꿰고 있었다.

인노첸시오 12세는 빈자의 교황이라고 할 만큼 가난한 자를 위한 정책을 많이 내놓았다. 그는 가난한 청소년을 위하여 성미카엘 병원을 증축하고 라테란 궁전을 무직자의 휴식처로 개방하였다. 매관매직을 줄이고 족벌주의를 금했으며 쓸데없는 지출을 줄이고 청빈하게 생활할 것을 강조했다. 그는 특히 해외 선교에 관심이 많아 베네딕트 수도회와 프란체스코수도회의 해외진출에 지원을 많이 하였다.

"형제의 가는 길에 평화가 있기를 기원합니다."

"고맙습니다. 교황 성하."

박어둔은 교황에게 인사를 올리고 나왔다.

교황이 조선왕에게 주는 선물은 신성의 권위와 신의를 뜻하는 황금 촛대와 은잔이었다.

교황의 친서에는 조선왕과 친선과 교류를 희망하는 진심이 담겨 있었다.

친애하는 조선의 왕께

주님의 이름으로 문안 올립니다.

지구의 반대편 먼 곳에서 박어둔 어사를 통해 친선과 교역의 친서를 보내주시니 고맙습니다. 로마교황청은 조선과 상호 호혜적인 교류를 하기를 희망합니다. 교황청 산하의 기독교 국가들은 모두 조선과 교역하는 것을 허가합니다. 앞으로 우리 선교사들도 조선에 입국해서 주님의 신앙을 포교하기를 희망합니다. 조선은 일본 문명의 뿌리로 알고 있습니다. 귀국이 더욱 번창 발전하여 로마 교황청과 더욱 빈번히 교류하기를 원합니다. 주님 안에서 늘 강녕하시길 기원합니다.

로마교황 인노첸시오 12세 수결

박어둔은 사자를 포획하고, 로마 교황 친서를 받아 두 가지 왕명을 수행했다. 이제 일본 관백의 서계만 받으면 되었다.

그는 바티칸을 나와 콜로세움을 보았다. 콜로세움도 얼마나 웅장하고 거대하던지, 바티칸 안에서처럼 박어둔은 점점 작아지는 느낌이 들었다.

그러나 박어둔은 왕과 만난 경복궁이 떠올랐다. 경복궁은 로마의 바티칸이나 중국의 자금성보다 크기는 작지만 인왕과 북악 두 산을 아우르고, 한강이라는 자연과 어우러진 우리만의 절묘한 공간 속에 지어져 있는 위대한 도성이다. 조선이 가지고 있는 인간과 자연과의 조화, 자연 속에서의 공간미, 곡선의 아름다움, 영혼의 따뜻함은 서양 사람들이 흉내낼 수 없는 황금과 같은 부분이다. 서양의 건축물에는 하늘과 땅만 있을 뿐 자연은 없었다.

박어둔은 로마를 나오면서 생각했다.

'로마는 위대하고 조선도 위대하다. 스스로를 업신여기는 자는 스스로 망하게 되는 법이다.'

세계일주 귀국

　로마에서 알폰소와 헤어진 박어둔은 티베르 선착장의 대경호로 돌아왔다. 선원들은 아직도 로마에서 돌아오지 않았다.

항해일지

병술 13일 맑음

잔잔한 지중해에 하루 종일 동풍이 세게 불었다.

항해에서 반환점을 돈 지금 가장 확신에 차야 할 강수인 내가 회의에 빠진다.

오늘 배에서 겁간사건이 벌어졌다. 잠자는 요리사를 술에 취한 이등고공 석달호가 겁간했다. 몸바사에 이어 두 번째다. 마음 같아서는 석달호를 칼로 베어 본보기를 보여주고 싶었으나 태형으로 끝냈다.

나가사키에서 이중 간자 노릇을 했던 임인수는 부사무장으로 임명했으나 사무장에 복직되지 않은 것에 대해 불만을 토로했다고 한다.

베네치아에서 많은 사람들이 타고 내렸다. 우리 선원들에게 그동안의 노고에 따른 합당한 보상을 했다. 하지만 그중 일부는 불만을 품고 배의 창고에서 물건을 훔쳐서 내렸다고 한다. 항구에 닿을 때마다 개별적으로 밀거래하는 선원들이 있다. 모두를 다 단속해 목을 베거나 처벌할 수는 없다. 몇 명만 잡아 본보기로 태형을 치곤했다.

석달호, 이인성, 임인수, 양담사리, 심지어 김득생까지 나에 대해 해괴한 말을 하고 다닌다고 하니 좁은 배 안에서 분열이 일어날까 염려스럽다.

과연 이 배는 무사히 귀환할 수 있을 것인가.

나는 갈 수 있다고 결론을 내렸다. 다음과 같은 이유로,

첫째, 조선의 한선은 융극, 다우, 갤리온, 카라벨, 푸카, 지벡과 비교해 성능과 견고성에서 조금도 뒤떨어지지 않는다. 그 배들이 아시아항로와 인도, 아프리카 항로를 다녔고 마젤란은 돛대 세 개의 갤리온을 타고도 세계일주를 하지 않았는가. 우리라고 못할 게 없다.

둘째, 선원들이었다. 믿음직스럽지만 염려스러운 부분이기도 하다. 장거리 항해를 경험한 사람은 몇 되지 않는다. 하지만 간부선원을 비롯해 일반선원 모두 우수한 자질을 가지고 있다. 하지만 벌써 인내심의 바닥을 보이는 자들이 있다. 강수인 내가 부족한 탓이다.

셋째, 경제적 동기이다. 선원들은 이번 항해를 성공시켜 한몫 잡겠다는 생각을 공유하고 있다. 이 생각을 만족시켜 주는 안용복 행수가 있어 이번 항해는 무엇보다 성공할 가능성이 높다.

앞으로 갈 일만 생각하니 뒤에 두고 온 사람들을 잊고 살았다. 임금께 망

궐례를 하고 천시금과 동해의 얼굴을 그려 벽에 붙여 놓았다.

베네치아를 떠난 지 이틀만에 겁간사건이 발생했다. 겁간당한 여자는 주점에서 동웨이를 대신해서 일하는 예분이었다. 캄캄한 그믐밤에 누군가 술에 취해 잠자는 예분이를 겁간했다. 여자는 술이 되어 누구에게 겁간당했는지 알 수 없었다.

박어둔은 은밀하게 자신을 찾아와 겁간을 호소하는 예분이에게 물었다.

"어젯밤 언제 어디에서 그 일이 발생했는가?"

"주점 일이 끝나고 주점이 문 닫을 때까지 술을 마셨으니 해시쯤 되었을 거예요. 제 방에 들어와 엎어져 자는데 누군가 수건으로 제 입을 틀어막고 뒤로 제 팔을 묶었습니다."

"마지막으로 누구와 무슨 일로 술을 마셨는지 말해보게."

"최봉언과 월희가 제 생일이라며 술을 사주었습니다."

"범인의 인상착의나 몸의 특징이 생각나지 않는가?"

"한 치 앞도 안 보이는 그믐밤에다 저도 술이 되었고 해서 아무 것도 보지 못했어요. 목소리도 듣지 못했어요."

"그 자가 남기고 간 수건과 노끈은 남아 있을 것 아닌가."

"그래요. 수건은 하얀 무명수건이고 노끈은 짐을 묶는 마 밧줄이었습니다."

"누가 당신을 풀어주었는가?"

"오늘 아침 묘시에 조리장 월희가 와서 풀어주었습니다."

월희는 하영을 대신해서 조리장을 하고 있었다.

"당신이 의심이 가는 남자가 있는가?"

"정말 모르겠어요. 나와 원한이 있는 사람은 없는 것 같고 제가 짝사랑하는 사람은 한 명 있습니다."

"누군지 물어봐도 되겠나?"

"말할 수 없습니다. 헌데 강수님에게 말씀드리기 참으로 부끄러운 이야기입니다만 하나 말해도 될는지……."

"말해 보거라."

"그 자의 거시기에 무언가 이물질이 박혀 있는 느낌을 받았습니다."

"그게 가장 중요한 이야기야. 그래서 아까 몸의 특징을 묻지 않았나? 용기를 내줘서 고맙네. 예분이 당분간 푹 쉬면서 마음을 다스리게. 범인은 반드시 잡아 처벌하겠네."

박어둔은 김가을동과 김득생에게 남근에 구슬을 박은 사람이 누가 있는지 은밀하게 조사하게 했다. 용의자는 세 명으로 압축되었다. 세 명의 그날 밤 행적을 조사했다. 두 명은 다른 두 명과 짝을 맞춰 밤새 선실에서 노름을 한 것으로 밝혀져 범인은 이등고공인 돛대잡이 석달호임이 드러났다. 그의 방에 무명수건이 없었고, 예분이 묶은 노끈이 삭구에서 잘라낸 것이라는 증거도 나왔다. 김가을동이 석달호를 취조해 자백을 받아내었다.

박어둔은 전 선원들을 불러 모아 갑판 광장에서 공개적인 재판을 했다.

박어둔은 무릎을 꿇은 석달호에게 추상같이 말했다.

"석달호, 너는 이번 겁간사건의 범인인 것을 인정하느냐?"

"예. 하지만 그날 만취되어 기억이 잘 나지 않습니다."

"변명은 필요없다. 왜 그 여자를 겁간하였느냐?"

"평소 혼자서 좋아했는데 술에 취해 저절로 발길이 그리로 가서 우발적으로 그런 행동을 했습니다. 죄송합니다."

"우발적이 아니다. 미리 준비한 수건으로 입을 틀어막고 노끈으로 손을 묶었다. 치밀하게 계획한 범행이다."

"강수님, 용서해 주십시오. 술이 원숩니다."

"더 할 말이 있느냐?"

"없습니다."

"석달호에 대한 판결을 내리겠다. 지난번 몸바사에서 저지른 겁간 사건으로 근신 중인데도 이번 겁간 사건을 일으켜 중벌을 면할 수 없다. 본인은 만취한 상태에 저지른 우발적 행동이라고 주장하나 수건과 노끈을 준비한 것으로 보아 계획적인 범행이다. 서로 존중하고 보호해줘야 할 한 배의 식구를 겁간한 석달호의 죄는 대명률에 따라 참수해야 마땅하다. 하지만 평소 맡은 일을 열심히 하고 예분이에게 일정한 정도로 물질적으로 보상했고 동료와 피해자 모두가 선처를 요구하고 있으므로 태형 30대와 감금 한 달을 선고한다."

집행관은 김가을동이었다. 곤장으로 치는 태형은 뼈가 부러지는 등 부작용이 있어 안남 회안에서 10동을 주고 말린 코끼리 음경을 구입한 이후 그것으로 곤장을 쳤다. 김가을동이 석달호의 엉덩이를 서른 대 매질한 후 지하 선적실 한구석에 있는 감옥에 집어넣었다.

박어둔은 선원들에게 말했다.

"만약 또 이런 일이 벌어지면 다음에는 형률대로 참수로 다스리겠다. 아무리 좋아해도 비역질은 용서할 수 없다. 우리는 함께 배를 탄 동지들이다. 스스로를 업신여기지 말라. 꼭 명심하도록! 알겠는가?"

"예."

한번 항구를 떠나면 수십 일에서 수 개월간 배에 갇혀 지내야 하는 선원들은 발정한 짐승처럼 여자들 주위를 얼씬거렸다. 서로 배짱이 맞으면 하룻밤을 즐겁게 보낼 수도 있다. 박어둔이 은밀하게 파악한 바로는 30명의 여자 중 몇을 제외하고는 연애를 하고 있으며 몇몇 여자는 돈을 받고 매춘을 한다는 소문도 돌았다. 그러나 남자 100명 여자 20명으로 성비가 맞지 않았다. 욕구를 해결하지 못한 선원들은 배가 항구에 닿으면 선창가로 가 기생이나 우연히 만난 뜬계집과 회포를 풀었다.

어느 항구를 가도 여자들이 있었다. 귓불에 딸랑거리는 귀고리, 반쯤 드러낸 풍만한 유방, 두툼한 입술과 드러낸 허벅지. 첫눈에 식별이 가능한 여자들이 기다리고 있었다. 그 여자들이 없으면 배에서 겁간사건이 연일 이어질 것이다.

선원들 중에는 성적 취향이 다른 사람도 있었다. 한 배를 타고 오랫동안 있다 보면 남자들끼리 정이 들 때도 있다. 동료 간에 서로 몸을 부딪치고 손길이 닿으면서 야릇하고 짜릿한 느낌을 받을 때가 있다. 그것에서 한 발 더 나아가는 순간 사람이 더러워진다. 비역으로 인해 배의 질서와 단합이 깨어지고 나중에는 치정사건까지 발생하게 된다. 법으로 엄히 다스리지 않으면 안 된다.

스페인 타리파

대경호는 다시 지중해 관문이 헤라클레스의 두 기둥에 도착했다. 배는 스페인남단을 최초로 점령한 이슬람 장군 타리파의 이름을 딴 타리파 항구에 들어가 짐을 풀었다. 그들은 타리파 시장에서 첫날 거래에서 막대한 수입을 올렸다. 향료와 후추, 캘리코 천에서 나는 평균 수익률은 근 50배나 되었다.

선원들은 타리파와 그 배후도시인 플라멩코와 투우의 발상지인 세비야로 갔다.

박어둔은 세계에서 가장 크다는 웅장한 산타마리아 대성당으로 갔다. 멀리서 보니 교회 건물 하나가 마치 도시를 이룬 거대한 성채 같았다. 세비야의 산타마리아 대성당은 원래 이슬람 사원이 있던 자리에 착공하여 무려 백여 년에 걸친 공사 끝에 완공되었다. 문이 넓고 계단의 경사가 완만해 일부 스페인 귀족들은 말을 타고 성당 안으로 들어가 바로 이층 발코니로 올라가 세비야 성읍을 둘러볼 수 있었다.

박어둔과 선원 일행들은 거대한 열주가 높은 천장을 받치고 있는 성당 안으로 들어가면서 마음이 숙연해졌다. 유럽인들이 신봉하는 야소교를 믿지 않더라도 저절로 경건한 분위기에 압도되어서 고개가 숙여졌다. 동서양 어디를 가든 인간영역에 신이 개입한 흔적들을 볼 수 있었다.

　　그들은 회랑을 따라 걸어가 성물보관소를 둘러보았다. 성물보관소 한가운데에는 황금으로 만든 기이한 성물이 있었다. 황금 종탑의 모양인데 그 안에는 예수가 십자가에 달릴 때 썼다는 가시관의 가시가 하나 보관되어 있었다. 이곳을 찾아온 많은 사람들이 그 성물 앞에 무릎을 꿇고 눈물을 흘리며 기도하고 있었다.

　　박어둔은 이 모습을 보면서 석가모니 부처님의 이빨을 모셨다는 스리랑카의 불치사원을 생각했다. 성인들이 남긴 흔적 한 점이라도 접해서 그들이 도달한 세계에 닿으려고 하는 인간의 욕망을 볼 수 있었다.

　　박어둔은 생각했다.

　　'가시 하나, 이빨 하나, 발자국 하나라도 온전히 진리에 이를 수 있는 길이라면, 내 한 몸으로 도를 닦으면 어찌 진리에 닿지 못하겠는가.'

　　성물보관소를 지나 최초로 아메리카를 발견했다는 콜럼버스의 관이 안치되어 있는 곳으로 갔다. 기이하게도 그의 관은 네 명의 스페인 왕이 어깨에 메고 있어 공중에 떠 있는 형국이었다. 왜 그의 관이 이런 모습으로 있는가? 콜럼버스는 '죽어서는 결코 스페인 땅에 묻히지 않겠다'고 유언으로 남겼기 때문이다. 그의 유언대로 그의 시신은 허공에 뜬 채 있어 스페인 땅에는 묻히지 않았다.

가덕사람 원중태가 스페인에서 죽었다. 그는 선상 생활에 적응을 하지 못했다. 남들보다 배 멀미가 심했고 눈에 황달기가 있었다. 그럼에도 술과 담배는 끊이지 않고 마시고 피워댔다. 이환이 진단해보니 간에 쇠와 구리가 차서 굳어지는 간경화였다. 간에 좋은 편자황을 처방하고 맥문동, 천궁, 구기자, 결명자를 달인 약차를 지속적으로 복용케 했으나 술을 달고 있으니 병이 호전되지 않았다. 결국 그는 이역만리 스페인 세비야에서 죽어 한 줌의 흙으로 돌아갔다. 뇌헌의 집례로 화장을 하는 불교식 장례를 치렀다. 그는 장작 위에서 한 줌의 연기가 되어 스페인 하늘로 사라졌다.

박어둔은 콜럼버스라는 사람에 대해 곰곰이 생각해보았다.

콜럼버스는 대서양을 가로지르면 바로 인도에 닿을 수 있다고 확신했다. 콜럼버스는 그의 꿈을 실현시키기 위해 1484년 포르투갈 왕 주앙 2세에게 항해 계획을 제안했지만 거절당했다. 잉글랜드와 프랑스 왕실에도 찾아갔지만 거절당하기는 마찬가지였다. 콜럼버스는 2년 후 에스파냐 이사벨1세에게서 지원 약속을 받아냈다. 마침내 1492년 8월 3일 콜럼버스와 선원들을 태운 배 세 척이 항해를 시작했고, 며칠 안에 인도에 도착하리라던 콜럼버스의 장담과는 달리 선원들은 한 달이 넘도록 이어지는 망망대해에 지쳐갔다. 그해 10월 12일, 두 달도 더 걸린 항해 끝에 콜럼버스와 선원들은 신대륙에 도착했다. 쿠바인 이곳이 서인도라고 믿었던 콜럼버스는 원주민을 인디오라고 불렀고, 그들이 피우던 담배를 유럽에 소개했다. 그는 신대륙에 4차 항해까지 했지만 원하던 황금과 향신료는 얻지 못하고 대신 노예들만 붙잡아왔다. 설상가상으로 그를 후원하던 이사벨 여왕이 사망하면서 콜럼버스의 말년은 더욱 비참해졌다. 그는 스페인에서의 심한 좌절 끝에 고향인 이탈리아로 돌아가고 싶어 '죽어서는 결코 스페인 땅에 묻히지 않겠다'고 유언을 했다.

원중태와 콜럼버스 모두 집착을 끊지 못했다는 점에 똑같은 중생들이었다.

박어둔은 뇌헌이 극락왕생을 비는 장엄염불을 할 때 육조 혜능의 '오도송(悟道頌)'을 나직히 읊어보았다.

菩提本無樹　깨달음은 본래 나무가 아니요
明鏡亦非帶　거울 또한 거울이 아니라네
本來無一物　본래 한 물건도 없는데
何處惹塵埃　어디에서 티끌이 일어나랴

우리 모두는 거울(마음)도 없고 물건(육체)도 없는데 끊임없이 번뇌의 티끌만 일으키고 있지 않은가. 콜럼버스의 몸은 공중에 뜬 거대한 티끌 같았다. 그 위대한 인생이 마지막 죽음 앞에서도 스페인 땅을 밟지 않겠다는 집착을 버리지 못했다. 차라리 간에 구리가 찬 원중태는 훌훌 육신을 벗고 날아가 버렸다.

무엇을 얻으려고 이 먼 길을 달려왔는가. 아버지의 피리소리였던가. 나도 마지막에는 자신과 대면하는 조용한 곳으로 들어가리라. 그곳이 절이든 성당이든 무슨 상관이랴.

선원들은 원중태의 죽음에서 자신의 모습을 보았다. 그들은 경건한 감정을 가지고 며칠 동안 술과 담배를 절제하는 듯 싶더니 다시 원래의 모습으로 돌아가 세비야의 술집을 찾아 흩어졌다.

박어둔이 과달키비르 강가에 앉아 유장하게 흘러가는 강물을 내려다보고 있었다.

이 강에서 콜럼버스는 신대륙으로 가는 산타마리아호를 띄웠고, 마젤란은 세계일주의 돛을 올렸다.

박어둔은 풀을 따서 강물에 던져 풀이 흘러가는 곳을 망연히 바라보았다.

'그들도 갈 바를 알지 못하고 이 풀 이파리의 흐름을 따라 항해했을 것이다.'

부선장 양담사리는 세비야의 술집에서 술을 먹고 나오다 머리에 꽃을 꽂은 한 스페인 여인과 마주쳤다.

양담사리는 나란히 앉은 스페인 여인의 옆얼굴을 보았다. 코가 크고 눈썹이 짙고 눈이 깊어 얼굴의 음영이 조각처럼 뚜렷한 여자였다.

양담사리가 먼저 경계심을 갖고 물었다.

"뉘시기에 나에게 가까이 다가오는 거요?"

"난 스페인 집시여자에요."

"집시라면 떠도는 여인?"

양담사리는 집시라는 부족이 유럽을 중심으로 전 세계에 퍼져 있으며, 방랑벽이 있는 자들로 알고 있었다. 집시의 어원은 이집트인(Egyptian, 이집션)에서 나왔지만 그 근원은 북인도에 있다. 그 때문인지 여인의 피부는 조금 가무잡잡한 편이었다.

"그래요. 제 이름은 세뇨리따, 며칠 뒤면 이곳을 떠나 바르셀로나로 들어가죠."

"그런데 무슨 일로 나에게 다가오는 거요?"

"가슴이 가려워요."

그녀가 가슴을 반쯤 풀어헤치며 말했다.

"……."

그제야 그녀가 한 야한 귀고리와 뱀 목걸이에서 성적 상징이 물씬 묻어나는 걸 느꼈다. 반쯤 드러난 가슴은 풍만했고, 가슴골은 그늘이 질 만큼 깊었다. 갑자기 그의 아랫도리에서 싱싱한 물고기가 퍼덕이기 시작했다.

"가슴이 가렵다니 만져달라는 건가?"

"여기서 말고 저기서요."

여자로부터 콧소리가 섞인 달콤한 말을 듣게 되면 남자는 쉽게 흥분하고 만다.

그녀가 손가락으로 가리킨 곳을 보니 천막이 있었다. 집시들은 떠돌아다니는 사람들로 그들의 방랑생활은 그들만의 고립성에서 나왔다. 집시는 혈연 또는 종족 집단들끼리 계절의 변화에 따라 국경선을 넘어 미리 정해진 길을 따라 이동한다. 이들은 마을주변에서 머물다 가는데 남자들은 가축중개인, 동물조련사, 흥행사, 땜장이, 음악가였고, 여자들은 점쟁이, 약장수, 걸인예능인과 매춘을 겸하고 있었다.

"왜 하필이면 나요?"

"당신들은 아시아의 끝 조선에서 왔다는 걸 알고 있어요."

"조선인에 관심이 있어서 나에게 흥미가 생긴 거요?"

"우린 인도와 이집트, 그리스와 이탈리아, 스페인을 다니며 온갖 이야기를 듣고 전하죠. 저는 극동의 중국인, 일본인, 조선인에 대해 관심이 많아요."

양담사리는 집시 여인을 따라 붉은 텐트로 들어갔다. 텐트 안은 의외로 이슬람풍의 고급스런 가구와 장식품으로 꾸며져 있었다. 페르시아 양탄자에는 낙타와 별, 대추야자나무가 그려져 있었다.

"우린 한 달 전에 북아프리카에서 지브롤터를 건너왔지요."

세비야의 서녘 하늘이 붉은 텐트를 더욱 붉게 물들게 했다.

세뇨리따는 천막으로 들어가 기이하게 생긴 기구를 꺼냈다. 하시시를 담은 통과 하시시를 흡입하는 기구인 고자였다. 고자는 담뱃대처럼 생겼는데 하시시를 태우는 통과 연결과 분리가 가능했다.

둘은 텐트 입구에 앉아 스페인 남부의 넓은 밤하늘을 바라봤다.

"한 대 할래요?"

"그게 뭐요?"

"하시시라는 것이에요. 피우면 천국이 따로 없죠."

양담사리가 말했다.

"내면의 힘을 통해서 열반에 이르고는 싶어도 이런 것을 통해 천국을 경험하긴 싫어요."

"당신은 수도승이에요?"

"그렇진 않습니다."

양담사리는 부선장이라는 지위 때문에 지금까지 도덕성을 유지하고 있었다. 항구에 대어도 선창가 여자들을 찾지 않았다. 하지만 원중태의 죽음을 본 뒤 생각이 좀 바뀌었다. 인생의 즐거움을 멀리하고 수도승처럼 살아서 무엇을 얻겠는가. 찾고자 하는 진리는 과연 어디에 있는가. 지구 반대편까지 와도 인간이 사는 삶이란 한낱 미물과 같고 속물스러운 게 비슷했다. 지구 반대편인 스페인에 온 지금, 오늘만은 일탈을 해보고 싶었다.

세뇨리따는 하시시통에 불을 지펴 연기를 피운 뒤 담뱃대같이 생긴 고자를 입에 물고 연기를 마시기 시작했다.

"우리 집시족과 베두인족들은 여러모로 닮았죠. 고자로 하시시를 피우는 습관도 똑같죠."

이들은 꿀을 섞은 담배 이파리 위에 하시시를 올려놓고 고자라는 특수한 곰방대로 연기를 빨아들이는 끽연 습관이 있다. 특히 음주가 금지된 이슬람사회에선 하시시와 같은 흡입 기호물이 널리 통용되고 있었다.

별똥별 하나가 맑은 밤하늘에 성호를 긋고 지나가고 강물이 우는 소리에 밤의 정적이 깊어졌다.

세뇨리따는 가슴을 드러낸 채 하시시에 불을 붙인 고자를 쭉쭉 빨며 환상여행을 하고 있었다.

"한 번 해보실래요?"

"전 그다지 내키지 않습니다."

양담사리는 마약인 듯한 하시시만큼은 거절했다.

"동양의 신비라는 담배보다 훨씬 나아요. 보세요. 하시시의 푸른 연기가 아름다운 달빛과 잘 어울리잖아요."

도대체 이 여인의 정체는 무엇일까.

플라멩코를 추자 그녀의 몽실한 가슴이 출렁였다.

집시들은 그들만의 독특한 문화를 형성하며 살고 있는데 특히 음악과 춤을 풍성하게 발전시켰다. 스페인의 플라멩코는 모로코에서 건너온 아프리카 남부 집시, 안달루시아인, 아랍인들과 유대계 스페인인들의 민요에서 유래했다.

양담사리는 그녀의 춤에서 성적 느낌보다 어떤 신비스런 종교적 제의를 느꼈다. 실제로 학자들은 비잔틴과 인도의 종교적 성가를 플라멩코의 근원으로 보기도 했다.

플라멩코는 집시들, 아랍인들, 유대인들, 그리고 사회적으로 소외

된 그리스도교도들이 사회 주변부에서 섞이면서 14세기부터 발전한 노래와 춤이었다.

세뇨리따는 하시시를 흠뻑 들이킨 뒤 숨을 가쁘게 몰아쉬며 다시 격렬한 춤에 들어갔다.

"아."

그녀는 거의 알몸이 되어 춤을 추면서 황홀경에 빠졌다.

하시시는 초기 이슬람 암살자들이 즐겨 애용하는 기호품이었다. 암살단의 두목은 부하들에게 두려움을 잊게 하는 하시시를 먹여 단칼에 적의 심장을 찔러 죽이게 해 공포의 대상이 되었다. 당시 서구의 십자군 부대가 이슬람 암살단을 경멸하는 의미에서 '하시시를 먹은 자'라는 뜻에서 '하시신'이라고 불렀고, 이것이 오늘날 영어 '어새신 (assassin)'의 어원이 되었다.

그녀의 춤이 절정에 오를 무렵, 일군의 사내들이 텐트를 덮쳤다.

사내들은 붉은 텐트에서 양담사리를 끌어냈다.

"이 놈이 남의 아내와 텐트 안에서 뭘 하고 있는 거야?"

두목인 듯한 사내가 칼을 겨누며 말했다.

"네 놈이 감히 내 아내 세뇨리따를 데리고 놀다니! 목을 따 버리겠다."

"아니, 그런 일 없소."

양담사리는 항변했으나 사내가 느물거리며 말했다.

"구차한 변명 따위는 집어 치워. 남의 아내와 재미를 봤으면 대가를 지불해야 할 것 아냐.”

“이건 아니오. 세뇨리따 말을 해봐요.”

하지만 세뇨리따는 표변한 얼굴로 말했다.

“아니에요. 내가 이곳에서 쉬고 있는데 짐승처럼 덮친 거예요. 여보, 미안해요.”

“그래, 남의 아내를 범하고 그냥 갈 거냐고?”

사내는 당장이라도 목을 따버릴 기세였다.

양담사리는 한 발 뒤로 물러섰다.

“당신들이 요구하는 게 뭐요?”

이국땅에서 패거리들에게 맞아 개죽음을 당하느니 돈을 주고 풀려나는 게 좋을 듯 싶었다.

“우리가 원하는 건 희망봉으로 데려다 주는 것이다.”

“예? 남아프리카의 희망봉으로?”

“지브롤터의 타리파 항구로 나가면 희망봉으로 가는 배가 많소. 그곳의 배편을 이용하면 되잖소.”

“그건 우리도 알아. 댁에게 배삯 없이 가는 방법을 묻는 거지.”

양담사리는 집시의 수령이 친 덫에 걸렸다는 걸 알았다. 양담사리는 자초지종을 박어둔에게 이야기할 수밖에 없었다.

박어둔이 집시의 우두머리인 페르난도라는 자를 불러 함부로 집시들을 태울 수 없다고 말했다.

“좋아. 이렇게 하지. 당신이 좋다면 내 아내 세뇨리따를 가져도 좋

아. 대신 당신들이 이탈리아로 갈 때 우릴 태워주었으면 좋겠다는 거지."

박어둔은 말없이 생각에 잠겼다.

양담사리가 미인계에 걸렸다는 생각보다도 집시들이 희망봉으로 이동하려는 이들의 절박성을 느꼈다. 여자들은 매춘을 하고 있는데 세뇨리따도 우두머리의 아내라기보다 매춘녀일 것이다.

"이탈리아로 가려는 사람이 모두 몇 사람이오?"

"우리 집시부족은 모두 백여 명인데 대부분 피레네를 넘어 프랑스로 가려고 하지. 하지만 희망봉으로 가려고 하는 우리 일족은 10명에 불과하네."

"흠, 그런데 왜 굳이 희망봉으로 가려는 것이오?'

"얼마 전 우리 일족 중 하나가 희망봉에서 숙박업을 해서 성공했다는 소식을 들었네. 그 자가 우릴 초청했고, 우린 힘든 떠돌이 생활을 마치고 그쪽에 가서 자리를 잡으려는 것이야."

"그렇다면 말이나 협상으로 하지 우리 선원에게 술수를 부려야겠어요?"

박어둔은 접근한 세뇨리따와 페르난도를 번갈아보며 말했다.

"이것도 협상의 한 방법이지. 우린 이런 협상에 익숙하지."

"좋아요, 열 명 정도면 함께 가는 것은 그리 어렵지는 않겠소. 다만, 우리 배는 왔던 길인 아프리카로 가지 않고 남아메리카로 가서 마젤란 해협을 거쳐 조선으로 들어갈 거요."

박어둔의 말에 놀란 사람은 부선장 양담사리였다.

"강수님, 그 항로는 위험하지 않습니까?"

"어느 항로든 위험하지 않는 것은 없네. 이 자들에게는 희망봉까지 가는 배삯을 주도록 할 테니 염려 말게."

박어둔은 양담사리의 일과 관계없이 그들의 딱한 사정을 듣고 배삯을 지불하기로 했다.

박어둔은 타리파 항구에서 떠나기 전 선원들을 갑판 광장에 소집해 말했다.

"여러분, 잘 들으시오. 대경호는 우리가 왔던 항로로 되돌아가지 않고 마젤란이 세계 일주를 했던 항로로 가서 일본으로 들어갈 것이오. 그렇게 가는 길이 안전하고 빠른 길이오. 알겠는가?"

"예."

선원들은 대답을 했지만 선뜻 내키지 않은 목소리였다.

울릉도에서 이곳 스페인까지 훌륭한 지도력과 항해술을 보인 박어둔 강수의 결정에 대부분 믿음을 가지고 따랐다. 하지만 지구 반대편으로 돌아서 가는 신항로 항해는 오래 전부터 닦여진 바닷길인 아시아 해상루트에 비해 위험하다고 생각했다. 그것은 선장에 대한 신뢰 문제를 떠나 객관적인 사실이었다.

부선장인 양담사리가 말했다.

"마젤란 항로는 접안할 항구가 몇 군데 없어 위험한데다 사나운 원주민이 공격을 합니다. 마젤란은 선원 260명, 5척의 배를 가지고 출발했으나 살아 돌아온 자는 고작 18명뿐으로 242명이 항해도중 죽었습니다."

"마젤란은 처음 세계 일주를 한지 벌써 백오십 년이 넘었다. 우리는 마젤란 이후 닦여진 항로를 통해 지구의 절반만 가면 된다. 우리 배가 접안하는 항구도 옛날과 달리 원주민의 공격이 없고 마젤란에 비하면 항해장비도 발전했다. 복잡한 아프리카, 인도, 아시아항로에 비해 오히려 단순하고 빠르다."

부행수인 이인성이 말했다.

"강수님, 우리가 잔뜩 선적한 물건을 팔 곳이 어디이고 교역은 어디서 합니까?"

"항해 중에는 매매할 곳은 많지 않다. 남아메리카 대륙의 남단 푼타아레나스에서 매매가 가능할 것이다. 일본, 중국, 조선에 물건은 얼마든지 팔 수 있다. 대경호는 이미 수익을 많이 내었기 때문에 시간을 단축해 빨리 귀국하는 것이 더 큰 이익이 될 수 있다."

박어둔은 선원들이 웅성거리는 걸 제지하며 단호하게 말했다.

"조용히 들으시오. 만약 마젤란 항로로 항해하기를 싫어하는 사람은 지금 내려도 좋소. 돈은 정확하게 정산해 주겠소."

몇몇 선원이 스페인에서 살겠다며 타리파 항에 내렸다.

하지만 대경호가 아프리카로 둘러가지 않고 항로를 변경해 대서양과 태평양으로 해서 일본으로 직항한다는 소문이 돌자 타리파 항에서 모험가, 상인, 신부, 군인, 학자들 40여 명이 몰려왔다. 박어둔은 이들을 심사해 30명만 태웠다.

배의 점검이 끝난 뒤 박어둔이 명령했다.

"푼타아레나스로 출항하라!"

대경호는 닻을 올리고 5개의 돛을 활짝 폈다. 그들은 남쪽으로 항로를 잡고 사흘 후 카나리아 제도에서 땔감, 생필품, 식수를 보충했다. 그리고 항로를 남서쪽으로 돌려 대서양으로 향했다.

항해일지

경진 2일 종일 비바람이 분 뒤 더움

서쪽 사라고사로 해로를 정하고 대서양으로 나아갔는데 날씨가 받쳐주지 않았다. 역풍과 비를 동반한 태풍이 오자 선원들은 동요하기 시작했다. 간신히 태풍을 벗어났는데 사라고사 바다의 무풍지대로 들어갔다. 날씨는 후덥지근하고 역청이 녹아 흘러나왔다. 나무가 갈라져 용골에 물이 차 양수기 펌프질을 계속해야 했다.

한밤중에도 더워 웃통을 벗고 있는데 석달호가 칼을 들고 강수실로 들어왔다. 석달호의 뒤에는 그와 어울리던 임인수, 박달음, 장사철, 송현상이 있었다. 그들도 무기를 들고 있었다.

석달호는 나의 웃통을 벗긴 뒤 포승줄로 묶어 갑판 광장으로 내려가 비상종을 쳤다.

석달호는 갑판에 나온 선원들에게 나에 대한 비난을 늘어놓았다.

그 비난은 다음과 같다.

첫째, 선장은 선원의 안전항해를 책임져야 함에도 무모하게 마젤란 항로를 택해 선원들을 사지로 몰아넣고 있다는 것.

둘째, 선장은 이번 항해에서 큰 이익을 내었음에도 일부 간부선원들만 이익을 독식하고 함께 고생한 선원들에게 분배하지 않았다는 것.

셋째, 이번 항해가 왕명에 의한 항해가 아니라 선장 박어둔 개인의 부자상봉, 조리장 하멜의 딸 하영의 귀향 등을 위한 개인의 사사로운 여행으로 전락했기 때문에 그를 체포해야 한다는 것.

넷째, 선장 박어둔은 스스로 청백한 척하면서 선상법을 엄격하게 적용해 걸핏하면 코끼리×매로 모욕적인 태형을 친다는 것이다.

사람들은 선동 앞에는 무력하고 힘 앞에서는 비굴하다. 석달호의 교묘한 선동과 폭력 앞에서 하급선원들도 물론이고 양담사리, 부강수 이인성, 부행수도 침묵했다. 석달호 일당들이 안용복 행수를 새로운 강수로 받아들이자고 선동했을 때 안행수가 나서지 않았으면 내 목은 떨어졌을 것이다.

"네 놈들이 나와 박어둔 선장을 이간질해 나를 이용하려느냐! 이건 명백한 선상반란이다. 진압하랏!"

안행수의 명령이 떨어지자 양담사리, 이인성, 최봉언과 선원들이 한꺼번에 반란자들을 덮쳐 진압했다. 갑판에 보이지 않았던 김가을동, 서화립, 김득생은 사전에 석달호 일당에게 결박되어 선상감옥에 갇혀 있었다.

선원들은 반란자 5명을 전원 참수해야 한다고 주장했다.

안 행수는 석달호는 목을 베고 부화뇌동한 자는 태형을 치고 방면하자고

했다.

토르데시아스 경계선이 가까워질 무렵, 무인도가 보였다. 토르데시아스 경계선은 로마 교황이 서경 43도 37분 지점을 기준으로 남북 방향으로 일직선을 죽 그어 경계선의 동쪽은 포르투갈이, 서쪽은 스페인이 영유하기로 한 선이다.

나는 석달호의 목을 베는 대신 음식 일주일 분을 주고 무인도에 내리게 했다. 그가 그곳에서 혼자의 힘으로 살아가든지 아니면 운이 좋아 지나가는 배에 구원을 요청해 귀향할 수도 있을 것이다. 흰 무명천에 물든 검은 물감은 쉽게 빠지지 않는다. 사람도 한 번 잘못 배인 생각과 습성은 고치기 힘들다. 부화뇌동한 4명은 사안의 경중(輕重)에 따라 곤장을 30대에서 10대까지 쳤다. 곤장은 뼈가 부러지니 모두들 코끼리×매로 쳐달라고 요청했다. 어차피 한 번은 일어나야 할 사건이었다. 긴 항해에서 선원들도 많이 지쳐 인내심의 바닥을 드러냈고 나에게도 반성해야 할 허물이 많다. 조선에서 유럽을 돌아 아프리카까지 먼 여행을 했다. 하지만 가장 먼 여행은 머리에서 가슴으로 가는 여행이다. 머리로는 석달호를 살렸으나 가슴으로는 주살했다.

대경호는 리우 라플라타 산 훌리안을 거쳐 남아메리카의 남단 마젤란 해협으로 들어가 푼타아레나스에 도착했다. 푼타아레나스는 '모래의 땅'이란 뜻으로 마젤란이 붙인 이름이다. 선창가에 간이 저자와 술집이 있었으나 번화가와 무역시장이 형성되지는 않았다.

총을 들고 맥 라마 펭귄 사냥에 나서는 선원들이 많았다.

그동안 선상에서 곧잘 흥겨운 분위기를 만들던 서화립이 최근 갑판에서 보이지 않았다. 사수장인 그가 지금은 포 쏠 일이 없어서 그렇다 치더라도 전에처럼 명랑하던 모습을 보이지 않아 많은 사람들이 걱정했다.

김가을동이 그에게 말했다.

"어이, 화립이. 푼타아레나스야. 선창가에 여자들을 만나 술이나 한잔하자고."

"글쎄, 난 별 생각이 없는걸."

"너, 요즘 왜 그래?"

"그냥 조용히 있는 게 좋아. 날 내버려 둬."

"넌 파리 갔을 때부터 좀 이상했어. 거기서 만났다는 마리라는 귀부인에게 매독 옮은 거 아냐?"

"그거 아냐. 내가 배의 당직을 설 테니까 재미있게 놀다와."

"차라리 원숭이를 당직 세워. 저 놈은 아직도 당직근무를 할 줄 모르나."

"왜 죄 없는 원숭이를 나무래."

"옛날처럼 우스갯소리도 좀 하고 그렇게 살아보자. 화립아."

그렇게 밝은 서화립이 왜 컴컴한 인간이 되었는지는 아무도 모른다. 그가 회안에서 산 어린 원숭이는 얼마나 영리한지 지금 선상의 식구가 되었다. 여전히 선원들은 원숭이에게 당직근무를 세우려고 애쓰지만 원숭이는 원숭이대로 분명한 감정이 있었다. 기분이 좋으면 함께 뛰고 기분이 나쁘면 침울하게 구석에 처박혀 나오지 않았다. 마음에 드는 사람에겐 먹을 것을 달라고 조르고 마음에 들지 않은 사람에게는 토라져 가까이 가지 않았다. 사수장 서화립의 심복이 원숭이라고 할 만큼 원숭이는 서화립을 따르고 서화립의 말을 잘 들었다. 비록 당직을 서진 않았지만 원숭이는 닭장의 닭 모이를 주기도 하고, 낳은 알을 식기 전에 꺼내오기도 했다. 원숭이는 귀여운 새끼사자일 때는 닭고기를 먹이로 던져주곤 했다. 그러나 원숭이는 사자의 얼굴에 갈색 갈기가 나고 사자의 눈빛이 묘하게 반짝이는 것을 본 뒤로는 사자우리 주위에는 얼씬도 하지 않았다.

그날 김가을동이 소총으로 매를 한 마리 잡고 평소보다 이른 시간에 귀선했는데 배 안의 공기가 이상했다.

바닷바람에 비릿한 피 냄새가 묻어왔다. 김가을동은 서화립의 방으로 달려갔다. 문을 열어보니 서화립이 자신의 필록 권총으로 머리에 쏘아 자결한 채 누워 있었다. 원숭이는 서화립이 잔다고 생각했는지 자꾸만 끽끽거리며 그의 몸을 흔들어 깨우려 하고 있었다. 서화립이 남긴 유서는 없었다. 다만 새장 속의 앵무새가 보는 사람마다 '안녕히 계세요. 그동안 고마웠습니다. 여러분.'이라고 그의 마지막 말을 전해줘 선원들의 가슴을 미어터지게 했다.

박어둔은 서화립의 참상을 보고 눈물조차 나오지 않았다. 이 비극을 막지 못한 자신을 자책하며 한동안 강수실에서 나오지 않았다. 이

틀째 그는 강수실을 나와 서화립의 시신을 푼타아레나스의 언덕에 묻었다. 하늘도 슬픈지 진눈깨비를 날렸다.

"화립아, 잠시만 기다려라. 나도 너를 따라 곧 가마."

삶과 죽음이 하늘과 땅처럼 먼 줄 알았는데 이처럼 지척에 붙어 있을 줄 깨닫지 못했다.

박어둔은 그의 무덤 앞에 시비를 하나 세웠다.

산 자에게는 슬픔이 있으나
죽은 자는 말이 없구나
산 자에게는 절망이 있으나
오히려 망자에게 희망이 있구나

삶에서 죽음으로 돌아가는 길과
죽음에서 삶으로 돌아오는 길이
다르지 않으니
우리 머지않아 길목에서 다시 만나리

이역만리에서 박어둔 쓰다

대경호는 빠르게 서쪽으로 항해해 마젤란 해협을 벗어나 태평양으로 진입했다. 마젤란이 '마르 파르시코' 평안의 바다라고 이름을 지은

곳에서 박어둔은 평안을 찾지 못하고 배 안을 이리저리 서성거렸다. 밤에도 거의 잠을 자지 못했다.

하지만 배는 선미에 바람을 맞으며 북서로 순항하고 있었다.

배 안에서는 서화립의 권총 자살을 두고 그 원인에 대해 의견이 분분했다.

'그렇게 유쾌한 사람이 자살할 리가 없지 않나?'

'자살을 위장한 타살?'

'그럼 우리 중에 누가 죽였다는 거 아냐?'

배 안의 분위기가 이상해졌다.

선원들 대부분은 유럽에 대한 동경과 돌아갈 조선에 대한 절망감이 가장 큰 원인으로 보았다. 그것은 일정부분 선원 자신들의 마음이기도 했다.

서화립은 평소에 유럽의 문명에 대해 찬사를 보냈고, 물을 건너온 대포와 조총, 권총을 좋아한 건 사실이었다. 그는 스페인, 이탈리아, 네덜란드에 머물면서 조선의 화포를 유럽식 화포로 개량하고 교체했고, 공방에서 일하는 장인을 홀대하는 조선의 정책을 비난하기도 했다. 그는 유리공방의 마이스터를 보며 말했다.

"야, 여기야말로 옥동 공방의 장인인 내가 날개를 펼 수 있는 곳이다."

동경했던 유럽을 떠나 조선으로 돌아오는데 대한 절망설, 건강악화설, 매독감염설 등이 나왔다.

또 하나의 그럴 듯한 이유로 뭇 사람을 죽인 대포의 사수장으로서의 죄책감을 들었다.

한때 서화립은 '인간은 원숭이를 본받아야 한다. 원숭이는 폭력 대신 사랑으로 문제를 해결한다.'고 말한 적이 있다는 것이다.

그는 대포로 배를 침몰시켜 왜인, 청인, 스페인과 포르투갈인을 부지기수로 죽였고 덤비는 해적들을 권총으로 쏘아 죽였다. 타인의 생명을 죽인 죄책감으로 자신의 머리에 방아쇠를 당겼다는 것이다.

항해일지

신묘 8일 맑고 바람이 심함

배는 북서쪽 지류를 따라 일본을 달리고 있다.

서화립을 푼타아레나스에 묻고 비석을 세우니 내가 관 안에 들어가 있는 것 같다. 화립이를 잃고 장거리 항해를 성공시킨들 무슨 소용이 있나. 우리에게 웃음을 줄 벗이 없으니 배 안이 거대한 무덤이다. 가도 가도 끝이 없는 이 광대한 태평양으로도 그의 죽음을 다 애도할 수 없다.

사람들은 서화립의 자살 원인에 대해 이러쿵저러쿵 말한다. 건강악화설, 귀국에 대한 절망감, 우울병, 전투에서의 살생에 대한 죄책감을 이유로 들었다.

의생 이환이 나에게 제출한 의학적인 소견은 다음과 같다.

'자살원인 : 조울병. 조선인은 일에 대한 강박감, 두주불사의 음주습관, 불같이 급한 성격, 인간관계에 대한 두려움으로 인해 스스로 신경을 피곤하게 해 조울증 증세가 많다. 서화립은 전형적인 조울병 환자다. 목적지인 유럽으로 갈 때는 기분이 들뜨고 흥분되는 조증이 나타났으나 새로운 목적지가 조선으로 바뀌면서 기분이 절망적으로 가라앉는 울증이 나타났다. 이 두 양극 감정이 비정상적으로 순환되다 푼타아레나스에서 절망감이 최저점으로 내려가 자살하게 된 것으로 보임.'

아니다. 서화립의 죽음은 죽음 그 자체가 죽음의 원인이라고 생각한다. 마음이 우울해지면 죽음이 동경이 된다. 언젠가 울릉도의 절벽에서 바다를 내려다보는데 바로 대청에서 섬돌까지의 높이가 같다는 생각을 한 적이 있었다. 전투가 시작되면 뱃머리에서 가슴을 내밀고 총을 맞아 죽고 싶을 때도 있었다. 별다른 이유가 없다. 죽을 정도로 힘들지 않더라도 죽음의 유혹은 달콤하다. 그럼에도 죽음을 부정하며 다들 잘 살아간다. 서화립은 죽음에는 정직하면서도 삶에는 비겁했다.

서화립이 유서를 남기지 않았기 때문에 자살 원인은 영원한 미궁으로 남게 되었다. 앵무새에게 마지막 인사말을 훈련시키고 갈 정도로 사수장은 마지막까지 동료들에게 골계를 잃지 않았던 따뜻한 사람이었다. 서화립의 후임으로 총포 개량에 함께 참여했던 부사수장인 진도의 박동훈을 임명했다.

바람이 시원하여 가을 날씨 같았다. 대경호는 태평양을 항해하는 배들과 자주 마주쳤다. 일본이 점점 가까워지고 있다는 증거다. 스페인의 갤리온, 포르투갈의 카라벨, 네덜란드의 푸카, 영국 군함과 프랑스 배와 조우했다. 물을 뿜고 지나가는 고래와도 자주 만났다. 귀신고래, 참고래, 몸집이 거대한 흰고래가 외로운 항해에 좋은 동무가 되어주었다.

점심 후에 사무장 최봉언이 좌현 벽과 바닥 틈새에서 물이 새는 것을 발견했다. 최봉언이 발견했을 때 용골 밑바닥에 물은 이미 한 자나 쌓여 있었다. 일단 양수 펌프를 선원들이 차례대로 교대로 돌려 부지런히 물을 밖으로 퍼냈으나 새어 들어오는 양이 더 많았다. 침몰까지는 가지 않겠지만 이대로 두었다간 지하 선적실의 짐들이 젖게 되고 선원들이 불안해질 수 있었다.

선교에서 20종이 넘는 해도를 다 펴서 보아도 가까운 곳에 항구나 섬이 없었다.

그때 조망대에 올라간 망꾼이 고함을 질렀다.

"멀리 섬이 하나 보인다!"

해도상에 나타나지 않는 섬이었다.

박어둔은 유인도로 보이는 이 섬에 위험을 무릅쓰고 접안할 것을 명령했다. 멀리서보니 거대한 거인들이 보초를 서고 있는 듯했다. 미신을 믿는 사람들은 이 섬에는 거인들이 사니 피해 가자고 말하는 자도 있었다.

배가 섬에 가까워지자 긴 귀와 뚫려 있는 코, 짧은 몸통을 가진 거대한 인면석상 군이라는 걸 알았다. 약 구백 개의 거대한 석상이 죄다 해안을 따라 바다를 향해 보초를 서고 있는 것처럼 보였다. 이 인물석상군은 외부 침략자를 물리치기 위한 방어목적으로 세운 주술 석상이 분명했다. 조금 있으니 걸친 것이라고는 머리카락뿐인 원주민들이 배로 몰려왔다. 몸매가 아름다운 젊은 여자들을 보자 그동안 굶주렸던 선원 몇 명이 흥분을 한 듯 총을 들고 뛰어내리려고 했다. 박어둔은 그들을 만류하고 먼저 울산호에 닭과 염소, 칼과 도끼를 잔뜩 싣고 가 원주민들에게 선물했다. 다행히 그들의 반응이 호의적이었다.

대경호는 물, 얌의 뿌리, 코코넛, 바나나를 공급받고, 원주민에게 필요한 옷, 칼, 가위, 곡식을 주었다. 이인성 부행수의 말대로 태평양에서 크게 교역할 일은 없었다. 상황이 안정되자 물질을 잘하는 고상구가 배 밑으로 들어가 뱃밥인 글램목으로 벌어진 틈새를 메웠다. 푼타아레나스를 출발하기 전 서화립의 일로 정신이 없어 묵은 나무못과 배의 이음매를 새 것으로 교체하지 못한 결과이다.

용골에 있는 양수기로 격실의 물을 퍼내고 배 겉면에 타르와 왁스도 칠하고 나니 하루해가 다 지났다. 배 밑에 붙은 따개비와 해조류를 긁어내어 배를 가볍게 했다. 밤에 선원들은 원주민들과 술과 음식을 나누며 사랑을 나누었다. 스님과 신부조차 예외는 아니었다.

울릉도와 독도 최후의 정벌

대경호는 태평양을 건너 일본 본슈와 규슈 사이를 지나 나가사키 데지마 상관에 도착했다. 장장 2년간에 걸친 세계일주였다. 박어둔은 데지마 상관에 닻을 내리고 선원들과 함께 하선했다. 그동안 데지마 상관장은 도프에서 헨드릭으로 바뀌어 있었다.

헨드릭 상관장은 박어둔에게 손을 내밀며 말했다.

"박어둔 선장, 당신을 만나 영광입니다."

박어둔은 성공적인 유럽행과 세계일주 여행으로 아시아 해상에서는 유명한 인물이 되어 있었다.

박어둔과 헨드릭 상관장은 데지마 상관 레스토랑으로 갔다.

나가사키 앞바다가 보이는 레스토랑은 아늑하고 고풍스러웠다.

베이컨과 감자로 만든 네덜란드 전통요리 스탬폿과 네덜란드 술 제네버가 나왔다.

헨드릭이 박어둔에게 술을 따르며 말했다.

"2년만에 대경호가 마젤란 드레이크와 나란히 어깨를 견줄 만한 위업을 이루게 됨을 축하합니다."

"천만에요. 초기 항로 개척자인 그분들과 비교가 되나요."

"자, 세계일주를 마친 걸 축하하며 건배!"

"건배!"

둘은 잔을 부딪쳐 건배를 하고는 노란 빛깔의 제네버 술잔을 뒤집었다.

"박선장님, 정말 대단합니다."

"과찬이십니다."

원래 해상실크로드는 아시아인들이 개척했고, 대서양, 태평양 항로는 마젤란이 닦은 길이다. 새롭게 바닷길을 개척한 것도 아니고, 그냥 닦여진 길을 한 바퀴 다녀온 것뿐이었다.

그러나 헨드릭은 고개를 흔들었다.

"박선장의 이번 항해는 큰 의미가 있습니다."

"정화 함대와 하세쿠라의 유럽 항해 이후 아시아인으로서 세 번째 유럽 항해이고 그것도 아시아인으로서 최초로 세계일주를 한 것입니다."

"제가 감히 정화 장군과 하세쿠라에 비교될 수 있습니까."

헨드릭 상관장이 멀리 나가사키 바다를 보며 말했다.

"박선장님은 정화와 하세쿠라와 달리 자력으로 다녀왔기에 더 큰 존경의 마음을 표합니다."

생각해보면 헨드릭 상관장의 말은 맞는 말이었다.

정화와 하세쿠라 선단의 유럽원정은 국가의 강력한 후원과 지원이 있었다. 그러나 박어둔은 왕의 비밀지령은 있었으나 조선에서 역적에서 풀려 도망하다시피 떠났다. 대경호를 건조한 경비도 전부 박어둔이 내었고 상단을 꾸려 항구마다 물물교환과 무역을 하며 자력으로 생존했다. 더욱이 가는 곳마다 전쟁과 약탈, 일본의 모함에 맞서며 배와 선원을 보존하기에 바빴다. 왕명이 있긴 했지만 유럽에서 아버지를 만난다는 일념이 없었다면 이번 장거리 항해를 견뎌내지 못했을 것이다.

"지금 일본은 어떠합니까?"

"전 좋다고 봅니다. 일본 막부를 연 도쿠가와 이에야스는 '천하는 한 사람의 천하가 아니라 천하의 천하다'라는 좌우명으로 후손들에게 겸손을 가르쳤지요. 그는 오다처럼 날카롭지 않고, 도요토미처럼 화려하지 않았습니다. 오늘의 검박한 일본의 모습을 만든 건 도쿠가와 이에야스입니다."

"하지만 너구리처럼 자신의 야망을 숨긴 채 짐짓 자세를 낮춘 채 걸어가 마침내 천하를 장악한 인물이기도 합니다. 지금도 도쿠가와 막부는 조선 침략에 대한 야망이 있습니다."

헨드릭은 고개를 저었다.

"지금 일본은 숨은 야망이 없습니다. 집안을 단속하기에도 바빠요."

"천만에요. 일본은 숨은 야망의 발톱을 보이기 시작하고 있습니다."

"어디에 발톱이 있단 말입니까?"

"바로 조선의 섬 울릉도와 우산도입니다. 일본인들은 다케시마와 마쓰시마라고 부르지요."

"동해바다에 있는 작은 섬들을 말하는 거군요."

"작지만 큰 섬입니다. 동해바다를 그물이라고 하면 우산도는 그물을 잡아당기는 벼리에 해당되는 곳이지요. 저는 지금 에도로 가서 울릉도와 우산도가 조선의 땅이라는 도쿠가와의 서계를 받으러 갑니다."

헨드릭이 말했다.

"하지만, 박어둔 선장님의 목에 현상금 천 냥이 걸려 있는 건 아시겠죠?"

"2년이 넘었는데 아직도 걸려 있습니까?"

헨드릭은 고개를 끄덕이며 말했다.

"현상금 천 냥이면 성인도 눈을 멀게 하지요. 일본에 상륙하는 것은 삼가야 할 것입니다."

그때 울릉도 태수 유일봉이 울진호 강수 김남수를 보내 급한 전갈을 전했다.

박어둔 강수님께
지구를 일주하는 긴 항해를 무사히 끝내고 데지마에 입항해

계신다는 소식을 들었습니다. 쉬셔야 할 텐데 한시가 급해 글월을 올립니다. 지금 왜놈들이 침섭한다는 소식이 들어와 있습니다. 그동안 왜선들은 울릉도에 침입해 와서 울릉도와 우산도를 공격해 우리 강토를 짓밟고 있으나 우리는 진과 보루를 쌓고 완강하게 저항하고 있사오니 속히 와서 물리쳐 주시기를 바랍니다.

울릉도 우산도 양도 태수 유일봉 올림

박어둔은 안용복 행수에게 전갈을 보여주며 말했다.

"저도 형님과 같이 에도에 가려고 했는데 여의치가 않습니다. 아무래도 울릉도에 먼저 가봐야겠습니다."

"알겠네. 에도는 걱정하지 말고 울릉도와 우산도를 잘 지키게."

"나가사키로 입항하면 대마도 도주와 봉행이 방해하며 잡아놓을 것입니다."

"그럼 전에처럼 호키주로 들어가지."

대경호에 출항의 깃발을 올렸다.

대경호는 쓰시마를 떠나 현해탄의 흑조 해류를 타고 북상했다. 흑조는 적도에서 일어나 북반구로 흐르는 해류다. 조선과 일본 열도를 갈라놓은 바다, 현해탄. 물이 깊고 항시 검은 빛을 띠고 있다 하여 붙여진 이름이다. 태곳적엔 하나로 붙어 있던 육지가 지각 변동으로 찢어지고 틈새가 벌어진 곳에 물이 흘러 스며들어 바다가 되었다.

이 바다를 건너간 많은 사람들이 희생되었다. 현해탄은 이들의 눈물로 이루어진 바다였다.

임진왜란에서 희생된 조선인 사망자는 수십만 명에 이른다. 일본으로 끌려간 조선인 포로만 십만여 명에 이르렀다. 일본 측도 마찬가지였다. 토요토미 히데요시에게 강제 동원된 일본 왜병의 반수 이상인 15만이 조선에서 목숨을 잃거나 항왜라는 이름으로 귀화하였던 것이다.

오른쪽으로 호키주가 보였다.

안용복 행수와 헤어질 시간이었다. 둘은 서로 협력할 부분에 대해 충분히 의견을 교환했다.

"행수님, 울산호를 타고 호기주로 들어가셔서 다시 울릉도로 오십시오."

"알겠네. 소장을 잘 쓰는 이인성, 뇌헌과 네 분 스님 등 열 사람과 함께 가겠네."

"꼭 성공하시길 빕니다."

"지난번에 관백의 서계를 잃어버린 내 잘못도 있고 하니 이번에 확실히 받아서 울릉도로 가마. 박 강수도 몸조심 하시고."

"서로 시간을 잘 맞춰 계획대로 진행합시다."

"꼭 그렇게 하세나."

11명을 태운 탄 울산호가 삭구로 천천히 배 아래로 내려지고 있었다.

140명의 선원들이 모두 갑판 위로 나와 손을 흔들며 안용복을 배웅

했다. 안용복의 일이 그만큼 중요하다는 것을 잘 알고 있기 때문이다.

박어둔이 선원들에게 말했다.

"모두들 들으시오. 지금 우리 배는 울릉도로 향해 갈 것이오."

선원들 중에 몇몇은 웅성거렸다.

그들은 대경호가 꿈에 그리던 고향 땅으로 돌아갈 것이라고 생각했던 것이다.

"유일봉 태수의 전갈에 의하면 우리가 없는 사이 쫓겨난 왜인들이 다시 들어와 우리 섬에 준동하고 있소. 지금 우리들은 우리 강토를 불법으로 점거하고 있는 왜인들을 물리치고 그곳에 진과 마을을 형성하고 아시아 태평양 해상무역의 근거지로 삼을 것이오. 지금 고향에 돌아가고 싶은 사람은 언제든지 돌아가시오. 하지만 왜적을 우리 땅에서 몰아내고 우리 땅을 원상회복한 뒤 당당한 몸으로 고향으로 돌아가는 게 어떻겠소."

박어둔의 확신에 찬 말에 모두들 '옳소!'를 외치고 박수를 쳤다.

대경호는 흑조를 타고 울릉도로 향해 거침없이 나아갔다. 날카로운 이물에 부딪친 파도는 곧 허연 배를 드러내며 '철썩' 소리를 내며 물고기처럼 튀어 올랐다가는 사라져 갔다. 바다는 봄 물결 같은 잔잔한 파도를 자꾸 만들어 냈다. 파도는 조용히 그리고 끊임없이 다가왔다가는 형체도 남기지 못한 채 산산이 흩어져 사라져버렸다.

박어둔은 뱃머리에 앉아 넓은 동해를 보며 생각에 잠겼다.

'우리는 어디에서 왔다가 어디로 가는가? 과연 이번 울릉도 정벌

은 성공할 수 있을까? 그리고 그 다음은?'

귀신고래들이 물을 뿜으며 다가오고 있었다.

귀신고래는 여름철에는 북태평양과 같은 고위도 지방의 풍성한 먹이장에서 먹이를 섭취하고 겨울철에 따뜻한 적도 부근의 저위도 지방으로 무리를 지어 이동하여 월동과 번식을 한다. 고위도와 저위도 사이를 이동하는 데에는 약 2~3개월 정도 소요되며, 10월쯤에 이동하기 시작하고 대부분 어미와 새끼들이 가장 먼 거리를 이동한다.

겨울에 저위도 지방에서 한 마리의 새끼를 낳고 성숙은 5~11세에 이루어지며, 수명은 약 70년이다. 새끼에 대한 보호본능이 강하여 때로는 공격적이기도 한 까닭에 귀신고래(devil fish)라는 이름이 붙었다.

그러나 오늘 만난 귀신고래 떼는 기분이 좋아보였다. 물을 뿜으며 배 곁으로 가까이 다가와 대경호와 같은 속도로 항해를 했다. 박어둔은 귀신고래의 습성을 알고 있었다. 고래들은 안전하다고 느껴지면 손으로 만질 수 있을 만큼 배에 가깝게 접근하기도 했다.

박어둔이 손을 내밀자 대왕고래 한 마리가 배에 가까이 다가와 손에 얼굴을 내밀어 비볐다.

고래의 매끄러운 감촉이 손바닥에 느껴졌다.

"바다를 지배하는 네 놈들이 귀향한 우리를 알고 반겨주는구나."

처음에는 다가오는 고래 떼를 보고 무서워 물러나던 선원들도 배의 난간으로 나와 손을 내밀어 고래들과 접촉을 했다.

고래들은 기분이 좋은지 몸체를 비상하여 수면을 때리기도 하고 머리를 수면에 수직으로 세워 주위를 둘러보며 인사를 하는 듯한 행동을 했다.

박어둔은 귀신고래들의 춤을 보며 잠시 외로웠던 마음을 달랠 수 있었다.

'내 어릴 때 태몽이 귀신고래라고 했던가? 네 놈들이 우리들의 외로운 장도를 축복해 주는구나.'

대경호는 최강의 전함이었다. 네 옆구리에 동서양의 함포 중 가장 강력한 대포를 20문 장착했다. 울산항에서 장착한 천자, 지자, 총통과 안남과 유럽에서 장착한 신형 캐논과 말본 대포뿐만 아니라 권총, 소총, 장총, 다연발총까지 구비해 전천후 전선이었다.

무기보다 더 강력한 것은 무기를 다루는 수군들이 최정예 군인들이었다. 이들은 유럽을 왕래할 때 조우한 해적들과 각종 해전을 치르며 생존해왔다. 말래카 해협과 비율빈 근처의 해적은 악명높았다. 국가가 바다의 통제력을 잃을 정도의 강력한 해적들을 물리치며 귀국했다.

대항해를 성공하면서 선원들이 배를 운행하는 조타 실력도 능수능란했다.

현해탄에서 동해바다로 빠져나가자 하늘은 맑고 바람은 잔잔했다. 배는 흑조를 타고 순풍에 다섯 개의 돛을 활짝 펴고 울릉도를 향해 순항했다.

사흘길을 가자 멀리 한 점 섬 울릉도가 보였다.

망군이 박어둔에게 말했다.

"울릉도가 보입니다."

그리운 세 봉우리가 보였다. 주봉은 삼각산보다 높았고, 남에서 북까지는 이틀길이다. 동서의 길이도 남북과 같다. 산에는 잡목과 대나무가 많고, 들에는 매와 까마귀가 하늘을 날아다니고, 바위틈에는 들고양이가 많은 섬이다. 그러나 가장 중요한 문제는 호키주의 왜선이 남항, 도동항, 동항에 정박해 있다는 점이다. 왜인들은 연안에 어막과 여각들을 지어 무리지어 살기 때문에 이들을 물리쳐야 울릉도에 근거지를 확보할 수 있다.

박어둔은 김가을동에게 말했다.

"울릉도 남항과 도동항에 왜선들이 몰려 있다. 모두 호키주의 배다."

일본 호키주 태수는 오야가와 무라카와가, 두 가문에게 울릉도 도해면허증을 발부해 어복을 채취하게 하고 해마다 막대한 공물을 거두어 부를 쌓아가고 있었다.

"집도 버려두면 도둑이 들듯이 울릉도와 우산도를 비워두니 왜적이 들어와 마음대로 도적질을 하는구나. 화포에 탄환을 채워라!"

호키주 어민들은 박어둔과 안용복이 없는 틈을 타 불법으로 울릉도 남항과 동항에 어막을 짓고 어로활동을 하는가 하면 호키주 태수는 일본 요나고에 거주하는 두 쵸닌(町人, 에도시대 유력한 상공업자)인 오야와 무라카와 두 집안에게 울릉도와 우산도를 봉지로 주고, 도해증과 어업권을 발부했다. 더욱이 이들은 자국의 어업권을 보호하기 위해 전선인 안택선을 띄우고 울릉도를 감시하고 있었다.

멀리 울릉도 남항에 왜선들이 보이자 박어둔은 선원들에게 전투를 준비하게 했다.

대경호가 도동항 앞 바다에 모습을 드러내자 남항, 도동항, 동항의 선창과 왜막을 지키고 있는 왜인들은 모조리 도동항에 집결해 화포와 조총 불화살을 쏘아냈다. 대경호에는 총 25문의 강력한 대포가 장착되어 있었다. 대경호는 더 바짝 항구로 접근한 뒤 일본의 배와 쌓은 포대를 정조준하여 쏘았다.

과과과광!

포 구멍이 불을 뿜었고 대포소리가 천지를 진동했다.

왜선 10척을 격파시키고, 왜인들의 포대를 박살내버렸다.

대경호가 포와 총을 쏘며 도동항에 입항하자 왜인들은 산속으로 도망가거나 숨겨놓은 쪽배를 타고 줄행랑을 놓았다.

박어둔과 선원들이 상륙하니 쥐새끼 한 마리도 보이지 않았다.

박어둔은 남항에서 서동으로 물러갔던 유일봉의 보고를 들었다. 그동안 유일봉은 울릉도에 진과 보를 쌓았으나 그때마다 왜인이 와서 허물어버리고 마을까지 짓밟아 버리곤 했다는 것이다. 그나마 울릉도는 간헐적으로 침입을 당했지만 우산도는 제대로 관리를 하지 못할 정도로 왜선들이 자주 침섭했다는 것이다.

"이제는 그럴 일이 없을 거요. 반드시 왜놈들을 울릉도와 우산도

에서 쫓아내고 다시는 침범하지 않는다는 일본 막부의 서계를 받아
낼 거요."

"이틀 전 우리 어선이 무장을 한 왜선들이 우산도에 몰려 있다는
정보를 가져왔습니다."

"유태수, 아마 오늘 밤에 야습할 가능성이 높습니다. 모두 단단히
준비시켜 놓으십시오."

"알겠습니다."

해가 서해로 넘어가고 땅거미가 질 무렵 산위에서 큰 목소리가 들
렸다.

"강수님, 왜선들이 몰려오고 있어요."

박어둔은 집 밖으로 나왔다. 남항 뒷산 망향봉에서 망을 보던 삼
척출신 진형두가 말했다.

"왜선 열 척이 남항으로 오고 있습니다."

"놈들이 예상보다 빨리 오는구나."

"어화를 켜고 이리로 오고 있습니다."

"이놈들이 우산도에서 전열을 재정비해 오는 것이야."

"방향을 보니 그쪽에서 오는 것 같습니다."

"놈들을 바다에 수장하고 잔당은 우산도까지 추격해 그 근거지를
빼앗을 것이다."

김가을동이 긴급상황을 알리자 모두 나와 화톳불을 밝혔다.

박어둔이 선원들에게 말했다.

"반은 배를 타고 출발하되 나머지 반은 해안가에서 대비하라."

"알겠습니다."

선원들은 대경호에 재빨리 승선했다.

"배에 불을 켜지 말고 은밀하게 항구 옆으로 나가라!"

오야가와 무라카와가 연합해 선단을 구성해 울릉도로 진공해오고 있었다.

유일봉이 박어둔에게 말했다.

"재작년 전투 때 우두머리인 오야 진키치와 무라카와 이치베에가 포로로 잡혔지요. 에도 막부는 그 두 사람을 나라 사이에 쓸데없이 분란을 일으키는 자들로 판단해 오야 진키치는 유배형에 처하고 무라카와 이치베에는 곤장을 치고 내보냈습니다."

"지금 쳐들어오는 놈들은 어떤 놈들인가?"

"절치부심한 오야가와 무라카와가는 오야 진기치와 무라카와 이치베에를 다시 우두머리로 삼아 다시 울릉도와 우산도를 침범해 진을 쌓고 어렵을 한 것입니다."

"음. 이곳에서 전복을 따서 호키주 태수와 에도의 장군에게 보내는 자들이군."

"울릉도와 우산도를 잘 알고 있고, 뱃길에도 밝은 자들입니다."

"일본 막부가 도해금지를 엄히 명했음에도 불구하고 여전히 울릉도와 우산도에 들어와 주인행세를 하려 하다니! 이번에도 박살을 내주겠다. 우리 국토를 터럭이라도 건드리면 수백 배, 수천 배 보복의 불벼락이 돌아간다는 것을 알게 해 주겠다."

박어둔이 대경호에 오르며 말했다.

"이번에 확실하게 쓸어버릴 테다!"

일본 배들이 선단을 꾸려 울릉도 남항으로 몰려오고 있었다. 바위 틈에 은밀하게 숨은 대경호가 서서히 방향을 틀어 적선의 옆구리를 향해 나아갔다.

박어둔은 배를 남항에서 도동으로 돌렸다. 대경호는 남항으로 진입해 들어오는 왜선들을 향해 포문을 겨눴다.

그는 이번 전투를 치르기 전 부하들에게 이번 전투의 중요성을 분명히 심어줘야겠다고 생각했다.

"한 치의 땅을 침략한 것도 침략이다. 그러나 이곳은 한 치의 땅이 아니라 만 리가 넘는 우리 바다 영토의 기점이다. 우리가 이곳을 빼앗기면 만 리 바다를 왜놈에게 빼앗긴다는 것을 명심하고 반드시 이번 해전에서 승리해야 한다! 알겠느냐?"

"예!"

선원들은 사기로 충만해 있었다.

박어둔은 분명한 영토 수호의지를 가지고 있었다. 영토문제를 조정에만 맡겨서는 안 된다는 평소 소신도 확고했다.

박어둔은 부하 선원들에게 말했다.

"나라의 국경은 나라와 조정만이 정하는 것이 아니다. 바로 우리 백성들이 정하는 것이다. 우리 백성들이 먼저 땅과 바다를 차지하고 외국과 교섭해야 한다. 우리 땅을 우리 백성들이 지키지 않으면 누가 지킬 것인가! 임진왜란 때 제일 먼저 도망간 자가 누구던가. 왕과 양반들이다. 그러나 무지렁이 백성들은 의병으로 일어나 우리 금수강산을 지켰다. 우리는 왜적으로부터 울릉도와 우산도를 되찾는 의병이다. 이 밤 왜적을 쳐부수고 울릉도와 우산도를 반드시 지켜내자. 우리 뒤에는 조선과 만 리의 영해가 있음을 명심하라. 알겠는가?"

"예!"

왜선 열 척이 어화를 켜고 울릉도 남항으로 진입했다. 이들은 울릉도를 점령하고 장차 삼척과 영해, 울산까지도 자신들의 관할항구로 만들려는 야욕을 가지고 있었다.

박어둔은 일본 배의 맨 뒷 열을 겨냥해 발사했다.

대경호 대포가 불을 뿜음과 동시에 천지를 진동하는 굉음이 울렸다.

"쾌광!"

꽁지에 따라오던 배 두 척이 직격탄을 맞고 바다 밑으로 가라 앉았다.

앞의 여덟 척이 놀라서 황급히 뱃머리를 돌리려 할 때 박어둔은 퇴로를 막으면서 방포했다.

서화립은 죽었지만 서양 화포의 기능을 넣어 개선한 천자와 황자 총통은 연속 방포가 가능했다. 또한 박격포식으로 앞으로 포탄을 넣지 않고 뒤에서 바로 쑤셔 넣음으로써 발사시간을 단축시켰다.

우왕좌왕하면서 어둠 속에서 마구 하늘을 향해 쏘아대는 안택선을 향해 대경호는 네 대의 대포를 연속으로 방포했다.

"쾅쾅쾅쾅!"

포를 맞은 왜선들은 순식간에 침몰하기 시작했다. 꽁무니에 붙었던 배 두 척은 어둠 속으로 재빨리 달아났다. 박어둔은 나머지 배들이 모두 남항 앞바다에 침몰한 것을 확인했다. 배에서 뛰어내린 왜인들은 바다에 빠져죽거나 항구에서 포로가 되었다.

박어둔은 도망가는 배 두 척을 추격하기 시작했다.

이들이 갈 곳은 뻔했다. 바로 놈들의 또 다른 근거지인 우산도였다. 수평선에서 서서히 박명이 밝아올 무렵, 우산도 바위 틈에 숨어 있는 두 척의 배를 발견했다.

박어둔의 명령은 여지없었다.

"방포하라!"

천자 총통의 철탄자를 맞은 두 배는 산산조각이 나고 말았다.

배를 버린 왜놈들은 우산도에 상륙해 강치들과 함께 바위 틈에 숨어 있었다. 우산도는 예나 지금이나 강치의 천국이었다. 바다사자로 불리는 강치는 우산도를 뒤덮고 있었다.

박어둔이 김가을동에게 명령했다.

"상륙해서 놈들을 모두 포로로 잡아라. 반항하면 목을 베어라!"

"예!"

김가을동, 안용복, 양담사리, 이인성, 이환, 김득생이 조선검을 들고 상륙하자 강치들이 꺽꺽 소리 지르며 길을 비켰고 그 사이로 들어가 왜놈들을 포로로 잡았다. 반항하는 자는 목을 베었고 강치들이 시체를 먹어치웠다. 오야가의 두목인 오야 진기치는 닛뽄도를 빼들고 끝까지 반항했다. 사무라이 정통가문에다 검법을 익힌 오야를 함부로 상대할 수 없었다. 그는 사나운 강치처럼 이빨을 드러내며 으르렁거리고 있었다.

힘이 좋은 김가을동도 우산도의 험로를 끼고 자학적으로 덤벼드는 그를 상대하기에 벅찼다.

박어둔이 직접 우산도에 상륙해 조선검을 빼들고 나서며 말했다.

"김가을동, 비켜라. 내가 상대하겠다."

오야 진기치가 말했다.

"오냐. 네 놈이 해적 왕 박어둔 놈이구나!"

"해적 왕이라고? 우리는 조선의 수군이다. 관백의 금제를 어기고 이곳에 준동하는 너희 왜구야말로 해적들이다. 그러니 순순히 칼을 버리고 항복하라."

"형을 죽인 네 놈에게 항복할 수 없다. 넌 우리 가문의 원수다."

1693 우산도 해전에서 박어둔은 오야 진키치를 포로로 잡아 도쿠가와에게 넘겨줬는데 도쿠가와는 도해를 해 봉지를 빼앗긴 오야를 유배형에 처했다.

"그렇다면 넌 오야가문의 다케시마 봉지를 빼앗긴 자다. 호키주로 돌아가도 할복만이 기다리고 있을 터. 어디서 목숨을 부지할 수 있겠느냐. 항복해서 울릉도에서 함께 살자!"

오야가의 두목인 오야 진기치는 우산도의 독산을 뒤로 하고 닛뽄도를 빼들고 끝까지 반항했다.

박어둔이 칼을 빼들고 말했다.

백련강 조선검은 가야 성냥간에서 백 번을 벼린 강철보검이다. 백련강검은 예리함과 단단함의 양날을 가지고 있다. 칼날 위로 머리카락이 떨어져도 두 조각이 날 정도로 예리하지만 쇠막대기도 자를 수 있을 정도로 강한 검이다.

"오야 진기치, 넌 죽음의 막다른 곳에 있다. 마지막으로 할 말이 없는가?"

"없다."

"네가 죽인 수많은 조선인들에게 사죄할 시간을 주겠다."

"도리어 내가 하고 싶은 말이다."

"조선처럼 일본에게 관용을 베푼 나라도 없다."

"관용을 베풀었다고? 평화롭던 우리 다케시마 봉지에 들어와 포를 쏘아대며 어민들을 죽인 자들은 바로 해적 일당인 네 놈들이다."

"닥쳐라! 네 놈들이야말로 조상 대대로 우리 영토인 울릉도와 우산도에 들어와 우리 조선인들을 죽이고 짓밟으며 악업을 쌓았다. 떡 줄 사람은 생각도 않는데 네 맘대로 봉지를 주고 받다니! 이 섬에 뿌려진 네 놈들의 악업의 씨앗을 오늘 내가 끊어버리겠다."

박어둔은 시퍼런 백련강 조선검을 내리쳤다.

오야 진기치가 받아친 닛뽄도가 부러져 뎅겅 날아가 버렸다. 울산의 쇠부리마을 고로 대장간에서 백 번을 벼린 백련강 강철검의 위력이었다. 이 검은 살짝 칼 기운이 스쳐지나가기만 해도 단단한 대나무와 박달나무가 쉬 잘라질 정도로 예리하고 단단했다.

오야 진기치는 엄청난 조선검의 칼 기운에 압도당해 닛뽄도를 잃은 채 무릎을 꿇었다.

"졌다. 내 목을 쳐라!"

박어둔이 조선검을 칼집에 꽂으며 김가을동에게 말했다.

"이 놈을 묶어라."

"천만에, 날 죽여라. 일본에서 배가 와서 원수를 갚을 것이다. 다만 너같이 무법자에게 죽는 것이 분할 뿐이다."

"김가을동, 뭣 하느냐. 빨리 묶지 않고."

김가을동이 말했다.

"놈의 소원대로 그냥 베어버리지요."

"가만 있어 봐라. 저기 위에 뭔가 있다."

오야 진기치를 묶어 앞장세운 뒤 박어둔은 우산도 섬 위 평탄면에 올랐다. 우산도는 큰 섬인 동도와 서도를 비롯해 89개의 작은 부속섬과 암초로 되어 있다. 동도와 서도 사이에는 물길을 사이에 두고 분리되어 있다. 동도의 서북면에 파식대지가 있는데 그곳에 쇠솥이 걸려 있고 작은 여막이 있었다.

"기름 가마가 있는 걸보니 생선을 튀겨 먹었군. 그런데 저 궤짝은 뭔가?"

박어둔은 해식동굴 안에서 궤짝을 하나 발견하고 흔들어 열었다.

빛나는 금은보화들이 쏟아져 나왔다. 우산도는 그야말로 보물섬이었다.

"오야, 이 보물들은 뭔가?"

박어둔이 포박한 오야 진기치에게 다그쳐 물었다.

"이 궤짝 안의 보물들은 네 놈들이 울릉도와 동해안을 다니면서 조선배들을 공격하여 약탈한 보물들이렷다."

"맞소만 호키주 오야가의 보물들도 이곳에 숨겨져 있소."

"이 섬이 오야가의 보물창고였군 그래. 자고로 우리 조선은 이 섬을 보물섬이라고 불렀는데 틀린 말이 아니군."

박어둔은 우산도에서 오야가의 부두목 오야 진기치를 잡았고, 안용복은 울릉도 남항에서 무라카와가의 두목 무라카와 이치베에를 붙잡았다.

박어둔은 우산도를 사수한 대경호 선원들을 남항 광장에 불러 모았다. 멀리 동해에는 아침해가 둥두렷이 떠오르고 있었다.

50여 명의 대경호 선단 선원들은 밤새 싸우느라 지쳤지만 모두 왜적을 물리친 감격에 들떠 있었다.

박어둔이 작은 너럭바위 위에 서서 말했다.

"우리는 오늘 왜적을 물리치고 울릉도와 우산도를 사수했다!"

"와아! 박어둔 만세! 조선수군 만세!"

이제 새로운 울릉도 주민이 된 이들은 두 손을 들고 만세를 불렀다.

"앞으로도 왜적들은 계속 이 섬을 노리고 쳐들어올 것이다. 그때마다 우리는 우리의 힘으로 이 섬을 지켜야 한다."

"옳소!"

박어둔은 계산이 정확한 김득생으로 하여금 대경호 선원에게 급여와 상여금을 지급하게 했고 수익금을 각자 공평하게 배분했다. 선원들은 2년간 대경호의 승선으로 세계일주라는 평생 잊지 못할 멋진 경험을 했고, 평생 먹을 재산도 마련했다.

박어둔은 이 년 전 이곳에 두고 간 천시금을 찾았다. 다행히 천시금은 두발과 함께 울릉도 서항 너와집에서 울릉도 어민들과 잘 지내고 있었다. 천시금을 왕에게 빼앗기기 싫었던 박어둔은 두발로 하여금 안용복 행수의 진외가가 있는 양양으로 잠시 피신케 했고, 다시 울릉도에 오라 말했다. 아니나 다를까 천시금이 궁으로 가지 않자 왕은 삼척첨사로 하여금 울릉도에 사는 천시금을 쇄환케 했으나 사람이 없어 그냥 돌아갔다.

박어둔이 서항에 도착하자 들판에서 놀던 아이 셋이 뛰어왔다.

"박동해!"

"예, 아버지."

"엄마랑 잘 있었지."

"예."

"그런데 이 꼬맹이는 누구인가?"

"당신의 쌍둥이 아들 박울릉, 박우산이에요."

"햐, 동해의 쌍둥이 동생이구나. 박울릉! 박우산!"

"네, 아부찌."

"이 녀석들 말도 귀엽게 잘 하는군."

박어둔은 두 아이를 한 팔씩 안고 볼에 입을 맞추었다.

"당신 재주도 좋소. 그 짧은 사흘에 쌍둥이 두 아이를 가지다니."

"그건 당신 재주지요."

천시금은 옷고름으로 눈물을 찍다 보조개를 패며 말했다.

"아이들에게 아버지를 보여주게 되어 정말 기쁩니다."

박어둔은 아이들의 이름을 부르는 게 재미있는지 자꾸만 이름을 불렀다.

"박동해!"

"예, 아버지."

"박울릉!"

"네, 아부찌!"

"박우산!"

"네, 아부찌!"

박어둔은 두 아이를 안고 얼굴을 부비다 높이 들어 올려 양어깨에 올려 목말을 태웠다.

"어머니는 잘 계시오?"

"예, 명남당에서 건강하게 잘 계십니다. 배편으로 쌀과 먹거리를 저에게 종종 보내주십니다."

박어둔이 선원들에게 말했다.

"이제 이 섬에 왜놈은 없다. 지금부터 단 한 명의 왜인도 내 허락 없이는 울릉도에 발을 들여놓지 못할 것이다."

오후 나절 남항 전투를 치르고 이윽고 울릉도에 어둠이 내리기 시작했다.

대경호 선원들은 모두 남항의 집들로 들어갔다. 이미 이곳은 조선인이 살고 있었던 집을 왜인들이 뺏어 사용하고 있었다. 집은 울릉도 고유양식으로 투막과 너와로 되어 있었다.

박어둔은 투막이 아니라 천시금이 머무는 관수 저택으로 들어갔다. 관수 저택은 투막집이 아니라 너와집이었다. 너와는 기와모양으로 쪼갠 소나무 널빤지로 지붕을 이은 것이다. 관수 저택은 고급스런 붉은 적송 너와로 지붕을 이었고, 너와가 바람에 날아가지 않도록 통나무 너시레를 지붕면에 눌러놓았다.

박어둔이 말했다.

"집이 좋군."

"집이 좋으면 뭐해요. 마음이 편해야지요."

"지금은 마음이 편한가?"

"그럼요."

천시금은 아궁이에 불을 피웠다.

향나무와 너도밤나무 장작이 타면서 방안이 따뜻해지고 향기로운 내음이 퍼졌다. 굴뚝으로 빠져나가지 못한 연기가 지붕의 너와 틈 사이로 빠져나가는 모습이 아름다웠다.

천시금이 차를 끓여 내오며 박어둔에게 말했다.

"왜놈에게 빼앗겼던 울릉도를 다시 찾았듯이 오늘 밤 저도 다시 찾아주세요."

"암, 그래야지."

미처 빠져나가지 못한 너도밤나무와 향나무의 연기가 너와집 천장에 머물러 있었다.

"향기가 좋군."

"나무로 만든 너와집은 나무의 향기로 가득 차 있죠."

"이게 무슨 나무 향이야?"

"울릉도에 자생하는 적송과 너도밤나무, 향나무 향이죠."

"음."

박어둔이 코를 벌름거리며 너와집 냄새를 맡았다.

"적송은 숲속처럼 상쾌한 향기를 내죠. 너도밤나무는 푸른 바다향기, 향나무는 박하 같은 향기를 늘 은은히 흘리고 있죠."

"그런데 그보다 더 강렬한 향기가 하나 나는군."

"그게 뭐죠?"

"바로 당신 몸에서 나는 체취, 상큼하고 달콤한 과일의 향취가 나는군."

"아이, 부끄럽게도 그런 말을 하시다니."

하지만 천시금은 자신을 부끄럽게 생각하지 않는 듯했다.

"욕조에 물 채워 놓을게요."

"욕조가 있었어?"

"왜인들은 늘 닛뽄도와 목욕탕을 가지고 다니죠."

너와집 부엌과 맞댄 갓방을 목욕탕으로 만들었다. 아궁이에 불을
넣으면 물이 데워지고 그 물로 욕조를 채웠다.

"제가 부르면 들어오세요."

호흡을 고른 박어둔이 침대에 등을 붙였다. 욕실에서 물 채우는 소
리가 들렸다. 천장에 머물러 있던 너도밤나무와 향나무의 연기도 너
와기와 사이로 다 빠져나가고, 찬바람이 조금씩 스며들어왔다.

오야가의 문장인 듯한 국화꽃 문양이 기둥에 찍혀 있고, 일본 에
도화 그림 한 점이 걸려 있었다.

박어둔이 그림을 보고 있을 때 욕실 문이 반쯤 열리더니 천시금이
머리만 내놓고 말했다.

"들어오세요."

천시금의 몸은 매끈하게 구운 도자기 같았다.

박어둔의 심장 박동은 거칠어지고 남성이 흔들리고 있었다.

"이제 들어가시죠."

천시금이 박어둔의 허리를 감싸고 욕조 안으로 함께 들어갔다.

울릉도 향죽을 엮어 욕실 바닥을 깔고 향나무로 욕조를 만들어 향

기가 좋았다. 욕조 안은 두 사람이 나란히 눕고도 남을 만큼 컸다. 박어둔은 천시금과 욕조에 나란히 앉았다.

따뜻한 물에 몸을 담그니 하루의 피로가 다 풀리는 듯했다.

천시금의 선홍빛 젖꼭지는 감꽃이 막 떨어진 감알처럼 단단해져 있었다.

"시금, 우리가 여기를 떠나도 자주 오도록 하자."

"전 이곳 울릉도가 좋아요."

상기된 얼굴에 두 눈이 바다의 별처럼 촉촉이 젖어 빛나고 있었다.

"울릉도가 왜 좋은 거지?"

"이곳은 각종 물산이 풍부하죠. 숨겨진 보물섬이죠. 무엇보다도 당신의 고향 울산과 가까워 더 좋아요."

그동안 울산 해척들은 매달 이곳에 와서 어복을 채취해 갔다. 그들은 울릉도와 우산도에서 왜인들과 부딪혀 죽기도 하고 일본으로 끌려가기도 하면서 울릉도를 지켰던 것이다.

1672년 대경호적에 등록된 유포면 해척 총호수만 497호로 많은 울산 어부들이 동해바다로 나가 어로활동에 종사했다. 울산어부들은 방금을 어기고 울릉도로 진출했다. 울산 해척 14명이 몰래 울릉도에 들어가 어복과 향죽을 채취하다 삼척 포구에서 잡혔다는 왕조실록의 기록이 있다.

울산출신의 천시금은 울릉도에서 삼 년을 살았다. 그녀는 누구보다도 울릉도를 잘 알고 사랑했다. 너와집 욕조의 김이 스멀스멀 기어 올라 목과 턱밑을 간질였다.

향나무 향기를 머금은 물이 배와 허리에서 찰랑거렸다.

박어둔이 천시금에게 말했다.

"시금, 네 눈은 바다에 떠 있는 두 별이야. 동해의 두 섬 울릉도와 우산도가 네 두 눈에서 반짝이고 있어. 너의 보석 같은 두 눈에 내 삶의 터전을 만들고 싶어."

"우리 함께 터전을 만들어요."

"장보고 장군이 청해진을 근거지로 삼은 것처럼 난 이곳을 바다 제국의 근거지로 삼고 싶은 거야. 이제 이곳을 근거지로 해서 멀리 태평양으로 나가야 한다."

박어둔의 생각은 울릉도와 우산도를 너머 세계의 바다를 항해하고 있었다.

'이 년만에 돌아왔는데 또 떠나시는 겁니까?'

천시금은 되묻고 싶었지만 말없이 박어둔의 가슴속으로 파고들었다.

바다의 제왕이 되다

안용복은 승 뇌헌, 승담, 연습, 영률, 단책과 이인성, 김성길, 유일부, 유봉석, 김순립 등 10명과 함께 울산호를 타고 호키주에 내려 호키주 태수의 면담을 신청했다.

호키주 태수가 면담을 거절하자 안용복이 노중에게 말했다.

"나, 울릉도 우산도의 양도 감세관 안용복은 에도의 관백을 만나 호키주의 양도 침입에 대해 정식으로 항의하겠소."

태수는 골치가 아픈 듯이 말했다.

"또 안용복인가?"

호키주 태수는 먼저 안용복 일행을 불러 융숭하게 대접하고 말했다.

호키주 태수는 안용복에게 경장정은(慶長丁銀) 100관을 주며 말했다.

"안용복 감세관님, 제발 울릉도와 우산도에 대해서는 말하지 마시오. 이만하면 당신과 당신의 일행들이 평생을 편히 먹고 살 은폐(銀

幣, 은으로 된 화폐)가 될 것이오."

용복은 은폐를 거절하며 단호하게 말했다.

"나는 관백을 만나 일본이 울릉도와 우산도에 침입하지 않을 것을 원할 뿐이고, 은을 받을 생각은 없다(受銀非吾志也)."

태수는 안용복을 회유할 수 없자 바로 11명을 포박해 묶은 뒤 에도에 조선인들의 불법도해 사실을 보고했다.

도쿠가와 쓰나요시는 즉시 안용복을 에도로 압송하라고 했다.

안용복은 에도에 도착하자마자 나머지 10명과 분리되어 감옥에 수용되었다.

도쿠가와 쓰나요시는 안용복을 불렀다. 개쇼군이라는 관백은 개가 지겹지도 않은지 여전히 개를 안은 채 말했다.

"또 안용복 감세관이냐? 전에 왔던 박어둔은 어디 갔느냐?"

"박어둔 양도 태수는 울릉도에서 왜인들을 쫓아내고 있습니다."

"너희 둘이서 이번에 세계일주를 했다는 말을 들었다."

"관백께서 저희들을 가는 곳마다 배려해주시는 덕분에 아주 힘들게 한 바퀴 돌고 왔습니다."

"태평양으로 용케 잘 들어왔다. 일주를 하지 않고 인도양으로 들어왔다면 길목을 지키던 우리 사무라이들이 해적인 너희들을 직접 목베었을 것이다."

"우린 해적이 아닙니다. 이번에는 조선 대왕의 명을 받고 왔습니다. 울릉도와 우산도를 침범하지 않겠다는 관백의 서계를 다시 받아

오라는 명입니다.”

“더 이상 자네에게 관용을 베풀 생각은 없다. 언제까지 나와 다케시마를 괴롭게 하겠느냐?”

“장군, 다케시마는 조선 땅이라는 서계를 써주시고 조일 간 공동의 평화와 번영을 이뤄나갑시다.”

“일본 속담에 ‘잡지도 않는 너구리 가죽을 계산한다.’는 말이 있는데 네 놈이 딱 그 모양이다. 내가 서계를 전혀 써 줄 생각이 없는데 네 혼자 무슨 계산을 하고 있는가. 여봐랏, 이놈을 당장 사형수 방에 가둬 죄상을 문초하고 내일 아침 사형을 집행해라!”

안용복은 전에처럼 극심한 고문과 취조를 거쳐 사형선고를 받았다. 그는 처형만을 기다리고 있었다.

안용복이 용수를 쓰고 처형장으로 나갔다.

용수가 머리에서 벗어졌다. 눈이 부셨다. 갑자기 까르르르 웃는 소리가 들리고 향긋한 여자의 살 내음이 훅 끼쳐오더니 가부키 화장을 한 일본 게이샤들의 모습이 보였다.

“안상, 이리로 들어와요.”

사분사분한 게이샤들은 안용복을 부축해 일본식 욕조로 들어갔다. 옷을 벗기니 만신창이가 된 그의 몸이 드러났다.

“어쩜 사람을 이렇게까지…….”

온몸이 보라색 가짓빛인 그의 몸에 게이샤 아사코가 약을 바르며 말했다.

안용복이 신음하며 아사코에게 물었다.

"으, 그런데 여기가 어디오?"

"여긴 제 집의 욕조입니다."

"박어둔 선장은 어딜 갔소?"

"먼저 자기 몸을 다스리세요. 이곳에서 약을 바르고 쉬시면 상처가 어느 정도 나을 거예요."

"그게 무슨 말이오. 지금이라도 난 박 선장을 찾으러 가봐야겠소."

"그는 먼저 떠났어요."

"그럴 리가. 지금 성 밖에서 나를 기다리고 있을 거요."

"그래서 제가 현실감각이 없다고 한 것이에요. 안행수님, 당신만 홀로 일본에 남겨진 것이에요."

안용복은 아사코의 집을 뛰쳐나가 당장 대마도를 거쳐 조선으로 돌아가려고 했다. 그러나 고문으로 인한 몸이 말을 듣지 않았다.

"이제 일본에서 살아갈 방도나 찾아봐요. 고문으로 박힌 독을 해독하는 데는 술과 목욕이 최고지요."

아사코는 욕조 안으로 학 무늬 도자기 술병에서 잔에 술을 따랐다.

아사코가 갑자기 욕의인 하카다를 벗고 알몸을 드러내었다.

아사코의 몸은 인형같았다. 작지만 오목조목 예쁘고, 가슴과 엉덩이는 도드라져 몸에 곡선이 풍부한 여인이었다.

아사코는 재스민 향을 섞은 팥비누로 거품을 내어 안용복의 등을 밀었다.

안용복은 아사코의 따뜻한 손길에서 오랜 만에 마음의 평화를 느꼈다. 그동안 긴 항해와 일본막부에서의 긴장감, 감옥에서의 죽음과 같은 고문으로 막혀 있던 숨통이 비로소 트이는 듯했다.

손으로 등을 밀던 아사코가 그녀의 봉긋한 가슴을 밀착해오기 시작했다. 몽실한 젖가슴의 감촉이 온몸으로 퍼져오는 듯했다.

"아, 아사코."

"왜요?"

"등의 상처가 덧났나봐, 아파. 잠시만 멈춰줘."

"알겠어요. 그런데 행수님은 무슨 죄로 그리 심한 고문을 받았나요?"

"쇼군 앞에서 울릉도와 우산도가 조선 땅이라고 한 죄밖에 없지."

"그래요? 그 작은 섬 때문에 이렇게까지."

"작은 섬의 문제가 아니오. 일본 조정이 임진왜란 이후 다시 조선을 야금야금 삼키려는 생각이 있는 듯하오."

"그게 무슨 상관이에요. 선장님이 그런다고 조선조정에서 누가 알아주나요? 여기서 뭘 하는지 아무도 모르잖아요. 우선 몸이나 추스르고 푹 쉬어요."

안용복은 실크로드의 마지막 도착지점이라는 일본의 에도성 게이샤 방에서 혼미한 약기운에 취해 누워 있었다.

"아사코, 당신은 어느 남자든 이렇게 대우하오?"

아사코가 의미심장한 미소를 지으며 말했다.

"호호호, 청인이든 조선인이든 오란다인이든 우리 일본이 부강하게 된다면 제 몸은 아무렇게나 되어도 상관없어요."

"아사코의 애국심이 나보다 더 강한 것 같소."

고양이처럼 얌전하게만 보이는 아사코는 기실 대단한 경력의 여자였다.

아사코는 호키주 태수의 첩으로 오야가 가문의 기생이었다. 그녀는 영특하여 어린 시절 일본에서 견청사(遣淸使)로 뽑혀 청의 연경으로 유학을 갔다가 영생불사를 주장하는 도교계통의 늙은 방사를 만나 공부 대신 방사에 눈을 떴다. 늙은 방사에게 소녀경과 황제내경의 방중술을 비롯해 다양한 체위와 흡인술을 습득하고 선약과 미약 제조를 배워 실제 사용했다.

그녀는 연경에 홍방을 차려놓고 단기간에 많은 돈을 벌었으나 청의 고관을 복상사시킨 뒤 일본으로 다시 돌아왔다. 그녀의 방중술은 치명적이어서 산 사람을 죽이기도 하고, 죽은 사람을 살리기도 한다는 소문이 들렸다. 그녀의 배 위에서 죽은 중국인 고관을 비롯해 서양인과 일본 사람이 줄잡아 서넛은 된다는 소문이 돌았다. 그녀는 기실 일본을 위해서 일한다기보다 오야가 가문을 위해서 일했다.

안용복은 맹수와 같은 맹렬한 성욕이 밑으로부터 뜨겁게 올라오는 것을 느꼈다. 그는 이것이 술에 탄 미약의 힘이라는 걸 알 리가 없었다.

안용복은 사향 향기가 나는 숲을 보자 정신이 혼미했다.

"아이, 안 된다니까 발정난 망아지마냥 왜 자꾸 이러시냐구요."

안용복은 마치 굶주린 곰처럼 꿀샘을 향해 덤벼들었다.

아사코가 앓는 소리를 내며 말했다.

"그만, 이러시지 말고 저랑 약속해요."

"무슨 약속을."

"죽도와 송도가 일본 땅이며 호키주 봉지라는 문서에 수결해 주세요."

안용복으로서는 거절할 수 없는 상황이었다.

그는 크게 심호흡을 하고 숲 사이에 난 작은 옹달샘에 근을 내리려는 순간, 고함을 질렀다.

"그건 안 돼!"

미약 기운의 힘을 뚫은 건 그의 강인한 정신이었다.

안용복의 말에 그녀도 문을 닫아 걸어버렸다.

"그럼, 저도 안 돼요!"

"빨리 날 여기서 내보내 줘."

"여기가 들어올 땐 쉬워도 나가긴 어려운 곳이에요."

안용복은 앞이 침침하여 견디기 어려웠다. 아, 이 따위 문서에 수결하기 위해 허위단심 이곳 일본으로 건너왔던가.

"좋아, 그러면 내 문서에 수결하리다. 지필묵을 가져다주시오."

그는 죽도와 송도가 일본 땅이라는 서계에 수결했다.

게게 풀린 눈을 들어보니 창밖으로 잔잔하게 흐르는 스미다 강물과 멀리 후지산이 희미하게 비쳤다. 산중턱을 에둘러 싼 구름을 뚫고 후지산은 하늘 높이 솟아 있었다. 그의 마음이 더욱 허전하고 허우룩했다.

'아, 지금 죽더라도 이 순간만은 기억하리라.'

갑자기 안용복이 자리에서 쓰러졌다.

아사코가 급하게 안용복의 맥을 짚어보고 눈을 까뒤집어 보았다.

"죽었네. 조선의 사절이 한갓 기생의 방에서 죽다니, 쯧쯧."

"이 시체를 스미다 강에 던져 물고기 밥으로 주도록 하지."

아사코는 안용복을 수레에 실어 스미다 강에 던져 버렸다.

아사코는 안용복이 쓰고 서명한 문서를 에도에 있는 오야가의 번저로 가져갔다.

"영주께서 원하시던 것이 바로 이것이옵니까?"

"음, 그래 바로 이거야."

"보통의 수고비로는 아니되옵니다. 이것을 받기 위해 얼마나 많은 노력을 했는지 모릅니다."

"알겠다. 죽도와 송도가 영구히 우리 가문의 것이 되는 마당에 무엇을 아끼겠는가."

호키주 태수는 아사코가 가져온 문서를 읽어 보았다.

도쿠가와 쇼군께

지금 조선의 동해 바다 한가운데 있는 두 섬 울릉도와 우산도는 오랫동안 조선의 땅입니다. 헌데 최근 호키주의 오야가와 무라카와가가 불법 침입하여 마치 자기 봉지인 양 침섭하여 어렵을 하고 있습니다. 최근 일본의 어민들이 울릉도의 남항과 서항에 침입하여 집과 여막을 짓고 진까지 구축하는 것은 차마 입에 담을 수 없는 조선의 영토와 주권의 침략입니다. 따라서 일본인의 울릉도와 우산도의 입항을 금지하는 서계를 조선왕께 보내는 게 마땅한 줄 아룁니다.

　　　　　　　　　　울릉도 우산도 양도감세관 안용복 수결

갑자기 호키주 태수의 안면 근육이 부들부들 떨렸다.

"뭣이, 두 섬이 조선 놈의 것이라고?"

그는 문서를 바닥에 내팽개치며 아사코에게 말했다.

"아사코, 이게 어떻게 된 게야? 분명 죽도와 송도는 우리 호키주의 봉지라고 썼거늘, 어떻게 조선의 섬으로 바뀌어 있단 말인가!"

"분명 영주님이 주신 그 문서에 수결했는데 참으로 귀신이 곡할 노릇입니다."

"아뿔사, 놈이 우리의 수법을 그대로 이용해 문서를 바꿔치기했구나. 에잇!"

호키주 태수는 그 문서를 박박 찢어버렸다.

얼마나 떠내려 왔을까. 안용복은 차가운 강물 속에서 정신이 돌아왔다. 그의 몸은 강물 밑바닥의 흐름을 타고 빠르게 하류로 떠내려갔다.

안용복은 귀밑 곡빈혈(曲鬢穴) 한 치 아래 있는 목의 경혈을 누르면 일시적 기절을 일으켜 죽은 것처럼 된다는 사실을 알고 있었다. 이건 물고기나 자벌레나 일부 짐승들이 극단적인 위협에 처했을 때 스스로를 기절시켜 목숨을 부지하는 것과 같은 방법이었다. 아사코가 먹인 미약의 기운에 더 이상 견디기 힘들었던 안용복은 스스로 간자의 경혈을 짚어 일시적 기절 상태에 빠진 것이다.

안용복은 간신히 강 하류에 형성된 무성한 갈대밭 속으로 빠져나왔다. 그는 지칠 대로 지쳐 갈대밭에 쓰러져 누워 밤하늘을 쳐다보았다.

밤하늘에는 여전히 밝은 달과 주먹만한 별들이 아름답게 반짝이고 있었다.

안용복은 끈질겼다. 다시 한 번 에도의 고텐(御天, 장군의 방)으로 들어가 개쇼군 도쿠가와 쓰나요시와 2차 에도 담판을 하기로 작정했다. 이번에는 더욱 강력한 방법으로 막부를 압박하지 않으면 안 되겠다고 생각했다. 그에게 개쇼군과 대마도 도주를 압박할 수 있는 마지막 패를 떠올렸다.

안용복은 이중교를 건너 에도성으로 들어갔다. 도쿄 에도성은 어제나 오늘이나 소박하게 보였다. 에도를 관통하는 스미다 강물을 끌어들인 해자에는 오리와 고니들이 한가롭게 헤엄치고 있었다.

고텐에 들어가니 염소수염을 한 관백 도쿠가와 쓰나요시가 여전히 개를 안은 채 머리와 등을 쓰다듬고 있었다.

도쿠가와가 안용복에게 말했다.

"네 놈은 정말 영악하고 끈질기군. 이제는 나의 어머니를 움직여 널 보게 하다니!"

안용복은 도쿠가와 쓰나요시의 성격을 잘 파악하고 있었다. 그는 일본 전국을 통일한 도쿠가와 이에야스의 4대손으로 아버지 이에미쓰(家光)의 측실 오타마노가타(お玉の方)의 소생이었다. 그가 어머니 오타마노가타를 끔찍이 아끼고 그녀의 말이라면 죽는 시늉까지도 한다는 것을 알고 있었다. 안용복은 유럽에서 가져온 보석과 귀금속으로 오타마노가타를 움직여 쇼군의 면담을 성사시켰다.

안용복이 개를 안고 있는 도쿠가와에게 말했다.

"제발, 그 개 그만 안고 지필묵을 좀 주시오."

노중으로부터 지필묵을 받은 안용복은 붓을 들어 힘차게 글을 내려썼다.

'對馬島本是我國之地(대마도는 본시 우리 땅이다)'

이 글은 세종대왕이 선언한 글귀였다.

세종대왕 실록에 대마도는 명백히 우리 영토임을 세종대왕은 밝혀 놓은 것이다. 부산포에서 대마도까지는 125리, 일본의 후쿠오카에서는 345리다. 이 대마도에 고대부터 한인이 건너가 살았다.

도쿠가와가 움찔 놀라며 말했다.

"안용복, 대마도가 조선의 땅이라니 그런 억지가 어디 있나?"

"무슨 소리요. 대마도의 이름도 우리 조상들이 지었소."

"엣, 도대체 무슨 말을 하는 거야."

"똑똑히 들으시오. 대마도는 옛날 삼한 중 마한(馬韓)과 마주보는 땅이라 하여 우리 선조들이 대마도(對馬島)라고 지었소."

고대 대마도에는 한반도인이 건너가 살았고, 신라 때에는 경상도 계림에 속해 있었다. 892년에는 대마도 도민들이 반신라 움직임을 보이자 신라는 45척의 함대로 정벌하여 통치력을 회복했다. 고려 중기에는 대마도가 조공무역을 했고 경상도 안찰사의 지휘를 받았다. 그러나 고려가 몽고에 침략당한 틈을 타 왜인들이 불법 이주하기 시작했다. 고려 말이 되자 섬에 정착한 왜인들이 왜구화하여 고려 해안을 어지럽히자, 1389년 공양왕 1년 박위 장군이 전함 1백여 척을 이끌고 일본함선 3백여 척을 격침시킨 후 대마도를 정벌했다. 1396년 태조 시절에는 김사형의 지휘 하에 대마도 정벌에 나섰고, 1419 세종대왕은 이종무로 하여금 대마도의 왜구를 토벌하고 확실하게 조선령 경상도에 예속시켰다. 조선은 한 번도 대마도를 포기한 적이 없었다. 그러나 임진왜란 후 조선의 영토, 대마도는 일본에 예속되었고, 울릉도와 우산도도 침탈되고 있었다. 결국 일본의 영토 확장 전쟁인 임진왜란은 아직까지 끝나지 않고 계속되고 있는 것이다.

안용복은 다시 일필휘지로 한자를 적었다.

'以白山爲頭 大嶺爲脊 嶺南之對馬 湖南之耽羅 爲兩趾(백두산은 머리고, 대관령은 척추며, 영남의 대마도와 호남의 탐라를 양발로 삼는다)'.

안용복이 도쿠가와에게 말했다.

"장군, 난 오늘 일본이 잘라간 영남의 한쪽 발을 되찾으러 왔소!"

"아니, 무슨 소리를 하는가? 전에는 박어둔과 함께 와 초량왜관을 폐쇄한다고 위협하더니 이제는 대마도로 날 협박하는 것인가!"

"지금 우리는 여력이 없어 대마도를 찾지 못하지만 언젠가 찾고 말 것이오. 그러니 울릉도와 우산도는 아예 넘보질 마시오. 서계를 써주지 않으면 초량왜관 폐쇄는 물론 대마도도 조선의 영토로 할 것입니다."

도쿠가와와 안용복의 팽팽한 대립 속에 갑자기 문이 드르륵 열리더니 한 여인이 들어왔다. 도쿠가와의 어머니 오타마노가타였다.

도쿠가와가 말했다.

"어머니, 여기에 어떤 일이십니까?"

오타마노가타가 말했다.

"장군, 안고 있는 개를 이리 주시오."

그녀는 개를 받아 머리를 쓰다듬으며 말했다.

"장군, 나라시대 정창원을 설치한 이래로 우리 일본의 재정 창고 절반이 조선에서 들어오는 물품입니다. 일본과 조선은 평화롭게 지내야 서로가 부강해지거늘 왜 평지풍파를 일으킵니까?"

도쿠가와의 어머니 오타마노가타는 부드러우면서도 단호하게 말했다.

"장군, 안용복 감세관의 말을 듣도록 하시오. 우리 도쿠가와 막부를 세운 이에야스님은 조선을 사부의 나라로 삼고, 결코 이익을 다투려고 하지 않았소. 임진왜란을 일으켜 조선을 침략한 도요토미 히데요시와 달리 도쿠가와 이에야스는 조선과 선린관계를 유지하려고 노력했어요. 그분은 조선이 요구한 전쟁포로와 왕릉 도굴범을 돌려주고 조선과 국교를 회복했고, 자신의 부인을 조선 여자포로 이양녀에게 맡겨 조선의 예절을 배우게 했지요."

"……."

"3년 전 박어둔과 안용복이 일본에 와서 죽도와 송도를 침범하지 말라고 요청한 이후 조선 조정은 끊임없이 두 섬이 조선 땅임을 확인해 왔습니다. 그리고 올해(1696년) 1월에 막부회의에서 이미 죽도와 송도는 조선 땅이기 때문에 일본인의 도해를 금한다고 결정한 것을 압니다. 그런데 왜 쓸데없이 고집을 부려 평지풍파를 일으키려 합니까?"

"……."

오타마노가타의 차분한 말을 듣고 도쿠가와는 할 말이 없었다.

안용복이 도쿠가와 쓰나요시에게 말했다.

"어떡하시겠소? 초량왜관과 대마도를 잃지 않으려면 울릉도와 우산도가 조선의 영토라는 장군의 서계를 저에게 써주십시오. 그것이 도쿠가와 막부를 일으킨 이에야스의 뜻을 따르는 길이오."

그때 노중이 급히 들어와 도쿠가와 쓰나요시에게 귓속말로 보고했다.

'죽도와 송도가 조선인 수비대에 의해 점령되었고 두 명의 우두머리 오야 진기치와 무라카와 이치베에는 포로가 되었습니다. 조선 수비대는 도망치는 일본 배를 끝까지 추격하여 호키주까지 공격했다는 소식입니다.'

일본은 두 섬을 더 이상 실효성 있는 지배를 할 힘조차 없었다.

도쿠가와 쓰나요시는 어머니가 돌려주고 간 개의 머리를 쓰다듬으며 한참 생각에 잠겨 있더니 노중을 불렀다.

"울릉도와 우산도는 조선의 영토라는 문구를 써주어라. 다만 조선이 초량왜관을 조금이라도 건드려서는 안 된다는 항목도 삽입하도록 하라."

"예."

노중은 문서를 작성해 도쿠가와의 인장을 찍고 조선왕에게 보내는 서계를 완성했다.

서계의 내용은 다음과 같았다.

일본의 장군이 조선의 대왕께 문안드립니다.

양도감세관 안용복이 그의 부하 10명과 함께 일본에 배를 타고 와 울릉도와 우산도는 조선의 땅이라고 주장하므로, 역사와 지도 등을 상고한 결과 조선의 영토임을 인정하게 되었습니다. 이에 두 섬에 일본배가 출어하지 못하도록 조처한 일본의 국금(國禁)을 상세히 알려 주고 후히 대접하였습니다. 일

본국은 지금부터 저 섬에 결단코 배를 용납하지 못하게 하고
더욱 금제(禁制)를 보존하여 두 나라의 교의(交誼)에 틈이 발생
하지 않도록 유의하겠습니다.

다만 초량왜관은 경장의 역 이후 일본과 조선 사이의 평화와
교역의 우뚝한 상징으로 이것을 폐쇄해서는 결코 안 된다는
것을 요청합니다.

　　　　　　　　　일본국 막부 장군 도쿠가와 쓰나요시 수결

마침내 원록 9년(1696) 1월 28일 일본 막부는 일본어민이 울릉도
에 가는 것을 금지하는 영을 내렸고, 8월1일에 일본 막부는 호키주의
요나고의 백성 오야 진기치와 무라카와 이치베에를 불러 다케시마 도
해를 금지한다고 명령했다. 이 명령을 호키주 번주가 에도에 있었을
때 봉서로 내렸고, 번주가 귀국하여 다시 한 번 다케시마 도해 금지
명령을 오쿠보 가가노카미(大久保加賀守)를 통해 지시했다. 이 명을 전
달받은 무라카와 이치베에(村川市兵衛)와 오야 진키치(大屋甚吉)는 도해
금지를 어긴 것에 대해 송구스럽게 생각한다는 것을 에도에 연서하
여 보고했다. 그 뒤 울릉도와 우산도에 불법으로 도해해 들어간 일본
해척이 본보기로 참수된 후, 단 한 건도 왜인이 양도를 침범한 일이
없었다.

안용복과 10명의 일행은 천신만고 끝에 도쿠가와 서계를 받아 울

릉도로 왔다. 모두들 그들의 노고를 치하했다. 안용복도 울릉도에서 왜를 물리친 박어둔과 병사들의 공을 높이 평가했다.

박어둔은 안용복에게 말했다.

"형님, 궁궐에 들어가면 이번엔 빠져나오기가 힘들 것 같습니다. 틀림없이 왕은 국청을 열 것이고 대신들이 주살형을 요구할 것입니다."

"결국 내 한 몸 살자고 한 것이 아니지 않는가. 그래도 들어가야지, 어쩌겠나."

"알겠습니다."

박어둔과 안용복과 선원들은 대경호를 타고 양양에 도착했다. 박어둔은 교황의 친서를 가지고 안용복은 도쿠가와의 서계를 가지고 이인성, 양담사리, 김가을동, 김득생은 함거에 사자를 싣고 양양에서 한양으로 출발했다. 선원들은 왕으로부터 포상을 받을 생각에 마음이 부풀어 있었다.

그들은 한양에 들어가자마자 의금부 도사에게 잡혀 모두 전옥에 갇혔다.

숙종은 밤에 박어둔을 부르지도 않았다.

다음날 바로 사정전에서 국청이 열린다는 통보만 받았다.

왕이 가운데 좌정하고 영의정 유상운, 좌의정 윤지선, 영중추부사 남구만, 도승지가 좌우로 앉았다.

왕이 말했다.

"이제 국청을 시작하겠노라. 박어둔과 안용복은 재작년 이곳에서 일본으로 무단도해하여 국청을 받은 적이 있다. 그런데 이번에도 이런 일이 일어났으니 상습범이 아닌가?"

좌의정 윤지선이 말했다.

"안용복, 박어둔은 지난번 양도 태수과 감세관을 사칭하면서 나라를 욕되게 하였습니다. 특히 안용복은 두 번째 무단 도일하여 외교사절로 사칭하며 관백을 위협했다고 하니 이보다 큰 죄가 어디 있겠습니까. 이번에 안용복을 죽이지 않으면, 말세의 간교한 백성이 반드시 다른 나라에서 문젯거리를 만들 것이며, 특히 국경에 사는 의주 백성들이 본받은 자가 많을 것이니, 용복을 목 베는 것이 마땅하다 생각하옵니다."

영중추부사 남구만이 말했다.

"무단 도일한 것은 이유가 있기 때문입니다. 안용복은 지난번 관백의 서계를 가져나오다 나가사키 봉행과 대마도 도주의 간교한 꾀에 빠져 빼앗겼다고 했습니다. 그래서 이번에는 일본에 가서 관백을 만나 울릉도와 우산도에 관한 확실한 서계를 가져왔다고 합니다. 그 관백의 서계를 읽게 함이 어떨는지요."

왕이 말했다.

"읽게 하라."

도승지가 관백으로부터 받은 서계를 읽었다.

일본의 장군이 조선의 대왕께 문안드립니다.

울릉도 태수 박어둔과 양도감세관 안용복이 일본에 배를 타고 와 울릉도와 우산도(독도)는 조선의 땅이라고 주장하므로, 역사와 지도 등을 상고한 결과 조선의 영토임을 인정하게 되었습니다. 이에 두 섬에 일본배가 출어하지 못하도록 조처한 일본의 국금(國禁)을 상세히 알려 주고 후히 대접하였습니다. 일본국은 지금부터 저 섬에 결단코 배를 용납하지 못하게 하고 더욱 금제(禁制)를 보존하여 두 나라의 교의(交誼)에 틈이 발생하지 않도록 유의하겠습니다.

일본국 막부 장군 도쿠가와 쓰나요시 수결

남구만이 말했다.

"상황이 이럴진대 어찌 목 베임만 능사란 말입니까. 울릉도와 우산도는 조그마한 땅이지만 안용복은 왜에게 주는 것이 불가하다고 여겨 분연히 바다를 건너가 국경을 다투어 왜인들로 하여금 감히 다시는 두 섬을 넘보지 못하게 하였습니다. 안용복 같이 애국 충신을 죽이는 것은 대마도 도주의 속만 시원하게 할 뿐입니다. 안용복의 사람됨이 걸출하고 영리하여 녹녹한 자가 아니니 마땅히 상을 줘서 빠른 시일 내에 등용해야 한다고 사료되옵니다."

왕이 영의정 유상운에게 물었다.

"영상의 생각은 어떤가?"

"안용복은 법으로 주살해야 마땅하나 남구만이 가벼이 죽일 수 없다고 하니 안용복을 앞질러 처단할 수가 없다고 생각되옵니다. 왜인의 기를 꺾어 자복시킨 것은 안용복의 공이니 사형을 감해주는 게 좋을 듯합니다."

왕은 안용복에게 말했다.

"마지막으로 할 말이 없는가?"

"이번에 대경호를 타고 전 세계를 일주하였습니다. 네덜란드, 영국, 프랑스 등 바다를 지배하는 나라가 강국이었습니다. 바다를 지배하는 자가 무역을 지배하고 무역을 지배하는 자가 세계의 부를 지배하기 때문입니다. 우리나라는 삼면이 바다로 트여 있으나 바다로 나가지 못하고 바다에 의해 갇혀 있습니다. 울릉도와 우산도가 바다로 나가는 조선의 관문이 된다면 저는 이 자리에서 죽어도 여한이 없습니다."

왕은 박어둔에게 물었다.

"박어둔은 마지막으로 할 말이 없는가?"

"이번 대경호의 세계일주는 우산도에서 출발하였습니다. 우산도는 동해의 중심일 뿐만 아니라 동으로는 광대한 태평양과 신대륙으로 뻗어가고 서쪽으로는 중국과 중앙아시아로 뻗어가는 시작점입니다. 남으로는 태평양, 인도양, 아프리카, 유럽까지 나아가고 북으로는 만주와 시베리아를 넘어 북방항로의 출발점이 되는 곳입니다. 우리 조종의 혼이 뭉쳐 있는 곳이고 아시아의 보석이며 세계의 중심입니다. 우

리 강토의 막내아들 우산도를 결코 왜인의 다케시마로 만들어서는 안
된다고 생각합니다."

숙종이 마지막 판결을 했다.

"박어둔과 안용복은 들어라. 이번 세계 항해에서 잘한 일이 세 개
있다. 첫째, 도쿠가와 서계를 받아와 울릉도와 우산도가 아방의 영토
임을 확실하게 증빙한 것이다. 그 일은 자손대대로 칭찬받고 존경받
을 일이다. 둘째, 교황의 친서를 비롯해 40여 개 나라와 도시에 조선
의 친선과 교역의 뜻을 알렸다. 조선의 위상과 위엄을 세계에 널리
알렸으니 자손 대대로 칭찬받고 존경받을 일이다."

왕이 판결을 하고 있을 때 이인성, 김가을동, 김득생이 함거에 실
린 사자를 국청장으로 들여왔다.

"셋째, 저기 사자를 보아라. 두 사람은 왕의 위엄과 하늘의 상서로
움을 드러내는 사자를 가져와 왕의 존엄과 왕실의 기운이 승하게 하
였으니 어찌 충량한 자가 아니겠는가. 대의를 위해 방금을 어기고 일
본과 해외에 나간 것은 큰 공에 비하면 작은 과실에 불과하니 두 사
람에 대해서 다음과 같이 판결한다.

먼저 안용복은 울릉도 천리유배형을 처한다. 단 양도감세관의 지
위는 그대로 유지한다."

"성은이 망극하나이다."

안용복이 큰절을 했다.

"다음 박어둔 또한 울릉도에 천리유배형을 보낸다. 단 감찰어사와

양도 태수는 그대로 유지하고, 처 천시금은 면천해 양민으로 복귀하
도록 하라!"

　사실상 숙종은 유부녀가 된 천시금을 궁녀로 만들 생각이 없었다.
다만 박어둔의 행동반경을 조정하는 지렛대로 이용했을 뿐이었다.

　"성은이 망극하나이다."

　박어둔이 큰절을 했다.

　숙종은 영중추부사 남구만에게 박어둔과 안용복의 결박을 풀게 했
다. 남구만이 두 사람의 포박을 풀어줄 때 박어둔과 안용복은 대감의
손을 잡고 한 줄기 눈물을 흘렸다. 자신들을 끝까지 믿고 품어준 대
감이 없었더라면 마지막 순간에 용기를 내지 못했을지도 모를 일이
었다.

　왕은 박어둔과 안용복을 강녕전으로 불러들여 경연을 들었다.

　숙종은 호색군주이긴 했지만 정사를 움직이는 데 능한 인물이었다.
어려서부터 제왕학을 통해 통치술을 익혔고, 무엇이 중요한지 중요하
지 않은지 분간할 줄 아는 판단력을 가지고 있었다. 술상이 몇 번이
나 들어가도록 왕은 박어둔과 안용복의 세계일주 이야기를 들었다.

　몸바사에서 잡아온 사자는 궁중의 소와 말과 목장을 맡아보는 관
청인 사복시(司僕侍, 목장을 관리하는 관청)에 두고 키웠다. 숙종은 사자
가 포효하는 그 위엄을 보고 크게 만족했으며 일주일에 한 번은 반드
시 찾아가 먹이를 주었다. 백성들은 왕이 사자의 위엄을 갖춰 나라가
크게 번성할 것이라고들 했다.

박어둔과 박어둔은 전옥에서 석방되어 울릉도로 들어갔다.

조정의 당파 싸움과 척족들의 반대를 무릅쓰고 숙종은 박어둔과 안용복의 외교업적을 인정해 양도 태수와 감세관으로 임명해 울릉도와 우산도를 통치하게 했다. 숙종은 박어둔과 안용복의 외교력과 진언에 힘입어 울릉도와 우산도를 조선의 영토로 확정짓고, 북방으로는 함경감사 이선부를 보내 백두산 정계비를 세워 중국과의 경계를 확정지었다.

하루 화창한 날 박어둔은 근정전으로 왕을 찾아갔다.

"박어둔, 교황의 친서도 받아왔으니 이제 국위선양을 위해 교황의 나라인 아메리카로 가야 하지 않겠나?"

"성은이 망극하나이다."

"이번 배에는 천시금을 태워가도 좋으이."

박어둔은 개운포 선소에서 새로 건조한 대경호에 천시금을 비롯한 울산과 울릉도민 100명을 싣고 동해안에서 사라졌다. 배의 이물에는 조선왕실의 문양인 오얏꽃 깃발이 걸려 있었고, 배의 중앙에는 물을 뿜는 귀신고래의 깃발이 걸려 있었다.

박어둔의 생애는 공식문서보다 민간행장으로 더 잘 드러나 있다. 경주 박씨 종가에서 내려오는 그의 행장기는 간단하지만 박어둔이 조선의 바다를 넘어 세계의 바다를 제패한 바다의 제왕임을 증언하고 있다.

〈끝〉

　박어둔(朴於屯)은 1661년 울주군 청량면 목도리에서 부 통정대부 박기산과 모 윤보향 사이에 외아들 종손으로 태어났다. 처 천시금 사이에 동해, 울릉, 우산, 애희, 국희 3남 2녀를 두었다. 그의 태몽은 귀신고래였고 아명은 업둔(於比屯)이다. 박기산의 부 박국생은 정3품 통정대부이고, 조부 박잉석은 종2품 가선대부, 증조부 박염훈은 정2품 정헌대부로 대대로 당상관 벼슬을 한 집안이었다. 증조부 박염훈 대에 울산 마채 염전을 개발해 부를 축적했고, 조부 박잉석은 삼산들 전답을 사들이고 종갓집 청남당을 지었으며, 부 조국생에 이르러 옥동 공방, 웅촌 목장, 개운포 여각, 범서 목재를 더해 여섯 장원으로 확장되었다.

　하지만 어린 시절 종인 천막개의 기해예송 고변으로 경주 박씨 가문이 역적으로 몰려 가산이 적몰되어 부 박기산은 해외로 망명했고, 모 해남 윤씨는 종의 신분으로 몰락했다. 그러나 박어둔은 고변자 천막개의 업둥이로 들어가 유년시절을 염간으로 보냈다. 어려서부터 총명하고 호연지기가 강하여 마채 염전에 염간 일을 하면서 울산의 유림 이휴정, 이동영과 괴산 박창우, 우암 송시열의 문하에서 학문을 닦았다. 소과 대과에 합격해 울진현감으로 부임해 남구만 어사의 명을 받고 울릉도, 우산도(독도)를 탐사하였으며, 삼복지변으로 천막개가 몰락하고 경주 박씨 가문은 다시 복권되어 가산을 되찾았다. 이후 암행어사, 감찰어사, 울릉도와 우산도 양도 태수를 제수받았고, 숙종19년 울진현감 재임 시 숙종과 남구만 어사의 명을 받아 안용복을 비롯해 울산과 동래, 가덕과 순천사람 100여 명을 자신이 직접 건조한 대경호에 태우고 울릉도와 우산도에 나아가 왜적을 소탕하고, 일본으로 건너가 막부의 서계를 받아와 양도를 조선의 땅으로 회복했다.

숙종 22년 다시 울릉도와 우산도에 침입한 왜적을 소탕한 뒤 숙종의 밀명을 받고 아시아 해상항로를 항해했으며 일본, 대만, 중국, 안남, 인도, 아불리가를 거쳐 유럽으로 들어가 교황을 알현했다. 그는 이탈리아 베네치아에서 해외로 망명한 부친 박기산과 상봉했고, 베드로라는 이름의 세례를 받고 대서양과 태평양으로 귀국해 동양인 최초로 세계일주를 했다.

박어둔은 열 차례 이상 전투를 치러 울릉도와 우산도 양도에서 왜적을 물리쳤고 안용복과 더불어 일본으로 도해해 막부 장군 도쿠가와 쓰나요시와 담판하여 일본인들의 양도 도해를 금하는 금제를 받아내 마침내 울릉도와 우산도를 조선의 땅으로 확정지었다.

　박어둔은 울산과 울릉도와 우산도를 거점으로 동북아의 바다에서 활약했으며 개운포 선소에서 건조한 배를 타고 멀리 인도양과 태평양으로 나가 어로와 무역에 종사했으며, 말년에는 아메리카 신대륙과 대서양을 거쳐 유럽과 아프리카를 돌아 조선으로 귀국해 세계일주를 했고 이후에도 세상에 알려지지 않는 바다와 섬을 탐험했으니 국내외 사람들이 그를 외경하여 바다의 제왕인 해제라고 불렀다. 그는 1720년 60세 나이로 몰했다. 그의 생애는 우연하게도 조선의 임금 숙종의 생애와 똑같았는데, 사람들은 육지의 임금이 숙종이라면 바다의 임금은 박어둔이라고 했다.

 하루를 글로 시작하는 것은 작가의 행복이다. 재작년 일 년 반 동
안 해제 박어둔을 모 신문에 연재했다. 헌데 그 소설을 정리하기 위
해 지난 3개월 동안 새벽부터 씨름하며 행복한 하루를 열었다. 나
와 같은 고향인 울산 출신 어부로서 독도의 수호자인 박어둔에 관
한 이야기는 부산외대 김문길 교수가 경상일보에서 6회에 걸쳐 기
획 연재해 이슈(issue)화한 것으로 이후 울산을 비롯한 전국에서 관
심을 가지기 시작했다.

 그런데 2013년 일본 역사교과서 21종 중 15종에서 ‘독도는 원래
일본 땅인데 한국이 강제로 점거하고 있다.’고 기록되어 있으며, 올
해(2015)부터는 일본 초등학교 5, 6학년 모든 사회역사교과서(검인정
6권 전부)에 ‘독도를 한국이 불법 점령하고 있다’고 기술하고 있다. 장
차 이 아이들이 커서 독도에 대한 어떤 인식을 가질지는 불문가지(不
問可知)다.

반면, 독도의 수호자 박어둔의 이름은 우리 역사 교과서에는 한 줄도 나오지 않는다. 독도가 일본 땅이라는 것을 기념하는 '다케시마의 날'에 총리의 아들이 버젓이 참석하고, 일본이 적반하장으로 국제사법재판소에 독도문제를 제소하겠다고 우리에게 으름장을 놓고 있는 상황 속에서 이 소설을 연재하기 시작했다.

울릉도와 독도는 고대로부터 의심할 바 없는 우리 조종의 강토였다. 그런데 임진왜란 때 독도 울릉도를 침입한 후부터 일본이 점유해 도쿠가와 막부의 비호 하에 호키주 태수가 오야가와 무라카와가에게 제멋대로 봉지를 주는 해괴한 일이 일어났다. 그러나 조선 조정은 공도정책을 취해 일, 이 년에 한 번 삼척첨사로 하여금 쇄환(거주지 이탈자를 다시 원거주지로 돌려보냄)만 할 뿐 울릉도와 독도가 왜인의 봉지가 된 것조차 몰랐다. 그러나 이 두 섬을 안용복과 박어둔, 울산어민과 이 땅의 민초들이 왜의 독도 침범에 온몸으로 항거하고 지켜 오늘날 우리 땅이 된 것이다. 일본이 독도를 다케시마라고 하며 호시탐탐 우리의 땅을 노리고 있는 지금, 말없이 자신의 삶에서 독도를 사랑하고 독도를 지켜낸 '소리 없는 영웅(unsung hero)' 박어둔의 삶이 그 어느 때보다 절실한 시점에서, 그나마 반타작으로나마 박어둔을 형상화했다는 데 작가로서 만족한다.

난 박어둔의 이름에 주목했다. 경주 박씨 명문가에 태어난 박어둔의 어릴 때 아명이 박업둔(朴於叱屯), '업둥이'라는 사실에 착목하면서 온갖 상상력이 작동했다. 대대로 양반가에서 태어난 그가 왜

업둥이란 이름으로 자라야 했던가에서 소설의 첫 매듭이 풀려나기 시작했다. 결국 부모가 역적이 되고, 박어둔은 부모를 밀고한 종 천 막개의 집에 업둥이로 들어간다는 첫 구도가 만들어지자 머리와 가슴이 흥분되기 시작했다. 두 번째는 박어둔이 숙종의 태어난 해인 1661년에 동시에 태어난 것이 또 나의 상상력을 자극했다. 숙종이 땅의 임금이라면 울릉도와 독도를 지킨 박어둔은 바다의 임금이 아니겠는가. 숙종과 맞먹는 바다의 제왕 박어둔의 캐릭터가 그려졌다. 셋째, 한때 아시아 해상 실크로드의 출발지이자 종착지인 국제항 울산항이 상상력의 배경이 되었다. 울산은 내 고향이다. 어릴 때 방어진 울산조선소에서 건조한 큰 배들이 뱃고동 소리를 울리며 먼 바다를 향해 떠나는 것을 보며 자랐다. 신라시대 때부터 아랍까지 연결되었던 국제항인 울산항에 걸맞는 역사적 인물을 발굴하려고 노력했는데 운명처럼 박어둔이 나타난 것이다.

박어둔은 울산 마채 염전의 염간(鹽干) 출신으로 울산어부 40여 명을 이끄는 어선의 선주였다. 그는 울릉도와 독도를 수시로 드나들었고, 도일한 후 귀국해 받은 박어둔의 공초(供招) 내용에는 '1693년 3월에 배 3척에 울산어부 40여 명과 벼 25석과 은자(銀子) 9냥 3전(현 시가 약 7,000만원) 등의 물건을 싣고 고기와 바꾸고자 울릉도에 간 것'으로 기록되어 있다. 결국 일본은 독도에 온 어부들의 우두머리 박어둔을 표적으로 삼아 납치했고, 책임감이 강하고 통역이 가능했던 안용복은 박어둔과 함께 동행했던 것이다. 박어둔은 일본에 가서 일본 관리들과 담판을 벌였다. 박어둔이 왜인들 앞에서 얼마나 호랑이처럼 위풍당당하게 말했는지 왜인들은 박어둔을 '박도라베에(朴虎兵衛)', '박도라헤(朴虎平)'라고 부르며 두려워 했다. 조선왕조실록에는 박어둔, 안용복의 순서로 기록해 박어둔이 안용복보다 먼저 나온다. 박어둔, 안용복이 1693년 4월 18일 일본으로 도해해 1693년 12월 10일 동래 왜관에서 나올 때까지 약 8개월간 일본에서 활약한 것이 독도를 우리 땅으로 확약 받는 결정적인 역할을 했다. 박어둔, 안용복이 돌아오고 난 뒤 조선과 일본 간에 치열한 독도 쟁계(爭界)가 있었고, 이후 2년 뒤인 1696년 1월 28일 일본 막부는 일본어민이 울릉도에 가는 것을 금지하는 영을 내렸다. 1차도일 때 박어둔, 안용복의 활약만으로 독도는 조선 땅이라는 도쿠가와 막부의 결정이 내려진 것이다. 안용복의 2차도일(1696.4.20) 이전에 독도는 조선 땅이라는 결정이 내려진 것으로, 두 사람의 활약과 조선 정부의 의지와 외교력이 얼마나 큰지 알 수 있는 것이다. 그렇다고 해서 안용복의 역할이 적어진 것이 아니라 독도를 우리 땅으로 확약받는 과정에서 안용복은 박어둔을 통해 더 큰 외교력과 영향력, 결정적인 힘을 미친 것이다.

　난 박어둔을 통해 신나게 조선의 바다와 아시아의 바다, 세계의 바다를 마음껏 항해했다. 꿈속에서 박어둔과 같이 여러 번 항해했고 그 항로가 실제 작품 속에 반영되었다. 그만큼 열정을 가지고 썼다. 하지만 자료의 부족 등으로 바다의 호랑이, 박어둔을 그리려다고양이를 그린 게 아닌가 염려된다. 결국 위대한 인물을 만드는 것은 작가를 비롯한 국민의 관심이다. 역사에 묻혀 있던 반역의 인물인 묘청을 영웅으로 발굴해낸 사람은 단재 신채호이고, 한낱 낭인 무사에 불과했던 사카모도 료마를 일본최대의 영웅으로 만든 사람은 소설가 시바 료타로이다. 조선왕조실록에 몇 줄 실리지 않은 임꺽정, 장길산 같은 도적도 홍명희와 황석영의 필치에서 민중의 영웅으로 재탄생했다. 그에 비하면 박어둔은 한국과 일본 문헌에 그 활약상이 상대적으로 풍부하게 나타나는 인물임에도 그동안 잊혀져 있었다. 박어둔은 이제 시작에 불과하다.

2016년 1월 김하기